47, ALLÉE DU LAC

DU MÊME AUTEUR

Le Crime parfait, Pocket, 2013 (Inédit)
Des enfants trop parfaits, Fleuve Éditions, 2014 ; Pocket, 2015
La Maison des oubliés, Fleuve Éditions, 2019 ; Pocket, 2020
La Preuve ultime, Fleuve Éditions, 2020 ; Pocket, 2021

Collectif :

Face à face, Fleuve Éditions, 2020

Les enquêtes de Roy Grace :

Comme une tombe, Pocket, 2007
La mort leur va si bien, Pocket, 2008
Mort… ou presque, Pocket, 2009
Tu ne m'oublieras jamais, Fleuve Éditions, 2010 ; Pocket, 2011
La mort n'attend pas, Fleuve Éditions, 2011 ; Pocket, 2012
À deux pas de la mort, Fleuve Éditions, 2012 ; Pocket, 2013
Aux prises avec la mort, Fleuve Éditions, 2013 ; Pocket, 2014
Que ta chute soit lente, Fleuve Éditions, 2014 ; Pocket, 2015
Que sonne l'heure, Fleuve Éditions, 2015 ; Pocket, 2016
Pour l'éternité, Fleuve Éditions, 2016 ; Pocket, 2017
Lettres de chair, Fleuve Éditions, 2017 ; Pocket, 2018
Toucher mortel, Fleuve Éditions, 2018 ; Pocket, 2019
La Mort de Lorna Belling, Fleuve Éditions, 2021 ; Pocket, 2022

PETER JAMES

47, ALLÉE DU LAC

Traduit de l'anglais
par Maït Foulkes

fleuvenoir

Titre original :
The Secret of Cold Hill

MIXTE
Papier issu de sources responsables
FSC® C003309
www.fsc.org

L'éditeur de cet ouvrage s'engage dans une démarche de certification FSC® qui contribue à la préservation des forêts pour les générations futures.

Pour en savoir plus :
www.editis.com/engagement-rse/

ISBN : 978-2-265-15565-7

Dépôt légal : septembre 2022

Pour Isobel Dixon, ma merveilleuse agente

1

Samedi 20 octobre

— Il n'y a pas de squelette dans le grenier, bien sûr ! plaisanta l'agent immobilier avec un clin d'œil.

Elle ouvrit la porte de façon théâtrale pour faire entrer ses clients dans la mansarde.

— Waouh ! dit Mike Diamond.

— Waouh ! répéta Julie, sa femme, en écho.

— On peut vraiment parler d'effet *waouh*, n'est-ce pas ?

— Ça, c'est sûr, affirma Mike.

Et c'était vrai. Le jeune couple découvrit avec émerveillement une grande pièce haute de plafond aux murs immaculés. Elle occupait pratiquement tout le dernier étage de la maison flambant neuve, et la lumière entrait à flots par des fenêtres en pignon à chaque extrémité. Au nord, la vue survolait le long jardin jusqu'au lac, aux champs et à la colline qui s'élevait à l'horizon. Au sud, elle englobait le lotissement toujours en construction jusqu'au village de Cold Hill, à huit cents mètres en contrebas. On respirait une forte odeur de peinture fraîche et de bois de charpente.

— Je peux vous l'assurer, cette propriété est d'un standing bien supérieur à la maison témoin, qui s'est vendue moins d'une heure après avoir été mise sur le marché. Bien supérieur.

L'agent immobilier signala les quatre enceintes Sonos et les stores électriques à commande vocale, puis elle leur montra la salle de bains communicante tout aussi high-tech.

— Cela ferait une suite parentale idéale, ou un bureau, suggéra-t-elle avec enthousiasme. C'est rare de trouver une pièce aussi bien équipée, même dans une maison moderne, n'est-ce pas ?

Mike fit une légère grimace, à laquelle son épouse répondit par un sourire complice.

Cette commerciale les énervait déjà, et ils n'étaient dans la maison que depuis quelques minutes. Femme élégante, d'une trentaine d'années, aux cheveux bruns courts et sobrement habillée d'un tailleur noir, d'un chemisier blanc et d'escarpins, elle les précédait d'un pas décidé en brandissant la fiche d'information comme si elle s'apprêtait à leur remettre un diplôme. *Futurs Propriétaires Émérites de la Maison de Cold Hill, 47, allée du Lac !*

Redescendant au premier étage par l'escalier en colimaçon, ils longèrent un court palier où elle ouvrit une autre porte de façon tout aussi théâtrale, révélant une petite chambre.

— Celle-ci fera un bel espace pour votre bébé, dit-elle.

Les Diamond échangèrent un regard furtif. Mike fronça les sourcils, et Julie lui répondit par une expression stupéfaite. Leur médecin venait à peine de confirmer sa grossesse la veille, il était impossible qu'on puisse déjà s'en apercevoir.

Ils suivirent la jeune femme dans deux autres petites pièces (parfaites pour les invités, suggéra-t-elle avec entrain, ou peut-être comme petit bureau ?), puis dans la chambre principale.

— Cette pièce aussi est du genre *waouh*, il faut bien l'admettre !

Elle la traversa d'un pas assuré et déverrouilla les portes-fenêtres qui donnaient sur un grand balcon.

— Vous vous imaginez, madame Diamond, assis ici tous les deux, par une belle journée comme aujourd'hui ? Prenant votre café du matin, avec vue sur le lac ?

— C'est orienté au nord, objecta Mike. Donc pas de soleil le matin.

— Qui veut être réveillé par le soleil ? rétorqua l'agent immobilier. Pas moi ! Mais bien sûr, si cela vous pose un problème, vous pourriez aménager la mansarde pour en faire votre petit nid d'amour.

Elle leur lança un regard de connivence.

— À vrai dire, si j'étais à votre place, et si j'avais les moyens de m'offrir une aussi belle maison, je m'installerais au dernier étage. N'importe qui s'y sentirait sur un petit nuage, comme vous l'êtes tous les deux, je peux l'affirmer !

Elle jeta un coup d'œil à sa montre.

— Je suis désolée, il va falloir nous dépêcher, je fais visiter cette propriété toutes les vingt minutes aujourd'hui. Elle ne restera pas longtemps sur le marché, c'est sûr. Pas avec la pénurie de maisons neuves et de qualité que nous connaissons aujourd'hui, croyez-moi.

Elle leur présenta le rez-de-chaussée à une cadence accélérée : la cuisine ouverte sur le séjour, équipée de gadgets connectés dont un réfrigérateur à mémoire ; la salle à manger ; la petite bibliothèque ; le grand vestibule ; pour finir par la cerise sur le gâteau, le grand salon recouvert d'une moquette luxueuse et prolongé par une véranda en verre photochromique à l'arrière, avec vue sur la vaste pelouse descendant jusqu'au lac.

— Bien sûr, on pourrait facilement clôturer en partie le jardin, pour la sécurité de votre bébé.

Comment savait-elle, pour le bébé ?

Puis, se confondant en excuses, elle les poussa vers la sortie. Les clients suivants allaient arriver d'une minute à l'autre. S'ils souhaitaient faire une offre, elle leur conseillait fortement de ne pas attendre. C'était le premier jour des visites et cette propriété, avec son prix de vente évalué au plus juste, allait partir plus vite que l'éclair.

En ouvrant la porte, elle ajouta :

— Monsieur et madame Diamond, je vous vois tellement vivre ici, pour toujours ! Quant à votre petit garçon… Quel cadre merveilleux pour grandir ! Je vous suggère de ne pas réfléchir trop longtemps.

Mike et Julie Diamond émergèrent dans la lumière éclatante du soleil matinal. Alors que le battant se refermait derrière eux, ils restèrent debout dans l'allée délimitée par du gazon fraîchement planté. Une voiture remontait la route.

Ils étaient sonnés.

C'est quoi ce délire ? Notre « petit garçon » ?

Une Mini affichant le logo AGENCE IMMOBILIÈRE RICHWARDS vint se garer derrière leur Mercedes. Un homme grassouillet d'une quarantaine d'années, vêtu d'un costume voyant, s'en extirpa, tout sourire. Il courut à leur rencontre en agitant un gros trousseau de clés, tel un geôlier.

— Monsieur et madame Diamond ?

— Oui, répondit Mike d'un ton hésitant.

— Paul Jordan. Je suis vraiment désolé pour mon retard : je faisais visiter une autre propriété et ça s'est prolongé.

Il leur serra la main tout en se confondant en excuses.

— Vous allez adorer cette maison, je vous le garantis. Elle a vraiment quelque chose de spécial. De tout le domaine du Parc de Cold Hill, c'est ma préférée, et de loin.

Alors qu'il bataillait avec la serrure, Julie Diamond dit :

— Oui, elle est très belle.

— Attendez de voir l'intérieur ! Je vais vous montrer les gadgets high-tech – waouh !

— En fait, nous venons tout juste de la visiter, dit Mike Diamond.

Paul Jordan les scruta tous les deux, perplexe.

— Pardon ?

— Votre collègue vient de nous la montrer.

— Collègue ?

— Oui.

L'agent immobilier fronça les sourcils.

— Je ne suis pas sûr de vous suivre… Nous avons l'exclusivité sur cette propriété, et aucun de mes collaborateurs n'est là aujourd'hui, dit-il d'un air embarrassé. Qui vous a fait visiter ?

— Une dame, répondit Julie. Elle nous a dit qu'elle avait des rendez-vous sans arrêt toute la journée et qu'elle pouvait seulement nous consacrer vingt minutes.

— Ça n'est pas possible, dit Paul Jordan. Je… je ne comprends pas. Comment s'appelait-elle ?

Le couple se regarda, puis Mike haussa les épaules.

— Elle ne s'est pas présentée. À vrai dire, elle était un peu bizarre.

— Pouvez-vous m'excuser un moment ? demanda Paul Jordan. Juste deux minutes, s'il vous plaît ?

Ils acquiescèrent, à contrecœur.

Jordan entra dans la maison et lança d'une voix forte :

— Bonjour ! C'est Paul Jordan. Il y a quelqu'un ?

Il pénétra dans chacune des pièces du rez-de-chaussée, puis monta au premier étage et jeta un coup d'œil partout. Enfin il rejoignit la mansarde, en prenant soin de vérifier la salle de bains.

Il n'y avait personne.

Dubitatif, il se dépêcha de redescendre. Juste à temps pour apercevoir la Mercedes des Diamond qui s'éloignait.

2

Samedi 27 octobre

— Je l'adore !

— C'est vrai ?

— Pas toi ?

— Non ! s'écria-t-il, avec un large sourire. Je ne l'adore pas, j'en suis DINGUE !

Debout au milieu de la grande pièce sous les combles, inondée par le soleil d'automne qui brillait à travers la fenêtre orientée au sud, Jason entoura sa femme de son bras et la serra contre lui.

— Je suis putain de fan !

— Veuillez excuser le langage de mon mari ! dit Emily à l'agent immobilier.

— Mais je vous en prie, madame Danes, répondit Paul Jordan avec un large sourire. Un artiste aussi célèbre que votre mari peut se permettre certains excès.

— Je ne suis pas si célèbre que ça, mais merci quand même, répliqua Jason.

— Oh, mais vous êtes trop modeste, monsieur Danes. J'ai pris la liberté de vous chercher sur Wikipédia, et imaginez mon excitation quand j'ai découvert que nous avions un de vos tableaux accroché dans notre salon : une merveilleuse peinture d'un vieil homme assis dans un fauteuil avec un épagneul à ses pieds. Elle a tant de charme. Ma femme me l'a offerte pour Noël il y a deux ans, dans une galerie de Lewes. Vous êtes tout ce qu'il y a de plus célèbre chez les Jordan ! Et je suis à peu près certain que si vous décidez d'emménager dans cette maison exceptionnelle, unique en son genre, il y aura un jour une plaque commémorative à votre nom sur la façade.

— Pas trop tôt, j'espère, rétorqua Jason Danes. Il faut être mort pour y avoir droit.

Paul Jordan grimaça.

— Justement, ne dit-on pas que pour un artiste, mourir est une bonne façon de faire progresser sa carrière ?

Comme obéissant à un signal, le soleil se cacha derrière un nuage. La pièce s'assombrit, de même que l'expression des deux clients. Leur enthousiasme pour la propriété sembla soudain s'évaporer.

— Je plaisantais ! se hâta de rectifier Paul Jordan, essayant de reprendre le contrôle de la situation.

— Bien sûr, répondit le peintre. Je n'ai que 39 ans, j'espère avoir encore quelques années devant moi.

Sa femme, plus jeune que lui de cinq ans, décocha à l'agent immobilier un sourire gêné.

Ni l'un ni l'autre, absorbés par la vue, ne notèrent le coup d'œil nerveux que Paul Jordan lança en direction de la porte.

Jason contempla par la fenêtre ménagée dans le pignon arrière de la maison le grand lac, le champ en pente et la colline qui s'élevait abruptement à l'horizon. Il remarqua des canards sur l'eau : des colverts et des coureurs indiens. Il régnait une tranquillité totale.

— Je pourrais travailler ici, c'est certain. C'est vraiment… tellement inspirant ! En tout cas, cette vue au nord. Il s'agit bien du nord ?

— En effet, monsieur Danes, et cette zone fait partie du parc national des South Downs, donc on ne pourra jamais rien y construire.

— Contrairement aux autres points cardinaux ?

La vue au sud dominait les maisons flambant neuves juste en face, et les rangées d'habitations au-delà, pour la plupart encore en construction. À l'ouest se trouvait un vaste chantier boueux où l'on pouvait apercevoir des bulldozers, des pelleteuses, des hommes en casque jaune avec des théodolites, et des parcelles délimitées. Un grand champ en jachère, envahi par les mauvaises herbes, s'étendait à l'est.

— Je vais vous montrer le plan d'ensemble, dit l'agent immobilier en s'agenouillant pour dérouler une grande carte sur le parquet en chêne.

Elle s'intitulait : « DOMAINE DU PARC DE COLD HILL – PHASES 1, 2 ET 3 ».

— L'ensemble du site recouvre un petit peu plus de dix hectares. Voici l'endroit où nous sommes, qui fait partie de la première phase : franchement, il s'agit de la zone la plus huppée, avec les plus grandes demeures, et dont les plus luxueuses – cette maison étant la plus luxueuse de toutes – jouissent de vues sur le lac et la campagne. L'emplacement est carrément exceptionnel. Vous voyez, la phase 1 est bâtie sur le terrain du manoir d'origine : la maison de Cold Hill. Quelle que soit votre opinion sur l'aristocratie et les propriétaires terriens, vous conviendrez qu'ils s'y connaissaient en matière de situation et de vue. Et toute l'infrastructure est déjà en place : les routes, les canalisations, l'électricité et, bien sûr, l'incontournable fibre optique à haut débit. La zone vers l'ouest, que vous pouvez apercevoir, correspond à la phase 2, avec des bâtiments plus petits : des maisons individuelles, quelques immeubles d'habitation à deux étages et des logements aux prix abordables.

— Vous voulez dire des HLM ? s'étonna Emily.

Paul Jordan eut l'air un peu gêné.

— Oui, enfin, plus ou moins. Mais vous ne les remarquerez

même pas, grâce à leur réseau routier séparé. Et puis, à l'est, ce champ sera remplacé par des maisons très chics.

— Combien de résidences y aura-t-il en tout ? demanda Jason Danes.

— Quand la troisième phase sera terminée, cent trente au total.

— Donc cet endroit va rester en chantier pendant encore deux ans ?

— Oui, mais honnêtement, monsieur et madame Danes, cela vous dérangera à peine. La première phase est presque terminée, et bien évidemment, le prix de la maison reflète ce désagrément temporaire.

Paul Jordan remarqua le regard de doute qu'échangeaient ses deux clients, et poursuivit précipitamment :

— Laissez-moi vous montrer une particularité très rare dans les maisons modernes.

Il se dirigea vers une fenêtre, la déverrouilla et la poussa vers le haut.

— D'authentiques fenêtres à guillotine, dans toutes les chambres ! Une caractéristique de l'époque georgienne. Voyez-vous, cette propriété a pratiquement été conçue comme une reproduction miniature de la maison de Cold Hill, qui s'élevait autrefois ici. Des fenêtres à guillotine : je peux vous garantir que les constructeurs n'ont pas lésiné sur les moyens pour bâtir cette belle demeure.

Il sourit.

— Pour votre entreprise de traiteur, madame Danes, cela m'étonnerait que vous trouviez une cuisine plus haut de gamme dans tout le Sussex.

— Retournons la voir, concéda-t-elle.

— Je vous en prie, suivez-moi, dit Paul Jordan en jetant un coup d'œil à sa montre, conscient du fait qu'ils avaient déjà dépassé les trente minutes prévues et qu'un autre couple allait arriver sous peu pour une visite. Mais il les ferait patienter.

Il avait un bon pressentiment avec M. et Mme Danes. Il se sentait capable de les convaincre.

Il roula le plan, le glissa sous son bras et ouvrit la voie pour redescendre au premier étage.

— Voyez comme la maison est baignée de lumière dans les moindres recoins, grâce à l'utilisation astucieuse des miroirs.

Jason et Emily regardèrent autour d'eux ; il avait raison. Des miroirs fixés sur les murs du palier et en bas, dans l'entrée, reflétaient la lumière tout en créant l'illusion d'un espace encore plus vaste.

En pénétrant dans la grande cuisine, Paul Jordan commenta :

— On croirait que l'architecte a dessiné cette maison en pensant à vous deux. La cuisine conviendrait idéalement à votre entreprise de traiteur, et le grenier ferait un superbe atelier d'artiste !

— C'est parfait, dit Emily, qui retrouvait peu à peu son enthousiasme initial en arpentant l'espace. Il y a tellement de rangements, et c'est vraiment rare d'avoir un cellier !

— Sans oublier la technologie, ajouta Paul Jordan. Toutes les maisons de ce lotissement ont cette fonctionnalité.

Il désigna un petit appareil cylindrique émettant une lumière verte, placé sur le plan de travail.

— Tous les interrupteurs, les boutons de réglage et les robinets de la maison sont contrôlés vocalement à partir de cet unique boîtier de commande et de ses unités satellites. Il faudra que vous lui appreniez à reconnaître vos voix. Et ensuite, que vous souhaitiez augmenter ou baisser le chauffage, allumer ou éteindre un appareil, ouvrir ou fermer les rideaux ou les stores, il vous suffira de dire, par exemple : « Commande ! Baisse les stores de la cuisine ! »

On entendit un ronronnement. Les panneaux mobiles se déroulèrent sur chaque fenêtre et la cuisine s'assombrit.

De nouveau, à l'insu du couple, Paul Jordan scruta la pièce d'un air méfiant, avant d'ordonner :

— Commande ! Ouvre les stores de la cuisine !

Ils remontèrent immédiatement, et la lumière revint.

— Vous pouvez même ouvrir les portes du réfrigérateur et du congélateur par commande vocale ! C'est extrêmement hygiénique, plus besoin de toucher les interrupteurs ou les boutons de réglage avec des mains pleines de microbes.

— Je présume qu'on a la possibilité de repasser en commande manuelle ? demanda Emily.

— Absolument.

Il s'avança et appuya sur un bouton. La lumière du boîtier de commande vira au rouge.

— Maintenant tout est opéré manuellement, ou à l'aide de télécommandes.

— Personne ne se rend compte combien de microbes sont transmis par les mains, déclara solennellement Jason Danes. Un bol de cacahuètes posé sur le comptoir d'un pub contient en moyenne douze traces différentes d'urine, et cinq d'excréments humains.

Paul Jordan blêmit légèrement.

— Je crois que je viens juste de développer une allergie aux cacahuètes !

Il changea rapidement de sujet.

— Et, bien sûr, vous pouvez programmer vos portables pour faire marcher n'importe quoi à distance : il suffit d'une simple appli, où que vous vous trouviez dans le pays, voire dans le monde entier ! Vous pourriez être allongé sur une plage de Grèce et vérifier le contenu de votre frigo, si l'envie vous en prend !

Emily ouvrit la porte coulissante menant au double garage et à la buanderie, et y pénétra, suivie par son mari et par l'agent immobilier. Les lumières s'allumèrent automatiquement.

— J'y verrais bien ma cuisine professionnelle. Ça pourrait le faire, tu ne crois pas, mon chéri ?

Jason hocha la tête.

— Ça pourrait.

— Ça pourrait *vraiment*, insista-t-elle. Il y a la place de caser tous les réfrigérateurs, congélateurs et fours dont j'ai besoin là-dedans.

— Bien sûr, dit Paul Jordan, certaines personnes – et en particulier un artiste de votre calibre, monsieur Danes – préféreraient peut-être quelque chose d'ancien, de pittoresque, d'historique... Voire de rustique. Si vous souhaitez plutôt visiter une propriété édouardienne, victorienne, ou même georgienne... j'ai quelques maisons très attractives à vous montrer, et dans votre fourchette de prix. Mais évidemment, la beauté de ces propriétés d'époque s'accompagne d'une ribambelle de problèmes d'entretien. Ici, avec un bâtiment entièrement neuf, vous bénéficiez d'une garantie du constructeur de dix ans. Dix ans sans avoir à vous préoccuper de réparations ! Pas de tracas de courants d'air, de fuites ou de portes qui coincent. Acheter du neuf, c'est acheter sans souci.

— Et sans microbes, ajouta Jason Danes.

— Absolument, c'est tout à fait vrai ! Sans microbes. Ah, les microbes ne sont pas compris dans le prix d'achat : ils sont en supplément ! gloussa Paul Jordan, mais ses clients le dévisagèrent étrangement.

— C'est une considération importante, dit Emily Danes. Les microbes.

— Oui, bien sûr, évidemment. Dans la restauration, on ne saurait être trop prudent, c'est certain. Les vieux bâtiments peuvent être pleins d'insectes et de tas de machins. Beurk ! Tapis sous les lattes du plancher et dans les fissures pendant des années, des décennies, des siècles même, prêts à bondir ! Ici, en plus des interrupteurs à activation hygiénique, nous avons le dernier cri en matière d'isolation de pointe. Entre vous et moi, si je trouvais un cafard ici, je l'appellerais Houdini.

Derrière lui, il entendit un bruit d'eau qui coulait.

— En fait, c'est plus pour mon mari, dit-elle. Il n'aime pas les microbes, ni les insectes ou la poussière.

— Mais oui, personne n'aime ça, hein ?

Paul Jordan se retourna pour découvrir son client en train de se frotter les mains sous le robinet de l'un des éviers jumeaux, avec le distributeur automatique de savon liquide.

— Les microbes, monsieur Danes… de sales petits enquiquineurs.

Absorbé par le rituel du savonnage de ses mains, Jason sembla ignorer sa remarque.

Paul Jordan fronça les sourcils. Il y avait quelque chose de spécial chez cet homme, quelque chose qui le mettait – très légèrement – mal à l'aise. Mais en même temps, il aimait vraiment ce tableau du vieil homme avec son chien. Chaque fois qu'il le contemplait, il se demandait ce que l'homme pensait, quelle vie il menait… et avait menée. M. Danes était manifestement un génie, et les génies n'étaient-ils pas tous légèrement excentriques ? Mais un artiste aussi doué voudrait-il réellement vivre dans une bâtisse stérile, flambant neuve ?

— Et les maisons adjacentes, monsieur Jordan, sont-elles vendues ? demanda Emily.

— Non, pas encore, bien que je pense qu'un couple – très sympathique, avec deux enfants – va acheter le n° 45, celle côté est, si la vente de leur propre maison se conclut.

Il croisa les doigts.

— Des enfants ? répéta Jason, d'un air dubitatif. De quel âge ?

L'agent immobilier sourit.

— Je sais ce que vous pensez : quel cauchemar quand vous essayez de peindre, d'avoir des enfants qui hurlent à côté. Je ne crois pas que vous ayez de raison de vous inquiéter : ils ont 12 et 14 ans. Jusqu'à maintenant, aucun couple avec de jeunes enfants bruyants n'a visité l'une de ces propriétés. Il y a un couple d'un certain âge, des retraités, qui sont très intéressés par le n° 49. Ils quittent le Yorkshire pour être plus près de leur fille, qui vit en périphérie de Lewes.

— Combien d'autres personnes habitent le domaine en ce moment ? interrogea Emily.

— Eh bien...

Il hésita, un peu gêné.

— En ce moment, il y a seulement un couple charmant de l'autre côté de la rue, en diagonale... Ils sont là depuis un mois environ. Et une famille doit bientôt emménager en face, au n° 34. Pour le moment il n'y a personne d'autre. Mais les propriétés se vendent comme des petits pains : c'est un complexe résidentiel tellement agréable, tout près de Brighton et de Lewes, à proximité de la ligne de train pour Londres – qui n'est qu'à 50 minutes au départ de Brighton. Et au cœur d'une campagne superbe. La situation est vraiment très spéciale... Assez unique.

Paul Jordan consulta de nouveau sa montre.

— Écoutez, je suis vraiment désolé, mais d'autres acheteurs potentiels sont sur le point d'arriver pour visiter. Si vous préférez réfléchir et me recontacter, nous pouvons toujours prendre rendez-vous ultérieurement. Mais j'aime autant vous prévenir que cette maison a déjà suscité beaucoup d'intérêt, comme d'ailleurs l'ensemble du domaine. Nous avons vendu la moitié des propriétés sur plan, et celle-ci en est réellement le fleuron. Bien sûr, je peux vous aider à faire une demande d'emprunt, si vous en avez besoin. Mais je vous conseille, si vous êtes intéressés, de faire vite. Le couple que j'attends en est à sa seconde visite, et ils peuvent payer comptant : on m'a dit qu'ils n'avaient pas de maison à vendre.

— Nous la prenons, dit Jason résolument, en se rinçant les mains avant de les savonner une nouvelle fois. Nous réglerons le prix demandé.

Il regarda sa femme, qui hocha la tête.

Paul Jordan rayonna.

— Eh bien ! Que puis-je dire ? Je pense que vous n'aurez absolument aucun regret. C'est la plus belle maison du complexe résidentiel le plus haut de gamme que j'ai eu le privilège de commercialiser… Et croyez-moi, j'en ai géré beaucoup. La situation géographique, la qualité de la construction, la vue. Vous ne pourriez faire de meilleur investissement !

— Et donc, qu'attendez-vous de nous pour la retirer du marché tout de suite ? demanda Jason Danes. Nous aussi, nous pouvons payer comptant. Nous avons vendu notre maison, nous louons en ce moment et n'avons pas besoin d'emprunter.

— Excellent !

L'agent immobilier réfléchit un instant.

— Nous sommes samedi, on ne pourra rien faire avant lundi, avant que les études des notaires ne soient ouvertes. Si vous voulez passer à l'agence pour déposer un acompte de dix mille livres – entièrement remboursable – comme preuve de bonne foi, je dirai au couple qui va arriver que nous avons déjà reçu une offre pour la maison. Je serais disposé à vous laisser une fenêtre de quatre à six semaines pour finaliser le contrat. Qu'en pensez-vous ?

Les Danes se regardèrent.

— Nous arriverions peut-être à emménager avant Noël ! dit Emily.

Tout en se rinçant les mains, puis en les savonnant de nouveau, Jason Danes acquiesça avec enthousiasme et dit :

— C'est très correct.

— Je vous mettrai quelques bidons de savon liquide en prime !

Aucun des deux n'eut l'air amusé.

Après un moment de gêne, Paul Jordan fit un large sourire.

— Dans ce cas, monsieur et madame Danes, j'ai hâte de vous remettre les clés et de vous accueillir officiellement dans votre nouvelle demeure. Vous ne le regretterez pas, je vous l'assure. C'est une maison spéciale. Vous allez la trouver propice à l'imagination… Vraiment très propice à l'imagination.

3

Vendredi 14 décembre

Maurice et Claudette Penze-Weedell épiaient à travers les lattes des stores d'Arden Lodge – leur pavillon situé au 36, allée du Lac – l'activité de l'autre côté de la rue, au nº 47. Ils étaient contents, après deux mois, de ne plus être les seuls habitants du domaine du Parc de Cold Hill. Ils étaient également curieux d'apercevoir leurs nouveaux voisins.

— N'écarte pas trop le store, chérie, dit Maurice. Ils vont s'en rendre compte, et nous ne voulons pas avoir l'air de fouineurs.

Maurice avait initialement suggéré d'accrocher des voilages comme ceux qu'ils avaient dans leur maison précédente, pour préserver leur intimité tout en leur permettant de voir l'extérieur. Mais Mme P-W – le sobriquet qu'il donnait à sa femme – avait refusé tout net, prétendant que ceux-ci étaient bien trop communs. En tant que propriétaires de la prestigieuse maison témoin et premiers habitants du domaine du Parc de Cold Hill, ils se devaient d'établir un certain standing. Il leur fallait des persiennes, et qui plus est à lattes verticales : bien plus chics, d'après elle, que les modèles à lattes horizontales.

Maurice était d'accord avec Mme P-W. « Le Haut Commandement », comme il l'appelait devant ses amis. Il était toujours d'accord avec elle. Comme il l'avait découvert au cours des années passées ensemble – des années *interminables* –, c'était le secret d'un mariage heureux. « Une femme heureuse égale une vie heureuse », avait-il déjà répété plusieurs fois à tous les habitués du pub local, The Crown, situé en contrebas dans le village. Ou plutôt, à la réflexion, une vie *tolérable*. À leur pendaison de crémaillère qui, par coïncidence et économie, avait aussi servi à fêter leur trentième anniversaire de mariage, il avait lancé qu'il aurait pris moins pour meurtre. La plaisanterie était tombée un peu à plat.

— C'est un style plutôt pompeux pour une maison de cette taille, tu ne trouves pas, Maurice ?

— Je trouve qu'elle a du charme.

— Du charme ? On dirait un manoir en bonsaï. Tous ces pignons, et cette cheminée ridicule, comme si la maison portait un haut-de-forme… C'est tellement prétentieux ! Avec le lac derrière, et tout. Franchement !

À la différence de ses voisines, des maisons trapues et sans intérêt aux murs de briques rouges et au toit en tuiles, semblables à des millions d'autres de lotissements récents, le n° 47 s'élevait fièrement à l'écart. C'était une maison de style georgien à deux étages, avec de grandes lucarnes à pignon, des murs extérieurs ocre et une porte d'entrée bleu marine, encadrée par un porche élégant. Derrière une clôture noire, le jardin de devant révélait une pelouse compacte, avec sur le côté une allée menant au double garage intégré et à un espace pour se garer.

— Si je me souviens bien, l'agent immobilier a expliqué que la maison évoquait le manoir en ruine qui se trouvait là à l'origine… Que l'architecte s'en est inspiré.

— Et de quelle grande demeure l'architecte s'est-il inspiré pour la nôtre ?

— Je ne sais pas, mon amour.

Un camion de déménagement de la taille d'un paquebot s'était garé devant le n° 47 dix minutes plus tôt et les déménageurs en étaient descendus. Deux d'entre eux fumaient, un autre consultait son portable. Mais les Penze-Weedell avaient attendu qu'une BMW argentée remonte l'allée et s'arrête devant le garage pour se poster à leur fenêtre. Le conducteur restait à l'intérieur, apparemment au téléphone.

— Ils ont la même voiture que nous ! constata Claudette Penze-Weedell avec soulagement. Copie conforme.

— J'ai bien peur que non, dit son mari d'un air lugubre. La nôtre est une 520, celle-ci est une 540i.

— Elle est plus chère ?

— Beaucoup plus.

Claudette considéra la voiture d'en face d'un air mauvais.

— Il est probablement temps de nous surclasser, n'est-ce pas, Maurice ?

Quelques semaines à peine après avoir emménagé, Maurice Penze-Weedell avait été licencié par la compagnie d'assurances de Brighton qui l'employait depuis vingt-huit ans. Il y avait gravi tous les échelons, de la distribution du courrier au poste de directeur des opérations. Bien qu'on lui ait accordé une indemnité substantielle, il était pour le moment hors de question d'acheter une nouvelle voiture.

Il n'avait pas expliqué à sa femme combien leur situation financière était préoccupante. Au point qu'il faudrait peut-être – à Dieu ne plaise ! – qu'elle se bouge le popotin, qui s'élargissait d'ailleurs de jour en jour, et se trouve un travail. Ils n'avaient suffisamment de fonds pour couvrir l'emprunt que pendant douze mois encore. À sa grande consternation, il découvrait que le marché de l'emploi en Angleterre au XXIe siècle, pour un homme de 55 ans, s'avérait plutôt merdique.

— Ma douce, notre BMW n'a que onze mois. Elle est très bien. Pas besoin de changer de modèle avant quelques années.

— Dans ce cas nous pourrions surclasser ma voiture. Je pense que la châtelaine de cette demeure a une voiture digne de ce nom et pas un jouet d'enfant. Franchement, j'ai l'impression d'être Oui-Oui chaque fois que je m'assieds dedans.

Elle faisait allusion à sa petite citadine japonaise, actuellement branchée à son chargeur dans le garage. C'était un sujet de discorde régulier entre eux.

— Nous ne sommes pas vraiment châtelain et châtelaine, ma biche. Nous avons acheté la maison témoin d'un lotissement de prestige, mais je ne crois pas que les autres résidents feront la queue à notre porte pour payer leur dîme annuelle de poulets, de boisseaux de grain et Dieu sait quoi encore.

Il retint un sourire.

— Bien que le droit de cuissage serait plutôt plaisant.

— Le droit de quoi ?

Cette fois-ci, il sourit franchement.

— Le droit ancestral du seigneur de déflorer n'importe quelle vierge du coin.

— Rêve toujours, tu ne saurais pas quoi faire d'une vierge.

Elle se mordit la langue, mais trop tard.

— Ça c'est sûr, je n'ai jamais eu droit à cette expérience, ma chère.

Il abattit cet atout maître pour lui rabattre le caquet. Elle avait perdu sa virginité avec l'ami qui aurait dû être son témoin, trois semaines avant leur mariage. Maurice les avait lui-même surpris en flagrant délit. Cela lui donnait une emprise sur elle qui lui avait bien servi pendant trois décennies.

— De toute façon, ajouta-t-il, sur la défensive, tu as horreur des créneaux et ta voiture se gare toute seule. Tu m'as dit que ça te plaisait.

— Seulement parce que je peux me garer sans être dedans, pour que personne ne m'y voie.

De l'autre côté de la rue, un homme grand et dégingandé, proche de la quarantaine, s'extirpa de la BMW et secoua la tignasse de cheveux blonds qui lui cachait les yeux. Habillé d'un blouson de cuir sur un pull à col roulé noir, d'un jean skinny, de bottes et de lunettes à la dernière mode, il admira avec satisfaction la façade de sa maison baignée par la lumière hivernale, puis il se retourna et regarda de l'autre côté de la rue. Il remarqua le mouvement des persiennes de la bâtisse d'en face, plutôt laide. Des lumières bleues et vertes clignotaient sur le porche et une grotte du père Noël absolument hideuse occupait la majeure partie du jardin.

— C'est sûrement lui, dit Mme P-W. Le peintre !

— Il pourra nous être utile quand nous voudrons rafraîchir la déco de la maison.

— Ha ha, dit-elle. Jason Danes est célèbre. On ne parle que de lui à l'épicerie du village.

Elle sourit avec coquetterie à son mari.

— Une idée comme ça… Pourquoi ne lui commanderais-tu pas mon portrait, pour mon anniversaire ?

— Je ne vois pas pourquoi. J'ai des tas de photos de toi.

— Ce n'est pas la même chose. Mon Dieu, tu étais tellement romantique autrefois, Maurice. Tu ne trouves pas qu'un portrait serait romantique ?

Il la toisa. Elle n'était plus tout à fait la beauté gracile dont il était tombé amoureux, mais pour être tout à fait honnête, lui-même n'était plus le fringant cavalier de sa jeunesse. Ils arboraient tous les deux des doubles mentons qui confirmaient les lois de la pesanteur.

— J'imagine qu'il demande une fortune, grogna-t-il.

— Mais je le vaux bien ?

Elle jeta de nouveau un coup d'œil à travers le store, cette fois avec précaution. Puis elle eut un haut-le-corps.

— Par pitié, j'espère que ceci appartient à la compagnie de déménagement, et pas… à ces gens ?

Une camionnette réfrigérée rose vif, avec les inscriptions « SENSATIONS GUSTATIVES – LES PETITS PLATS D'EMILY » séparées par un logo floral, venait de se garer à côté de la BMW. Une jolie rousse d'une trentaine d'années en sortit, vêtue d'une ample parka rouge vif, de collants noirs et de bottes.

— Qu'est-ce qu'elle trimballe là-dedans, des Danette ? demanda Maurice.

— Hein ? dit sa femme, d'un air ahuri.

— Les Danes. Des Danette. Tu saisis ?

— Tu es désopilant aujourd'hui. Tu as picolé ou quoi ?

Les Penze-Weedell observèrent le couple qui s'embrassait, s'enlaçait, puis s'embrassait de nouveau avant de se diriger vers la porte d'entrée. Claudette se tourna vers son mari.

— Maurice, dit-elle sévèrement. Tu ne vas pas leur permettre de laisser cette camionnette garée dans leur allée, n'est-ce pas ?

— Que veux-tu dire ?

— Tu sais exactement ce que je veux dire. Nous n'allons pas rester plantés là, à regarder la valeur de notre bien diminuer à cause d'une fourgonnette hideuse qui stationne devant la propriété des voisins.

— Je ne vois pas en quoi ça nous concerne. Ça fait de la pub à son entreprise, non ?

— Oui, eh bien, il y a des tas de choses que tu ne vois pas en ce moment. Tu devrais peut-être aller chez l'ophtalmo et vérifier que tu n'as pas de cataracte.

— Ne sois pas stupide, mon amour. J'ai une vision parfaite : 10/10 à mon dernier bilan.

Relâchant le store, elle dit :

— Tu te souviens des clauses restrictives, quand nous avons acheté la maison ? L'une d'entre elles précisait qu'on ne pouvait pas laisser de véhicules commerciaux garés dans le domaine toute la nuit.

Elle pointa du doigt l'autre côté de la rue.

— C'est un véhicule commercial.

— Ce n'est qu'une petite fourgonnette.

— Petite ? Elle est hideuse.

— Je m'y perds un peu…

Il frotta son crâne dégarni de la main droite.

— Veux-tu que je lui demande de te peindre, ou de remiser la camionnette de sa femme dans leur garage ?

— Les deux, s'exclama-t-elle avec emphase.

— Je crois que nous devrions nous montrer un peu diplomates. Je ne suis même pas certain que cette clause s'applique aux véhicules appartenant aux résidents.

— Ne sois pas ridicule. Bien sûr que si. J'aime autant te dire que je n'ai pas l'intention de passer le reste de ma vie avec une camionnette rose gâchant la vue de la fenêtre de mon salon. Si tu n'as pas le courage de leur dire, c'est moi qui le ferai. J'irai leur en parler demain, très poliment, bien entendu.

— Attends peut-être quelques jours, suggéra-t-il.

— Pourquoi donc ?

Il désigna leur sapin de Noël, derrière eux. Des cadeaux joliment emballés reposaient au pied du tronc, et des guirlandes lumineuses clignotaient parmi les branches garnies d'aiguilles en plastique.

— On n'est pas censé faire preuve de bienveillance à cette époque de l'année ?

Elle écarta de nouveau le store, épiant les déménageurs qui commençaient à transporter des meubles vers la porte d'entrée des Danes.

— Justement, Maurice : bienveillance. Cela veut dire respecter les ambitions de ce domaine, avec ses propriétés prestigieuses. Des gens avec un camping-car déglingué vont bientôt emménager au bout de notre rue : probablement des romanichels. Et maintenant, une fourgonnette rose en face de chez nous. C'est tout simplement épouvantable. Quand bien même il serait une réincarnation de Rembrandt, ils ne vont pas laisser une fichue fourgonnette rose dans leur allée.

Elle marqua une pause.

— Oh, regarde, un piano. Bon, c'est déjà ça.

— Les gens du bout de la rue ne sont pas des romanichels, protesta-t-il.

— Non ?

Elle reporta sur lui toute sa hargne.

— Ils se sont pointés dans un camping-car Volkswagen avec un autocollant jaune sur la vitre arrière disant « L'énergie nucléaire – *Nein Danke !* » et ce ne sont pas des *romanichels* ?

— Non, ils sont *New Age*. Probablement charmants et tout à fait inoffensifs. N'oublie pas, mon amour, que l'ensemble du lotissement va attirer des personnes de tous horizons, ce qui est plutôt une bonne chose.

— Oui, eh bien je commence à penser que nous avons commis une terrible erreur en nous installant ici.

Toute la chaleur de la pièce sembla s'évaporer. Maurice et Mme P-W frissonnèrent soudainement, sans raison.

Une femme se tenait debout juste derrière eux et les observait. Le visage fripé, tordu de fureur, elle portait une longue robe bleue avec des chaussures jaunes.

Des parvenus.

Ils lui déplaisaient, eux et leur nom ridicule.

Penze-Weedell.

Comme attirés par un aimant, ils tournèrent tous les deux la tête.

Ils n'aperçurent que les lumières clignotantes du sapin et les cartes de vœux alignées sur le manteau de la cheminée, au-dessus des flammes électriques qui dansaient dans l'âtre artificiel.

— Est-ce que le chauffage s'est éteint ? demanda-t-elle à son mari. Tu fais encore des économies ?

Il frissonna de nouveau.

— Non, je l'ai programmé pour toute la journée.

Il traversa précipitamment la cuisine pour aller vérifier dans la buanderie. La chaudière vrombissait.

4

Vendredi 14 décembre

— Oh mon Dieu ! s'exclama Emily Danes. Je n'avais pas vu à quel point c'était monstrueux. Ça ne se remarquait pas autant à la lumière du jour.

La nuit tombait et elle contemplait par la fenêtre du séjour le n° 36 et la grotte illuminée qui occupait le jardin de devant. Le père Noël en personne, des lumières clignotantes à la place des yeux, se balançait au milieu d'une ronde d'elfes figés en pleine danse.

— Tu te rends compte, on va devoir supporter cette horreur jusqu'au 6 janvier… C'est bien la date à laquelle il faut enlever les décorations de Noël sous peine de mauvais sort, hein ?

— Les rideaux ne devraient pas tarder à être livrés.

Emily s'appuya contre un carton et fit le point sur sa liste de tâches.

— Tant mieux. J'ai appelé le laveur de carreaux qu'on nous a recommandé, et il va essayer de nous caser avant Noël. Il a demandé si ça nous dérangerait qu'il vienne pendant le week-end, exceptionnellement. Qu'en penses-tu ?

— Oui, ce serait bien que ce soit fait rapidement, les fenêtres sont plutôt crasseuses.

— Probablement à cause de la poussière du chantier d'à côté.

Elle consulta de nouveau ses notes.

— J'ai appelé Sky pour le Wi-Fi et c'est réglé. Je suis aussi allée sur le site internet de la mairie pour voir les jours de collecte des déchets. Les produits recyclables sont ramassés un lundi sur deux, mais ça va changer après le nouvel an, donc il faudra que je revérifie à ce moment-là. Oh, et il y a un bureau de poste dans le village qui ouvre jusqu'à 20 heures !

— C'est mieux qu'en ville.

— Je sais, c'est génial !

— Et j'ai finalement trouvé le robinet d'arrêt de l'eau, dit Jason.

— Tu as intérêt à me le montrer.

— Demain, quand il fera jour. Il est à l'extérieur de la maison, sur le côté, près de l'abri à poubelles.

— D'accord.

— Bon, je pense qu'il est temps de trinquer !

— Tu as dit que les rideaux n'allaient pas tarder. La dame a dit que ça mettrait combien de temps ?

— Je lui ai parlé il y a quelques jours. À peu près un mois, d'après elle, dit-il en revenant avec deux flûtes.

Il les plaça sur la table basse en verre, devant les énormes canapés qu'ils s'étaient offerts, disposés en forme de L.

— Mon Dieu, nous allons donc devoir contempler ces monstruosités de l'autre côté de la rue pendant toutes les vacances, jusqu'à ce qu'ils les enlèvent.

Il alla dans la cuisine et revint avec une bouteille de champagne fraîche que l'agent immobilier leur avait laissée dans le réfrigérateur.

— C'est un peu snob de ta part, ma chérie. Laissons-leur au moins une chance !

— Avec des décorations de Noël pareilles ? fit-elle en grimaçant. Nous devrions peut-être accrocher un panneau occultant, en attendant. Bien que cela puisse nuire aux relations de bon voisinage : ils pourraient penser que nous le faisons pour les empêcher de nous espionner.

— Ils nous espionnent, répondit-il.

— Quoi ?

— Oui, ma chérie. J'ai vu leurs stores bouger quand je suis sorti de la voiture ce matin, et chaque fois que je regarde en face, il y a du mouvement derrière la fenêtre du rez-de-chaussée.

— Ils sont peut-être curieux, comme nous, de connaître leurs nouveaux voisins. Ils doivent être contents de ne plus être seuls dans le lotissement. L'agent immobilier a dit que nous étions seulement les deuxièmes acheteurs à emménager. Ils ont dû avoir l'impression d'habiter une ville fantôme.

Jason fronça les sourcils.

— Je crois que… comment s'appelle-t-il déjà… Paul Jordan doit se tromper. Il y a des gens dans la maison qui ressemble à un dessin d'enfant, de l'autre côté de la rue. Il y avait un couple et deux enfants, cet après-midi.

— Alors comme ça, mon mari est un voyeur ?

Elle examina ladite maison.

— C'est une drôle de bâtisse : deux fenêtres en haut, deux fenêtres en bas, de part et d'autre de la porte d'entrée, et un toit pointu. Tu as raison, un enfant aurait pu la dessiner.

Elle s'interrompit un instant.

— Tu es certain d'avoir vu quelqu'un ?

— Oui, dans une des pièces du haut.

— Mais il n'y a aucune lumière, et pas de voiture à l'extérieur.

— Ils sont peut-être sortis.

— Ou plutôt, ils n'ont pas encore emménagé et ils étaient simplement en train de prendre des mesures, ou quelque chose comme ça, dit-elle.

— Tiens, le n° 36 nous surveille encore, les stores bougent !

— Et si je leur montrais mes seins ?

— C'est peut-être un vieux pervers vicelard qui habite là, il prendrait son pied.

— Je ne trouve pas que ça ressemble à la baraque d'un vieux pervers vicelard.

Il jeta un œil dehors.

— Non, elle est trop ringarde. Horrible, en fait. Comment cette maison, et celle d'en face, ont-elles pu être conçues par la même personne que la nôtre ? Je veux dire, notre pavillon a vraiment de l'allure. On croirait que l'architecte l'a dessiné, qu'il est allé se saouler, et qu'il est revenu pour faire les plans de celui-ci et de celui des Bidochon.

— Les Bidochon ! Ça me plaît. Je pense que l'un de nous deux devrait aller leur dire bonjour demain, ça mettra fin à leur supplice de voir que nous sommes normaux. Il faudra leur dire à quel point nous aimons leurs décorations de Noël.

— J'aimerais bien voir si tu arriverais à garder ton sérieux.
Il leva la bouteille en l'air. Grrrrrrrrr, nous sommes vos nouveaux voisins, nous sommes les cousins des Munster et nous sommes très, très, très bizarres !

Emily gloussa.

Il posa la bouteille sur un carton encore fermé que les déménageurs avaient planté là et commença à enlever le papier d'argent.

— Peut-être que l'architecte a fait ça pour s'amuser, dit Emily, en se laissant tomber sur l'un des canapés. Comme quand un critique gastronomique prétend qu'un truc vraiment répugnant est le plat le plus délicieux qu'il ait jamais mangé. Ou pour faire un pari : quelle serait la maison la plus horrible qu'il pourrait dessiner et qui se vendrait quand même. Ou encore, comme le portrait que tu avais peint de ce politicien que tu n'aimais pas, en faisant exprès de lui donner l'air d'avoir 200 ans.

— Je m'efforçais simplement de traduire sur son visage toute la sagesse de ses années d'expérience.

Il était en train de détordre le fil de fer du champagne, en prenant soin de ne pas la pointer dans sa direction.

— Bien évidemment, dit Emily en riant.

Elle s'allongea et agita les jambes en l'air.

— Aaaah, ce canapé est tellement confortable !

Un énorme *pop* retentit et le bouchon s'envola, ricochant sur le plafond, la bouteille débordant de mousse comme si elle avait été vigoureusement secouée. Choqué, Jason la fixa, bouche bée. Quand l'éruption se calma, la moitié du contenu s'était échappée.

— Nom d'un chien ! dit-il. Elle a du tempérament, celle-là.

— Le bouchon a fait une trace sur le plafond, lui fit remarquer Emily.

— Nous devrions la laisser. La marque de baptême de notre maison ! Notre maison, à la vie, à la mort.

— Ça me plaît !

Il remplit les flûtes et lui en tendit une. Puis il saisit la sienne et, en plongeant son regard dans le sien, il dit :

— À la santé de notre maison, à la vie, à la mort.

— Ça va être la maison du bonheur.

— Mais oui, ma chérie.

— Mais non, rétorqua sèchement une voix de femme.

5

Vendredi 14 décembre

Ils restèrent figés sur place.

La voix semblait venir de la cuisine.

Emily dévisagea son mari, les yeux écarquillés.

Jason entra dans la cuisine où le boîtier de la commande vocale qu'il avait programmé plus tôt était posé sur la grande table. La lumière verte brillait, indiquant qu'il était actif. La télévision accrochée au mur était allumée et diffusait un feuilleton. Une femme et un homme d'âge moyen se disputaient furieusement.

Jason fixa l'écran. Essayant d'apaiser la femme, l'homme insista :

— Mais si, je t'assure !

— Mais non, hurla-t-elle à plein volume.

— Commande ! dit Jason. Coupe le son de la télévision !

Instantanément, le couple continua à se quereller en silence.

— Commande ! Éteins la télévision !

L'écran s'éteignit.

Il retourna dans le séjour avec un sourire de soulagement. Debout près de la fenêtre, Emily inspectait le haut-parleur encastré en haut du mur.

— Les merveilles de la technologie, dit-il en levant lui aussi la tête vers le plafond. La commande vocale de notre maison n'en fait qu'à sa tête : elle a dû allumer la télévision. J'y jetterai un coup d'œil demain. Je pense que j'ai voulu la programmer trop vite.

Il prit son verre et indiqua le plafond d'un signe de tête.

— Et cette marque de baptême, alors ?

— Alors ? répéta-t-elle, d'un air interrogatif.

Il prit une gorgée de champagne, posa sa flûte sur la table basse en verre, entoura sa femme de ses bras et pressa ses lèvres contre les siennes en libérant délicatement le champagne dans sa bouche. Il murmura :

— Puisqu'on parle de baptiser la maison… Ça fait dix heures que nous sommes ici, et nous n'avons pas encore baisé.

Il posa les mains sur son ventre, glissa ses doigts à l'intérieur de son jean et fit sauter les boutons.

— Monsieur Danes, murmura-t-elle voluptueusement. Êtes-vous en train d'essayer de me séduire ?

— Je n'essaie pas, dit-il tandis que ses doigts exploraient plus profond. Je *suis* en train de vous séduire.

— Allons en haut.

— Non, ici !

Elle tourna la tête vers la fenêtre.

— Ils peuvent nous voir !

— Parfait, donnons-leur un vrai spectacle !

Il baissa le jean de la jeune femme sur ses fesses.

— Jason, non, en haut ! Tu exagères ! Merde, les voisins peuvent nous voir !

— Et alors ?

Il l'allongea doucement sur le grand canapé blanc, tout en l'embrassant et en dissipant ses objections à l'aide de ses doigts. Elle tira brutalement sur le T-shirt de son mari et le fit passer par-dessus sa tête, puis elle s'attaqua à sa braguette.

6

Vendredi 14 décembre

— Maurice, c'est inconcevable ! Ils se conduisent comme des animaux.

Son mari fit un large sourire.

— Nous faisions pareil autrefois.

Elle l'ignora en grommelant.

Il la dévisagea, l'œil brillant.

— Pourquoi ne monterions-nous pas en haut… Tu vois ce que je veux dire ?

— Comment ? Il n'est que 18 heures.

— Qu'est-ce que ça change, mon amour ? Autrefois, tu ne faisais jamais attention à l'heure.

Il l'entoura maladroitement de ses bras et essaya de lui bécoter l'oreille, mais son nez atterrit dans ses cheveux raides de laque.

Elle le repoussa.

— Ça suffit ! Je veux regarder *Danse avec les stars* en replay. Qu'est-ce qui t'arrive ?

— Tu peux faire ça plus tard, ou un autre jour.

— Et pourquoi est-ce que je m'en priverais ? Juste pour que tu puisses prendre ton pied ?

— Je…

— Oui ?

— J'ai pensé que ça pourrait être agréable, dit-il piteusement.

— Tiens donc. Je pense, moi, que *Danse avec les stars* sera bien plus agréable.

Elle passa dans la cuisine en se dandinant dans ses pantoufles roses à pompons, ouvrit un placard et en extirpa une énorme boîte de bonbons Quality Street. Elle l'emporta dans le séjour et s'installa sur le grand canapé.

— Télévision, démarre le replay ! s'écria-t-elle en posant ses pieds sur un pouf, avant d'ajouter : S'il te plaît !

Même après plusieurs semaines dans cette maison, elle ne s'était pas tout à fait habituée à la commande vocale pour tout faire fonctionner, des rideaux de la chambre aux appareils électroménagers.

La télévision était fixée au mur dans un cadre doré, et flanquée de part et d'autre de deux colonnes de marbre surmontées de bustes d'angelots, dorés eux aussi. Claudette répéta les instructions, en commençant cette fois par le mot « commande ». Tandis que l'émission s'affichait sur l'écran, elle fit sauter le couvercle de la boîte et farfouilla parmi les chocolats jusqu'à trouver un Délice à la fraise dans son papier rouge et noir. Son préféré ! Elle le déballa, le fourra dans sa bouche et se plongea dans le spectacle en mastiquant avec enthousiasme. Une minute plus tard, elle furetait déjà à la recherche d'un autre bonbon.

Une ombre passa devant la porte qui menait à l'entrée.

— Maurice ! appela-t-elle sèchement.

— Oui, ma chérie ?

Vêtu d'un manteau et d'un bonnet en laine, il passa une tête dans la pièce.

— Où vas-tu ?

— Je sors juste faire un petit tour.

— J'espère que tu ne vas pas fumer une cigarette en douce ?

— Bien sûr que non. Je vais seulement prendre l'air.

Sa voix était montée de plusieurs octaves et il évita son regard. Deux signes qu'il mentait.

— Je ne t'embrasserai pas si ton haleine sent la cigarette, dit-elle sévèrement, la bouche pleine de chocolat.

— Je reviens dans un instant.

— Comme l'avait dit Scott.

— Scott ?

— Le capitaine Scott. L'explorateur de l'Antarctique.

Une salve d'applaudissements et de la musique retentirent de la télévision. Un couple vêtu de costumes pailletés moulants pirouettait sur la piste de danse. L'arrière-plan obscur fut brillamment éclairé par la lumière bleue de projecteurs.

— Ma chère, ce n'était pas Scott, c'était l'un de ses coéquipiers, Lawrence Oates. Je crois qu'il a dit, en réalité : « Je sors, et ça risque de me prendre un moment. »

— Oui, bon, ne mets pas autant de temps que lui.

— Très drôle.

— Tu t'es couvert assez chaudement ?

— Il ne fait pas si froid.

— As-tu pris tes gants ?

— Ils sont dans ma poche.

— Fais attention à ce qu'Elizabeth ne te suive pas dehors.

Vérifiant que la chatte n'était pas derrière lui, Maurice sortit et referma la porte d'entrée, soulagé de profiter de quelques minutes d'évasion et de liberté. Il fit quelques pas dans l'air frais du début de soirée, en prenant soin de rester hors de vue de la fenêtre du salon. Il rôda dans l'ombre de la grotte du père Noël et sortit son paquet de cigarettes. Il en alluma une et inhala profondément la fumée avec gratitude. L'un des rares petits plaisirs qui lui restaient ces temps-ci, songea-t-il avec regret.

Tout en fumant, il fixait les fenêtres éclairées et dépourvues de rideaux de la maison des nouveaux arrivants. En particulier la fenêtre du rez-de-chaussée sous laquelle le couple avait sombré en se déshabillant fébrilement. Il ressentait une curiosité maladive ainsi qu'une palpitation dans son pantalon.

Finalement, un peu gêné mais sans pouvoir s'en empêcher, comme propulsé par une main invisible, il traversa la pelouse en direction du n° 47 pour y voir d'un peu plus près… Puis d'encore un peu plus près.

7

Vendredi 14 décembre

Elizabeth sauta sur le canapé, à côté de Claudette Penze-Weedell. Cette dernière rattrapa la boîte de Quality Street avant de caresser la chatte d'une main distraite, les yeux fixés sur la télévision. Elizabeth ronronna. À l'écran, un homme affublé d'un gilet rouge orné de paillettes ouvert sur son torse musclé dansait frénétiquement avec une femme à la coiffure bouffante, vêtue d'une robe assortie. Claudette détourna son attention un instant pour chercher un autre Délice à la fraise dans la boîte en plastique. Quand ses doigts boudinés se refermèrent sur son butin, elle s'aperçut avec dépit que c'était le dernier. Elle repéra plusieurs papillotes violettes, brillantes : ses deuxièmes préférées. Elle s'y attaquerait ensuite, décida-t-elle.

Alors qu'elle relevait la tête, un mouvement dans l'embrasure de la porte attira son attention. Une ombre la traversait.

— Maurice, lança-t-elle, contrariée. Tu es déjà rentré ? Tu sais bien que le docteur t'a dit de marcher trente minutes par jour.

Il n'y eut pas de réponse.

— Maurice ! appela-t-elle, plus fort.

Au même moment sur l'écran, les deux danseurs firent une chute spectaculaire.

— Non ! s'exclama-t-elle, le souffle coupé, tandis qu'ils se relevaient.

Ils essayèrent de rétablir la situation comme si rien ne s'était passé. Anxieuse pour le couple, Claudette sélectionna un chocolat violet dans la boîte, le déballa et le glissa dans sa bouche. Captivée par le drame, elle mastiqua la noisette enrobée de caramel mou.

À l'extérieur, entraîné par ses pulsions, Maurice entreprenait de traverser la route, en se tenant à l'écart de la lumière du réverbère pseudo-victorien situé juste en face. Il tira une dernière bouffée de sa cigarette, la laissa tomber par terre et sortit une pastille à la menthe de la boîte qu'il gardait toujours dans sa poche pour masquer l'odeur du tabac à sa femme.

Il ressentait des chatouillements dans le bas-ventre et, tout en suçant sa pastille, il continua à se rapprocher du n° 47, comme mû par des ficelles invisibles. Hypnotisé par l'action derrière la fenêtre du bas, il se sentait de plus en plus excité. Mme P-W avait intérêt à ne pas être prise de migraine ce soir.

Il parvint à la clôture et au portail ouvert. Il s'arrêta et jeta un œil par-dessus son épaule à sa maison avec la grotte du père Noël et aux persiennes derrière lesquelles sa femme devait être absorbée par son émission et ses bonbons.

Il aurait vraiment voulu rebrousser chemin, mais ses jambes semblaient déconnectées de son cerveau et il continuait à avancer. Sur la pointe des pieds. Un peu plus près. Invisible dans l'obscurité, il se rapprochait lentement, à contrecœur, de cette fenêtre.

Complètement invisible.

Il haletait. Son cœur battait la chamade. Son visage brûlait de honte.

Tu dois t'arrêter. Reviens en arrière. Allez. Vas-y !

Plus près.

Plus près.

Quelque chose bougea derrière la fenêtre. Des fesses nues et pâles, qui montaient. Descendaient. Montaient. Descendaient.

Stop, il fallait qu'il s'en aille tout de suite.

Il continua cependant à avancer sur la pointe des pieds, sans pouvoir s'en empêcher.

Il voyait mieux les fesses.

À quelques mètres à peine, maintenant.

Il fit un pas de plus.

Alors, un visage se pressa contre la vitre et le fixa d'un air venimeux.

Le visage sec et ravagé d'une vieille femme, le teint d'un gris malsain et les yeux remplis de haine.

Presque au même instant, l'éclairage de sécurité se déclencha, l'inondant de lumière comme un acteur sous les feux des projecteurs.

Maurice sursauta. Il recula, trébucha et faillit tomber. Terrifié, tremblant sous le choc, il tourna les talons et s'enfuit. Il n'osa pas se précipiter chez lui, de peur que la femme ne soit encore à la fenêtre et qu'elle ne l'aperçoive. La honte. Maurice Penze-Weedell : un voyeur pervers.

Il courut sur le trottoir, dépassant deux maisons terminées mais encore à vendre, suivies d'une petite maison à la façade en bardeaux blancs avec une pancarte « VENDUE » et un arbuste maigrichon dans le jardin de devant. Là où la route s'incurvait vers la gauche, on apercevait deux maisons en construction dont les jardins ne révélaient que des monticules de terre derrière des clôtures métalliques. Un panneau bleu à l'extérieur annonçait : « Lotissement de Forest Mills – Parcelles 28 et 29 ».

Transpirant abondamment, il arriva à un carrefour et s'arrêta, haletant, sans oser regarder par-dessus son épaule. Il avait vraiment besoin d'une autre cigarette pour se calmer les nerfs. Finalement, il rassembla son courage et se retourna vers le n° 47.

À son grand soulagement, l'éclairage de sécurité s'était éteint et l'allée du Lac était de nouveau paisiblement plongée dans le noir. Au rez-de-chaussée, là où il avait vu le couple faire l'amour, les lumières étaient toujours allumées.

Mon Dieu, qui était cette femme hideuse ? Cette vieille peau ?

En face de lui se trouvait une rangée de maisons terminées, obscures et silencieuses. Des pancartes sur les façades indiquaient qu'elles étaient encore à vendre. Les mains tremblantes, il tâtonna à la recherche d'une cigarette et il s'apprêtait à l'allumer quand il sentit une forte odeur de cigare. D'où venait-elle ? Il n'y avait pas âme qui vive de ce côté du lotissement.

Puis, avec un sursaut, il l'aperçut.

Un homme se tenait debout sous un réverbère de l'autre côté de la rue, un gros cigare rougeoyant aux lèvres, et lui adressait un sourire complice. Âgé d'une trentaine d'années, il semblait être déguisé pour une soirée années 1970 : il portait une chemise colorée à col haut ouverte jusqu'au nombril, un jean patte d'éléphant, des bottes Chelsea et un blouson en cuir. Un médaillon en or brillait sur sa poitrine.

— Bonsoir ! le salua Maurice. Quel plaisir de rencontrer un autre fumeur !

L'homme tira sur son cigare dont la lueur rouge s'intensifia, et souffla la fumée lentement.

Tenant sa cigarette encore éteinte entre ses doigts, Maurice traversa pour le rejoindre.

— Comment allez-vous ? Je suis Maurice Penze-Weedell. Nous avons récemment emménagé au n° 36, la maison à l'autre bout de la rue.

Mais au moment où Maurice, la main tendue, arrivait à sa hauteur, l'homme s'évapora.

8

Vendredi 14 décembre

— C'était probablement un renard ou un chat, dit Jason en scrutant l'obscurité par la fenêtre, une fois l'alarme désactivée et l'éclairage de sécurité éteint. Je parie que ces gens au n° 36 ont un chat. Ils en ont bien l'air. Probablement un gros matou avec un nom idiot, comme Minouche.

Emily dit malicieusement :

— Ou bien c'était peut-être le cinglé du quartier ?

Ils reposaient enlacés sur le grand sofa moelleux, serrés l'un contre l'autre pour se réchauffer dans le courant d'air froid.

— Eh bien, si c'était lui, nous lui avons offert un bon spectacle ! dit Jason. Je pense que le village de Cold Hill a dû ressentir une légère secousse sismique.

— Légère ? Moi je dirais 10 sur l'échelle de Richter.

Il haussa les sourcils.

— Seulement 10 ?

— Probablement plus ! dit-elle en le couvrant de baisers. Je t'aime tellement. J'aime notre nouvelle maison.

La voix sèche d'une femme résonna, bruyamment, juste derrière eux.

— Et qu'est-ce qu'elle a de si spécial ?

Emily se dégagea des bras de Jason et se redressa brusquement.

— Qu'est-ce que c'était ?

Jason se leva, tout nu, et courut dans la cuisine. À sa stupéfaction, la télévision était allumée, le volume à fond.

— Qu'est-ce qu'elle a de si spécial ? Je vais te le dire, moi, bordel, ce qu'elle a de si spécial !

Jason se dirigea vers le boîtier de commande et appuya sur le bouton vert, qui vira immédiatement au rouge. Il saisit la télécommande dans le meuble vitré sous le téléviseur qui abritait la box Sky et le lecteur DVD, et éteignit la télévision. Puis il retourna dans le salon auprès d'Emily.

— Je crois que cette saleté de commande vocale n'en fait qu'à sa tête. Il doit y avoir une astuce de réglage que je n'ai pas remarquée et qui a remis la télé en marche. J'ai éteint ce fichu truc.

— Ça n'avait pas l'air d'être la télévision, dit-elle. On aurait dit que la voix venait de quelqu'un juste derrière nous.

— Oui, je sais. Peut-être que le son a été retransmis par ce haut-parleur, là-haut.

Il pointa le doigt vers le mur. Il revint s'allonger à côté d'elle, l'entoura de ses bras et l'embrassa.

— C'est incroyable que nous soyons finalement ici, à temps pour Noël.

— Il faut que nous achetions un sapin demain, et beaucoup de décorations : toutes celles que nous avons paraîtront un peu perdues, ici.

— Tu as raison.

Ils habitaient auparavant une maison mitoyenne de deux chambres datant de l'époque victorienne, située dans le quartier de North Laine, en plein centre de Brighton. Elle était petite comparée à celle-ci, et leur semblait maintenant beaucoup plus petite.

Jason se libéra quelques instants de l'étreinte de sa femme et se leva pour remplir leurs verres. Il lui en tendit un avant de la rejoindre sur le canapé.

— Nous avons tellement de choses à prévoir, soupira-t-il.

— Par exemple, ce que nous allons manger ce soir. Je meurs de faim, dit Emily.

— Moi aussi. J'ai une faim de loup.

— Maman nous a apporté un gratin de pâtes et de la salade, ils sont dans le frigo.

— J'ai plutôt envie d'un curry, ou de cuisine thaïe. Pourquoi ne pas commander, pour le dîner ?

— C'est une bonne idée, mais nous ne sommes plus à Brighton maintenant, nous sommes en pleine cambrousse. Ça m'étonnerait que nous arrivions à nous faire livrer.

— Très juste. Et si nous mangions dehors demain soir, ou dimanche midi ? On pourrait essayer le pub du village ? Voir ce qu'ils ont ? J'ai vu qu'ils proposaient des plats faits maison.

— Nous pourrions y aller demain matin et voir s'il est possible de réserver... Si ça nous paraît bien.

— Et demander à l'épicerie de nous faire livrer les journaux. L'agent immobilier a dit qu'ils s'en chargeraient.

Ils restèrent allongés, sans esquisser un geste. Jason, épuisé, ferma les yeux. Bien que le canapé soit flambant neuf, il commença à penser à de potentielles punaises de lit. Une inquiétude qui dégénéra en panique. Comment pouvait-il s'emballer à ce point ?

Soudain, Emily lui donna une légère tape sur la poitrine.

— C'est génial de se laisser aller spontanément comme ça, plutôt que de toujours calculer le bon créneau chaque mois, n'est-ce pas ?

— Absolument ! confirma-t-il en l'embrassant.

— Allez, debout, nous avons du boulot. Il faut que j'installe ma cuisine dans le garage. Dans deux semaines, je m'occupe d'un vingt-cinquième anniversaire de mariage avec une réception pour quatre-vingts personnes, et toi, tu dois aménager ton atelier.

Pressé d'aller se doucher, il se redressa et dit :

— Tu ne crois pas que c'était un peu ambitieux d'accepter une commande pareille si tôt après avoir déménagé ? (Il haussa les épaules.) Je dis ça comme ça.

— Nous avons besoin d'argent, lui rappela-t-elle. Et le client est une célébrité de la télé, qui anime l'émission sur les antiquités. Ça pourrait m'ouvrir de nombreuses portes dans la région. J'en ai discuté avec Louise, et elle peut préparer beaucoup de choses chez elle.

Louise Porter était son associée dans son entreprise de traiteur.

Elle lui donna une autre tape.

— Allez, au boulot ! Arrête de traîner !

— Je sais.

Il avait deux commandes de tableaux – deux portraits de chiens à réaliser pour des clients : une peinture à l'huile et un dessin au crayon, à livrer avant Noël. Il prévoyait de les faire d'ici au lundi, puis de les apporter chez son encadreur. Le timing allait être serré, mais chaque penny comptait en ce moment. Et il n'aurait pas de répit pendant la période des fêtes : la galerie Northcote, à laquelle il devait le succès qui les avait aidés à acheter cette maison, préparait une exposition en solo de ses œuvres à partir du 8 février. Il leur avait promis vingt-deux peintures, le nombre standard pour une exposition. Pour le moment, il n'en avait terminé et fait encadrer que douze. Il allait devoir carburer à fond ces dix prochaines semaines.

— Concentre-toi sur tes peintures, mon chéri, et je m'occuperai de tout le reste. Je dois commencer à déballer les draps, les oreillers et nos habits. Mes engagements de traiteur ne me posent aucun problème, mais je ne suis pas sûre que c'était une si bonne idée d'inviter mes parents pour le déjeuner de Noël.

— Je ne suis pas sûr que ce soit une bonne idée d'inviter tes parents à quoi que ce soit, marmonna-t-il.

Emily lui jeta un regard de travers.

— Qu'est-ce que tu as dit ?

— Rien, ma chérie.

— Si, j'ai vu tes lèvres bouger.

— J'ai juste dit que ce serait agréable d'avoir tes parents ici pour Noël.

Une voix de femme cria de la cuisine :

— Tu mens !

9

Vendredi 14 décembre

Emily et Jason sursautèrent et se retournèrent brusquement.

Il bondit sur ses pieds :

— Qu'est-ce que… ?

— Qui a dit ça ? Qui a parlé ? demanda Emily. Qui est là avec nous ?

— Je croyais que nous avions éteint cette putain de télévision ! hurla-t-il en courant dans la cuisine.

La télévision était éteinte.

Jason scruta l'écran. L'expression d'Emily changea et son sourire s'effaça.

— Elle est éteinte ?

— Oui.

— D'où venait cette voix ?

— Je n'en sais rien, ça doit être un bug du boîtier de commande. Peut-être qu'il a allumé et éteint la télévision tout seul ?

— Et peut-être que non. Peut-être que quelqu'un nous joue un tour ? Y a-t-il quelqu'un dans la maison ?

— Comment ?

— Tu sais ce que je veux dire.

— Bien sûr qu'il n'y a personne, chérie.

— Cette voix… ce n'était pas la télévision.

Ils se rhabillèrent, puis il prit leurs verres, les remplit et ils s'assirent à la table de la cuisine. Il but son champagne à petites gorgées, dans un silence pensif.

— Qu'est-ce que c'était, alors ? le pressa Emily.

— Écoute, nous...

Il s'interrompit, le verre à la main.

— Nous quoi ? Nous l'avons entendue, dit-elle. Nous l'avons entendue tous les deux, putain.

— Il doit y avoir une explication rationnelle.

— Parfait. Explique-moi, je suis tout ouïe.

— Je pense, commença-t-il, hésitant, que la commande vocale a peut-être allumé la télévision et l'a ensuite éteinte. C'est forcément cela.

Il finit son verre.

— J'ouvre une autre bouteille ?

— Je crois que nous avons assez bu.

— J'ai besoin d'un remontant. Juste un verre, d'accord ? Nous la finirons demain.

— Pourquoi ne demandes-tu pas à notre intruse de la déboucher à notre place ?

Il s'esclaffa.

— Je suis contente que tu trouves ça drôle, parce que moi pas.

— Il doit y avoir une explication rationnelle, répéta-t-il.

— Je l'attends encore.

Il se leva pour aller jusqu'au réfrigérateur. Ouvrant la porte, il prit la bouteille de champagne qu'il avait achetée pour célébrer leur déménagement avant de trouver celle que leur avait laissée l'agent immobilier.

— De la télépathie ?

— Télépathie ? Qu'est-ce que tu entends par là ?

Il haussa les épaules.

— Peut-être que nos sens sont particulièrement en éveil, tu sais. Déménager, c'est un bouleversement important et traumatisant... Probablement plus que nous ne le pensons.

— Donc, nous captons chacun les pensées de l'autre par télépathie ? C'est ce que tu veux dire ?

— C'est une explication possible.

— Bon, on va s'en tenir à ça pour le moment, d'accord ?

Il hocha la tête.

— En tout cas ce n'était pas très gentil de dire qu'inviter mes parents n'est pas une bonne idée, sachant qu'ils nous ont aidés à acheter notre première maison, et qu'ils étaient disposés à le faire de nouveau pour celle-ci. Bien plus que tes parents n'en ont jamais fait.

Il leva les mains en l'air.

— Tu sais ce que je veux dire.

— Non, je ne sais pas. Je ne sais pas ce que tu veux dire. Tu pourrais peut-être développer ?

Il déboucha la bouteille, se leva et s'approcha d'elle pour remplir son verre.

— Chérie, je suis désolé, ne nous disputons pas le premier jour dans notre nouvelle maison. Nous sommes tous les deux fatigués et je… Tu sais bien. Mes parents ne sont pas riches. Je suis reconnaissant envers tes parents, oui, mais cette façon qu'ils ont de me traiter comme un raté m'énerve. Ils ne me comprennent pas.

— Ce n'est pas qu'ils ne te comprennent pas. Papa est un type du Nord, franc et direct. Il ne comprend rien à l'art.

Jason savait que le père d'Emily avait grandi dans une HLM avec sa mère malade, son père ayant décampé quand il avait 4 ans. Il avait passé son enfance à s'occuper de cette dernière et avait gravi tous les échelons : livreur de journaux, puis maçon, jusqu'à devenir un promoteur immobilier prospère.

— Ça, tu peux le dire. Je n'oublierai jamais le jour où je lui ai demandé ta main. Il m'a regardé droit dans les yeux, et m'a dit qu'il me donnerait son consentement quand j'arrêterais de peindre des tableaux de pacotille, et que je ferais un job sérieux qui me permettrait de prendre soin de sa fille.

— Eh bien, c'est ce qu'il se passe, non ? rétorqua-t-elle.

— Tu le penses vraiment ?

— Absolument. Et ce n'est pas simplement que je le pense : j'en suis persuadée ! Tu vas aller très loin. Continue à croire en toi-même comme moi je crois en toi, mon amour. Souviens-toi du 11 mars.

***

C'était une date qu'il n'oublierait jamais, quoi qu'il arrive. Il avait passé plusieurs années à travailler dans le grenier de leur petite maison en écoulant ses tableaux dans une galerie locale de Lewes. Tout le monde lui répétait que pour devenir un véritable artiste peintre, il fallait qu'il participe à une exposition. C'est alors qu'il était tombé sur la galerie Northcote à Londres. Les propriétaires de la galerie avaient aimé son style et lui avaient pris six œuvres. Ils en avaient vendu quatre le premier mois, et lui avaient ensuite proposé de faire une exposition en solo le 11 mars de l'année suivante – mais ils voulaient vingt-deux tableaux.

Pendant des mois, il avait travaillé d'arrache-pied, peignant des paysages, des chiens, et son sujet de prédilection, des buveurs attablés au pub. Entre deux tableaux, il s'était maintenu à flot financièrement en exécutant des commandes, essentiellement des portraits d'animaux. Quatre mois avant l'exposition, il avait terminé les vingt-deux peintures et il ne restait plus qu'à les encadrer ; or cela représentait un investissement de plus de quatre mille livres. Il ne possédait en tout et pour tout que sa batterie : sa seule distraction quand il ne peignait pas, c'était de jouer du jazz. Refusant l'offre d'Emily de demander de l'aide à ses parents, il l'avait vendue pour payer les cadres.

Le jour du vernissage, ils avaient tous les deux pris le train pour Londres. Une vraie boule de stress, il s'était habillé pour l'occasion et étrennait une veste en velours neuve, une chemise blanche et un pantalon beige. Emily portait une jolie robe noire. Pour économiser sur l'argent du taxi, ils avaient marché de la gare de Victoria à la galerie dans l'air glacé du soir, ce qui leur avait pris bien plus de temps qu'ils ne pensaient.

Finalement, après avoir longé les vitrines de magasins d'ameublement, de luminaires et d'objets de décoration, tous fermés à cette heure-là, ils avaient aperçu la galerie brillamment éclairée. En s'approchant, il avait senti son estomac se nouer. Il n'y avait pas plus d'une quarantaine de personnes à l'intérieur, des flûtes de champagne à la main. Chaque fois qu'il avait exposé à Lewes, la galerie était bondée, avec une bonne centaine de personnes débordant sur le trottoir. Ils avaient l'habitude d'inviter tous leurs amis, en leur demandant d'amener aussi leurs proches.

Submergé par la déception, il se rappela avoir murmuré à Emily :

— Putain. C'est gênant. C'est un désastre. Et c'est pour ça que j'ai vendu ma batterie ? Nous devrions faire demi-tour et rentrer à la maison.

— Il faut qu'on y aille, avait-elle insisté.

À peine à l'intérieur, ils furent assaillis par des effluves de parfums coûteux. Une serveuse les déchargea de leurs manteaux et une autre leur offrit à chacun un verre. Alors qu'ils regardaient autour d'eux, Susan Burton, une femme d'âge moyen qui avait lancé la galerie avec son mari promoteur immobilier, s'avança à leur rencontre.

— Jason, Emily, quel plaisir de vous voir !

Elle leur lança des baisers dans le vide, puis annonça d'une voix forte :

— Voici l'artiste en personne, Jason Danes, et sa très charmante femme Emily !

Presque tout le monde dans la pièce s'était tourné vers eux.

Jason aurait voulu disparaître sous terre.

Mais Susan l'avait guidé, Emily dans son sillage, à travers l'assistance clairsemée, jusqu'à un couple. Lui, un bel homme d'une cinquantaine d'années, vêtu d'un costume à rayures, affichait le bronzage et l'assurance des super-riches. Sa femme, grande et élégante, arborait un sac Chanel et des bijoux très chics.

— Jason, je voudrais vous présenter mes chers amis, Charles et Clarissa De Montfort-Montefiore. Ils meurent d'envie de vous rencontrer et ils viennent d'acheter un de vos tableaux. Pourriez-vous leur en dire plus à son sujet ?

— Ah, avait articulé Jason. Eh bien… merci.

Il en avait vendu un !

— C'est une œuvre absolument divine, s'écria la femme avec un accent new-yorkais. En voyant ce vieil homme absorbé par sa pinte de bière, on a envie de s'asseoir sur un tabouret à côté de lui et de lui parler. Il a l'air tellement intrigant, comme s'il avait beaucoup vécu !

— Merci.

— Comment avez-vous fait pour l'invoquer de cette manière ?

— Il est réel, avait répondu Jason. Je prenais un verre dans un pub à Lewes – dans le Sussex, près de chez nous –, et j'ai pensé exactement la même chose que vous : qui êtes-vous ? Quelle est votre histoire ? En fait, je l'ai discrètement pris en photo avec mon téléphone.

— Vraiment ? C'est incroyable.

Il avait senti Emily lui presser la main pour attirer son attention. Il s'était brièvement tourné vers elle, peu désireux d'abandonner la seule personne présente ayant payé une de ses peintures rubis sur l'ongle, avant de reporter de nouveau toute son attention sur Clarissa De Montfort-Montefiore.

— Ensuite, je me suis approché de lui pour engager la conversation. J'ai toujours été convaincu que chaque personne que l'on rencontre a une histoire à partager. Et c'était le cas de ce vieil homme sympathique. Il m'a expliqué avoir été l'un des soldats qui ont libéré le camp de Belsen ! Il m'a raconté que l'officier SS qui secondait le commandant était une femme, et qu'elle l'avait terrifié, bien que sa prisonnière. Elle incarnait le mal à l'état pur.

Emily lui avait de nouveau pressé la main, cette fois avec insistance.

Il l'avait ignorée et poursuivi sa discussion avec le couple.

Elle était revenue à la charge.

Il s'était libéré, mais elle lui reprit la main, obstinément. Elle commençait sérieusement à lui casser les pieds.

— Qu'a-t-il dit au sujet de Belsen ? demanda Clarissa.

— Qu'après tout ce temps, il se souvenait encore de l'odeur. Qu'il se réveillait au moins trois fois par semaine au milieu de la nuit, avec ce remugle dans les narines.

À ce moment, un autre couple s'avança vers eux : des amis de Clarissa et de son mari, qui les interrompirent par des embrassades et des salutations.

Emily avait sauté sur l'occasion.

— Regarde ! avait-elle lancé à Jason en pointant le doigt vers les murs.

Il lui avait fallu quelques secondes pour comprendre ce qui provoquait l'excitation de sa femme. Son cœur avait raté un battement. Les points rouges. La marque traditionnellement employée par les galeries d'art pour indiquer qu'une peinture était vendue.

Il y en avait dix-huit.

Plus tard, une fois de retour chez eux, Jason et Emily étaient restés éveillés toute la nuit, trop fiévreux pour dormir. Ils ne cessaient de compter et de recompter combien ils avaient gagné.

Presque vingt mille livres.

***

— On dîne vers 20 heures, ça te va ?

La voix d'Emily le sortit de sa rêverie.

— Oui, quand tu veux. Ça ne te dérange pas de faire le dîner ce soir ?

— Il est déjà prêt, je n'ai plus qu'à le mettre au four.

Il prit son verre avant de monter au premier étage, où il entra dans la salle de bains et passa plusieurs minutes à se laver les mains. Chaque fois qu'il se les séchait, il les examinait soigneusement pour vérifier qu'il n'avait pas ramassé de saletés sur le canapé. Il décida qu'il avait besoin d'une douche.

Après avoir passé étonnamment peu de temps sous l'eau, il se sécha et s'habilla, récupéra son verre et rejoignit son atelier en haut.

Il y régnait un désordre indescriptible ; il fallait qu'il le range, rapidement. Un canapé fatigué, mais confortable, était placé contre un mur et croulait sous une pile de tableaux encore invendus. Deux grandes caisses contenant une partie de son matériel de peinture étaient posées par terre. Seul semblant d'ordre, plusieurs bidons de peinture blanche étaient alignés sur une étagère. Son chevalet se dressait en plein centre de la pièce – il n'avait pas encore décidé de son emplacement définitif.

Il posa son verre sur la table à tréteaux qui lui servait depuis longtemps de plan de travail, ramassa le cutter qui faisait partie de sa panoplie d'outils indispensables et s'attaqua à la première caisse.

Au même moment, il remarqua une lumière dans une pièce à l'étage de la maison de l'autre côté de la rue. Il jeta un œil par la fenêtre et vit une femme d'une trentaine d'années, avec de longs cheveux blonds, un homme à peu près du même âge, au crâne rasé et portant des lunettes, et deux jeunes enfants – un garçon et une fille – qui l'observaient.

Il sourit et les salua de la main en articulant : « Bonsoir ! »

Ils lui rendirent son salut, aimablement, comme l'après-midi même. Des voisins sympathiques !

Il se détourna de la fenêtre et continua à déballer.

10

Vendredi 14 décembre

Dans la cuisine, Emily disposa des feuilles de laitue finement découpées dans un bol en verre, avant d'y ajouter des concombres et des tomates coupés en dés. Puis elle coupa un avocat en deux, ôta délicatement le noyau et éminça la chair dans le saladier, en complétant avec des pignons, du quinoa, des graines de chia, de l'huile d'olive, du sel et du poivre.

Elle retira le film du gratin de pâtes que sa mère avait préparé, le mit dans le four préchauffé et lança d'une voix forte :

— Le dîner sera prêt dans vingt minutes, chéri.

Elle sortit un crumble à la rhubarbe du réfrigérateur, le plaça dans le micro-ondes et ferma la porte en notant mentalement de l'allumer un peu plus tard, juste pour le réchauffer. À sa surprise, l'appareil commença tout à coup à ronronner. Elle s'apprêtait à l'éteindre, quand une ombre traversa silencieusement la pièce.

— Ah, génial, tu es descendu vite ! Est-ce que tu as très faim ? J'ai du pain à l'ail au congélateur, je pourrais le mettre au four en vitesse si tu…

Emily se retourna.

Il n'y avait personne.

Elle fixa la porte qui menait à l'entrée.

— Jason ? appela-t-elle d'une voix faible, effrayée. Jason ?

Elle haussa le ton.

— Jason ?

Elle marcha jusqu'à l'entrée.

Une ombre la croisa.

Elle fit volte-face.

Personne.

La jeune femme s'arrêta devant la télévision. Elle était éteinte. Elle vérifia le boîtier de commande. La lumière rouge scintillait.

Emily resta immobile, terrorisée, jetant les yeux dans toutes les directions. Elle scruta l'obscurité par les fenêtres. Elle ressentait encore plus fortement la présence d'une personne invisible avec elle, là, dans la cuisine.

Nerveusement, regardant par-dessus son épaule tous les deux ou trois pas, elle se dirigea vers le placard où elle avait rangé les assiettes, et en prit deux. Elle était à mi-chemin de la table à manger quand une explosion retentit, comme un coup de feu.

Quelque chose de chaud la frappa en pleine figure.

Hurlant de frayeur, elle laissa tomber les assiettes qui se fracassèrent sur le carrelage.

Jason accourut dans la pièce.

— Que… ?

Il s'arrêta net.

Sa femme était debout au milieu de la cuisine. Quelque chose de blanc dégoulinait dans ses cheveux roux. Du sang lui coulait sur le visage. Le micro-ondes vomissait de la fumée, la porte ballante et la vitre noircie. Les murs comme le plafond étaient constellés d'éclaboussures rouges.

Il courut vers elle.

— Em, Em, es-tu… ?

À son grand soulagement, il s'aperçut qu'il ne s'agissait pas de sang, mais de jus de rhubarbe. Ses cheveux étaient couverts de miettes de crumble et de morceaux de fruit dont le jus ruisselait sur ses joues. Il l'entoura de ses bras.

— Merde, est-ce que ça va ?

Elle sanglota :

— Non. NON. Ça ne va pas du tout.

11

Vendredi 14 décembre

— Mais enfin, Maurice, qu'est-ce que tu fabriques à entrer et sortir comme ça ? demanda Claudette, la bouche pleine de chocolat fourré à l'orange, en caressant la chatte.

Son mari se tenait sur le seuil, engoncé dans son manteau, ébranlé par sa rencontre avec l'homme au cigare.

Sur l'écran du téléviseur, un couple moulé dans des costumes jaune vif assortis dansait le tango.

— Tu te sens bien, Maurice ? demanda-t-elle, soudain anxieuse. Tu es très pâle.

— Je... je... je vais bien.

Elle secoua la tête.

— Je pense vraiment que tu devrais aller voir le docteur Reade. Tu te comportes de façon très bizarre, depuis que nous avons déménagé ici. J'ai peur que tu n'aies fait un petit AVC ou que tu ne sois atteint de démence précoce.

— Je vais parfaitement bien.

— Tu as besoin de faire une IRM.

J'ai besoin d'un verre, pensa-t-il.

— Prends rendez-vous demain matin.

— D'accord, dit-il en enlevant son manteau et en l'accrochant à une patère de l'entrée.

Puis il se dirigea vers la cuisine et alla droit au buffet, où il se servit un grand whisky qu'il descendit d'un trait.

Alors que les danseurs finissaient leur numéro, Claudette Penze-Weedell aperçut de nouveau une silhouette traversant le vestibule, en direction de la porte.

— Maurice, appela-t-elle sévèrement. Où vas-tu encore ?

Son mari entendit sa voix de la cuisine où il restait planté, toujours très secoué par ce qu'il avait vu. Il se versa un deuxième whisky tout aussi généreux avant de retourner sans se presser dans le séjour.

— Maurice ! appela-t-elle encore.

Il pénétra dans la pièce.

— Où es-tu allé à l'instant ?… Et pourquoi ?

— Que veux-tu dire ? demanda-t-il.

— Je viens de te voir foncer vers la porte d'entrée.

— Tu as dû te tromper, j'étais dans la cuisine.

Elle fronça les sourcils.

— Je… Je suis certaine de t'avoir vu près des manteaux.

— Je suis certain que non.

— Je t'ai vu !

— C'est peut-être toi qui as besoin d'aller chez le médecin, mon amour.

— Puisque je te dis que je t'ai vu ! Tu ne peux même pas te rappeler ce que tu as fait il y a trente secondes. J'irai avec toi, tu as besoin d'un bilan de santé.

Il jeta un coup d'œil à l'écran.

— Qui est en tête ?

— Pas le couple que je soutenais. Ils viennent d'être éliminés.

— Ah.

— *Ah*, l'imita-t-elle. C'est tout ce que tu trouves à dire ?

— Que voudrais-tu que je dise, ou que je fasse ? Me prostrer de douleur ? Leur envoyer une couronne funéraire de la taille des jardins suspendus de Babylone ?

— Ne sois pas si ridiculement mélodramatique.

Elle lui tourna le dos et se concentra de nouveau sur

l'écran. Quelques instants plus tard, elle lança à l'adresse de son mari :

— J'aimerais simplement que tu manifestes un peu d'émotion, de sensibilité, d'intérêt envers les choses qui m'intéressent.

Il pointa le doigt vers la télévision.

— Envers tous ces gens déguisés qui se pavanent ?

— C'est de la danse de qualité – ce qui n'a jamais été ton fort.

— Non ? Eh bien, je vais voir un match de football *de qualité* demain. L'Albion de Brighton et Hove contre les Spurs de Tottenham.

— Comment ça ? dit-elle avec mauvaise humeur. Demain, les boissons chaudes sont gratuites toute la journée à la jardinerie. Avec ma carte de fidélité. Tu le sais bien, tu l'as noté dans ton calendrier.

— Une boisson chaude gratuite ?

— Oui ! insista-t-elle.

— L'essence pour y aller coûte probablement plus que le prix d'une boisson.

— Certainement pas. Ma voiture est électrique. De toute façon, il nous faut plus de décorations, et il me reste encore beaucoup de choses à acheter pour le repas de Noël – ils proposent une bonne sélection de fromages là-bas. Il nous faut un morceau de Stilton. Du Stilton et du porto pour ton père.

Maurice ne voulait pas aller à la jardinerie. Claudette y perdait la tête. Depuis qu'elle avait découvert la carte de fidélité, leur vie entière semblait graviter autour de la journée mensuelle des boissons chaudes gratuites. Évidemment, elles n'étaient jamais gratuites. La dernière fois qu'il l'avait accompagnée, ils avaient dépensé plus de six cents livres sterling en plantes.

Quelques jours avant son licenciement.

Il était écartelé par un conflit intérieur. Il possédait un abonnement pour la saison de l'Albion, et c'était probablement la dernière année qu'il pouvait se le permettre. Il avait donc vraiment envie d'assister au match. Mais, par ailleurs, si Claudette allait réclamer sa boisson gratuite à la jardinerie, Dieu sait combien elle finirait par dépenser. Au moins, s'il l'accompagnait, il pourrait l'en empêcher. À moins qu'ils n'y aillent dimanche, mais dans ce cas, il raterait son golf.

Pendant qu'il ruminait ce dilemme, une voix dans sa tête lui souffla, brusquement et distinctement : « Annule les cartes de crédit de la grosse truie et va voir le foot ! Sois un homme, pour une fois. »

12

Samedi 15 décembre

Le lendemain matin, la cuisine sentait encore le plastique brûlé à plein nez. Fatigué après une nuit de sommeil agité, Jason, assis à la grande table, lisait le mode d'emploi du micro-ondes tout en prenant son petit-déjeuner.

Derrière lui, absorbée dans ses pensées, Emily vidait un carton de déménagement. Un pansement adhésif recouvrait sur sa joue les deux coupures provoquées par les éclats de verre. Elle n'avait pas parlé à Jason des ombres qu'elle avait aperçues dans la pièce la nuit précédente, n'étant maintenant plus tout à fait certaine de les avoir vues. La chaîne d'informations en continu défilait en sourdine, mais ni l'un ni l'autre ne regardaient l'écran, plongés dans leurs réflexions.

— Je n'ai fait que mettre le crumble au micro-ondes, dans un bol en verre et recouvert de film plastique que j'avais percé, répéta Emily.

— L'appareil est probablement défectueux. Ils nous le remplaceront, il est sous garantie.

— Je ne suis pas sûre d'en vouloir un autre… En tout cas, pas de cette marque. Ils auront du mal à me convaincre que la même chose ne se produira pas avec le modèle de remplacement. En attendant, j'irai récupérer dans le garage celui que j'utilise pour le travail.

— J'ai jeté un coup d'œil sur internet, dit Jason. Je n'ai pas trouvé d'autres exemples d'incidents similaires, à part des imbéciles qui avaient mis exprès des trucs ridicules au micro-ondes, et ça…

Il s'interrompit en pleine phrase, stupéfait.

— Merde alors !

— Quoi ?

— C'est pas possible !

— Quoi donc ? répéta-t-elle.

Jason pointa quelque chose par la fenêtre.

Emily chercha des yeux ce qu'il indiquait, sans rien voir.

— Qu'y a-t-il ?

Il agita le doigt de nouveau.

— De l'autre côté de la rue ! On dirait qu'elle s'est emmitouflée pour une expédition polaire.

Emily s'approcha de la vitre et aperçut enfin la femme devant sa porte d'entrée ouverte. Une petite voiture violette sans chauffeur recula hors du double garage et manœuvra pour s'arrêter à sa hauteur.

— Mince alors, ça doit être une de ces voitures qui se garent toutes seules. Ça ne me déplairait pas d'en avoir une, dit-elle.

Quelques instants plus tard, un homme à l'air plutôt bonasse, vêtu d'un anorak et muni d'un sac à provisions, sortit précipitamment de la maison. Il s'installa dans le siège passager pendant que la femme prenait place derrière le volant, et ils démarrèrent.

— Ils ont l'air marrants, nos voisins, dit Jason.

— Marrants… ou pas ! Il faudra que nous passions les voir plus tard pour leur dire à quel point nous aimons leurs décorations de Noël, répondit Emily avec malice.

— Et peut-être qu'ils nous proposeront un verre de Liebfraumilch tiède.

— Tu crois vraiment qu'ils seraient assez classe ?

— Allons, ne sois pas si snob, Em. Je suis sûr qu'ils sont plus raffinés que ça. Du rosé de Lidl, au minimum.

Le père Noël se balançait toujours dans sa grotte, mais au moins, dans la lumière vive du matin, ils ne pouvaient pas voir ses yeux clignotants.

— Oh, regarde !

Emily exhuma un grand album à la couverture cartonnée embossée.

— Notre album de mariage ! Où allons-nous le mettre ?

— Montre-le-moi.

Elle le lui tendit. Sur la page de garde, on voyait une photo de lui et d'Emily sur fond gris. Elle était radieuse dans une robe crème, coiffée d'un diadème étincelant, et lui rayonnait, vêtu d'un costume noir rehaussé à la boutonnière d'une fleur assortie au bouquet de gerbéras rouges de sa femme. Leurs demoiselles d'honneur et leur témoin se tenaient à leurs côtés.

— Je n'arrive pas à croire que ça fera six ans en juillet prochain !

— Moi non plus ! dit-elle en l'embrassant. Ça n'a pas été complètement nul, n'est-ce pas ?

Jason fit une grimace.

— Non, pas complètement.

Il lui adressa un sourire taquin.

— Il y a eu quelques bons moments…

— Oui, quelques-uns…

Il se leva et l'enlaça, la serrant fort contre lui.

— Chaque seconde a été inoubliable. Je t'aime comme un fou.

— Moi aussi, je t'aime à la folie.

Elle le regarda avec tendresse.

— Quand nous serons bien installés, nous pourrions prendre un chiot ?

Il fronça les sourcils.

— Je préférerais un chat, ils sont plus propres.

Il lui tapota le ventre.

— Peut-être que nous aurons bientôt nos propres chatons ?

— J'en voudrais trois. Idéalement, deux garçons et une fille.

— Deux garçons, c'est ce que la famille royale appelle *un héritier et une roue de secours.*

— Quelle horreur !

— C'est une blague.

— Ce n'est pas drôle.

Elle se dégagea avec douceur de ses bras et s'écarta.

— Alors, quel est le programme pour aujourd'hui ?

— Faire l'amour ? suggéra-t-il.

— On le casera quelque part. D'abord il faut trouver une jardinerie pour acheter un sapin de Noël, et ensuite nous arrêter au pub et à l'épicerie du village.

— Et ensuite faire l'amour ?

Il l'entoura de ses bras.

Elle secoua la tête avec un air faussement désespéré.

— Pourquoi ne puis-je jamais rester fâchée avec toi longtemps ?

— Parce que tu as trop envie de moi.

Elle lui fit un doigt d'honneur et retourna à son carton. Pendant qu'elle continuait à le vider, il reprit place devant son petit-déjeuner. Il mit de côté le mode d'emploi du micro-ondes et parcourut les pages de l'album tout en mangeant.

— C'était une journée extraordinaire !

— C'est vrai.

— Tom et Marianne vont passer dans l'après-midi, si ça ne te dérange pas, dit-il. Ils meurent d'envie de voir la maison.

Tom Bedford, un autre artiste peintre dont la carrière commençait à décoller, était son meilleur ami, et Emily s'entendait aussi bien avec lui qu'avec sa femme.

— Pas de problème. Louise va venir vers 16 heures pour m'aider à aménager notre cuisine professionnelle. Nous devons aussi vérifier le menu de l'anniversaire de mariage pour veiller à nous procurer tout ce dont nous aurons besoin avant Noël. Comment va le petit garçon de Tom et Marianne… Kit ?

— Il vient de fêter ses 4 ans.

Jason finit son porridge et mit le bol dans le lave-vaisselle. Il se dirigea vers la fenêtre et contempla la petite bâtisse de l'autre côté de la rue où, la nuit précédente, il avait aperçu de nouveau le couple avec de jeunes enfants à la fenêtre de l'étage. Il n'y avait aucun signe de vie. Et pour la première fois, il remarqua la pancarte bleue du promoteur immobilier à côté de la porte d'entrée, sur laquelle était inscrit en grandes lettres bien lisibles à distance :

LE NID D'ÉCUREUIL. 34, ALLÉE DU LAC
À VENDRE

Alors, s'interrogea-t-il, qui avait-il vu la veille ? Les nouveaux acheteurs potentiels ?

Il l'espérait. Ils avaient l'air sympathiques.

13

Samedi 15 décembre

Un peu avant midi, Maurice Penze-Weedell poussait le caddie plein à craquer sur le parking encombré de la jardinerie. L'expédition avait été aussi coûteuse qu'il le craignait, Mme P-W étant parvenue à dépenser plus de trois cents livres pour des plantes dont ils n'avaient pas besoin, des fromages, de la camelote de Noël, de nouveaux gants de jardinage, et Dieu sait quoi encore fourré dans le chariot à son insu.

Une femme heureuse égale une vie heureuse, s'était-il répété.

Au moins, se consola-t-il, ils avaient pris deux boissons chaudes : un chocolat chaud garni de crème fouettée pour elle, et un thé pour lui. Elle s'était offert en prime une tranche de gâteau de Battenberg qu'elle avait tellement appréciée qu'elle en avait pris une seconde.

Maintenant, Claudette ouvrait la marche. Elle tendit le bras impérieusement alors qu'ils approchaient de sa voiture violette.

— Arrête-toi là, Maurice, dit-elle en appuyant sur la clé électronique.

Aussi obéissante que son mari, la voiture recula hors de la place de stationnement et s'arrêta devant eux. À ce moment précis, Claudette, du coin de l'œil, vit s'approcher une camionnette rose vif à l'allure familière.

— Oh mon Dieu ! dit-elle.

— Oh mon Dieu ! fit Emily Danes, tandis qu'ils tournaient sur le parking bondé de la jardinerie en cherchant une place. Regarde qui est là !

— Ce sont nos voisins d'enfer ! répondit Jason.

Elle lui donna une tape de reproche sur la cuisse.

— Sois poli avec eux !

— Je serai tout sucre et tout miel. Et voilà la famille Addams qui s'apprête à rencontrer ses voisins, les Munster, pour la première fois. Nous aimons les voisins, n'est-ce pas ? Nous les aimons frits avec un peu d'ail et de piment !

— Arrête !

Le couple plus âgé les dévisageait, bouche bée.

Emily freina pour s'arrêter à leur hauteur et baissa sa vitre.

— Bonjour ! lança-t-elle jovialement. Je crois que vous habitez en face de chez nous, sur l'allée du Lac ?

La femme fit un sourire gêné, puis avec un accent distingué très affecté, elle s'exclama :

— Enchantée de faire votre connaissance. Claudette et Maurice Penze-Weedell !

Elle pointa le doigt vers son mari qui se tenait derrière elle.

— Emily et Jason Danes, répondit la jeune femme.

— Oh, nous savons tout à fait qui vous êtes, intervint le mari en faisant un pas en avant comme s'il sortait de son ombre.

Il souleva son chapeau poliment, révélant un crâne luisant.

— Enchanté !

— Il faut absolument que vous veniez prendre un verre à la maison, dit Emily avec enthousiasme, avant que Jason ne puisse l'interrompre. Pourquoi pas ce soir ?

— C'est une charmante idée, dit Maurice, pendant que sa femme acquiesçait, rayonnante.

— Vers 19 heures ?

— Parfait ! répondit-il.

— Vous faites vos courses de Noël ? poursuivit Emily.

— Oh, vous savez, quelques ajouts de dernière minute à nos décorations, dit Claudette.

— Les illuminations devant votre maison sont vraiment féeriques.

— Oh, je suis tellement contente qu'elles vous plaisent, minauda-t-elle.

— À plus tard… 19 heures !

Emily manœuvra pour se garer sur la place qu'ils venaient de quitter, en agitant gaiement la main.

Jason agita gaiement la main, lui aussi. Lorsqu'elle remonta sa vitre, il dit à voix basse :

— Merde, qu'est-ce que tu nous as mis sur les bras ce soir ?

— M. et Mme *Penze-Weedell* !

— Ils ont l'air épouvantables.

Arrêtant la camionnette, Emily se tourna vers lui.

— Qui a dit : *Commencez chaque journée avec le sourire, et finissez-en* ?

— W. C. Fields.

— Tu devrais passer dans *Questions pour un champion*, mon amour. Tu connais absolument toutes les citations qui existent.

— *La Bible nous dit d'aimer nos voisins et aussi d'aimer nos ennemis, parce que généralement ce sont les mêmes personnes*, G. K. Chesterton, rétorqua-t-il.

— Ferme-la !

Ils sortirent de la camionnette, adressèrent un sourire aux Penze-Weedell qui transvasaient le contenu de leur caddie dans le coffre de leur voiture et se dirigèrent vers la pile de sapins de Noël qui flanquait l'entrée principale. Ils s'arrêtèrent pour les étudier.

— Tu vois quelque chose qui te fait envie ? demanda Emily.

— Toi !

Elle l'embrassa.

— Et côté sapin ?

— Un plus grand que celui des… comment s'appellent-ils déjà… Pince-Oiselle ?

— Penze-Weedell.

— Il nous faut un sapin plus grand que le leur.

— Nous avons emménagé il y a à peine vingt-quatre heures et nous rivalisons déjà avec les voisins ? Enfin ! Nous ne connaissons même pas la taille de leur sapin.

— Je te parie qu'ils ont un arbre artificiel bien clinquant.

— Chut ! Parle moins fort, Jason !

— Nous pourrions prétendre que nous sommes des Témoins de Jéhovah et que nous ne fêtons pas Noël. Ou bien avoir une grotte du père Noël encore plus énorme que la leur, pour vraiment les faire bisquer. Et si nous installions un godemiché illuminé de trois mètres de haut devant la maison ?

— Tu es horrible !

— Ils ont forcément l'embarras du choix, ici.

— Forcément !

14

Samedi 15 décembre

— Tu es vraiment certain qu'il va rentrer, chéri ? demanda Emily.

— S'il est trop grand, nous taillerons légèrement le sommet.

— Mais le sommet est joli… Nous sommes bêtes, nous aurions dû mesurer la hauteur du plafond.

Un courant d'air s'engouffrait bruyamment dans la camionnette, accompagné par le vacarme du pot d'échappement. Ils conduisaient avec les portes arrière à moitié ouvertes et retenues par une ficelle, laissant pointer le bout du sapin de Noël. Emily ralentit en apercevant au loin le panneau indiquant Cold Hill, éclairé par le soleil.

— Je meurs de faim ! dit-elle.

— Moi aussi.

Une odeur alléchante de curry se dégageait des samoussas qu'ils avaient achetés à la jardinerie pour leur déjeuner, en plus des provisions pour la semaine, d'un paquet de bougies et de deux lampes torches en cas de coupure de courant. Jason ramassa le sac posé à ses pieds.

— Tu en veux une bouchée ?

— Non, il vaut mieux attendre : la maison est à cinq minutes, et nous avons une belle salade pour aller avec.

— J'allais justement dire que nous pourrions passer les samoussas au micro-ondes !

— Ce n'est pas drôle. Putain, cette voix, hier soir..., dit Emily. Je ne peux pas me la sortir de la tête. Elle me fait encore flipper. Et ensuite le micro-ondes qui explose.

— Il doit y avoir une explication rationnelle.

— Très bien, je l'attends toujours. Tu en as une ?

— Espérons que le fabricant en aura une. Je n'ai jamais été totalement à l'aise avec ces appareils. J'ai fait une recherche sur les micro-ondes la nuit dernière. Ils peuvent exploser si on y met quelque chose qui n'est pas adapté.

— Comme mon crumble à la rhubarbe ? ironisa-t-elle. C'est censé être *quelque chose qui n'est pas adapté* ?

— Je ne sais pas... Peut-être qu'on ne peut pas mettre de crumble au micro-ondes.

— Ne sois pas ridicule, bien sûr qu'on peut ! Et c'était seulement pour le réchauffer quelques secondes.

Elle tourna à gauche de la route principale pour emprunter un chemin étroit et sinueux. Ils dépassèrent un panneau « COLD HILL – RALENTIR », flanqué de signaux de limitation de vitesse à 40 km/h. La camionnette rebondit sur un pont en dos-d'âne et le sapin racla le plancher de façon inquiétante.

— Eh, ralentis ! dit Jason en plongeant le bras entre les deux sièges pour attraper la base du tronc.

— Désolée !

Ils aperçurent un terrain de cricket avec un petit pavillon sur la gauche, puis une église normande décrépite qui s'élevait en retrait, un peu plus loin sur la droite.

Ils passèrent entre deux rangées de cottages victoriens, devant un pub coquet baptisé The Crown, une forge, un charmant Bed & Breakfast au jardin manucuré derrière une clôture blanche où une pancarte indiquait « CHAMBRES LIBRES », et enfin l'épicerie du village. Le chemin montait ensuite en pente raide, bordé de pavillons de toutes tailles.

Un tracteur arriva en sens inverse à toute allure. Un vieil homme était assis dans la cabine, l'air sombre et déterminé, sans faire mine de freiner. Emily fit une embardée vers la gauche, accrochant le rétroviseur extérieur contre les buissons.

— Merci bien, mon vieux ! s'écria-t-elle.

— Putain de cinglé ! dit Jason.

Elle continua vers le sommet de la colline. Une boîte aux lettres rouge à moitié enfouie dans une haie apparut sur la gauche, et un haut mur de pierres usées sur la droite. Emily ralentit et alluma son clignotant quand ils approchèrent de l'entrée du nouveau lotissement, signalée par deux piliers en pierre surmontés d'effrayantes statues de vouivres et un portail en fer forgé grand ouvert. Sur une gigantesque pancarte bleue apposée sur le mur de droite, on pouvait lire :

LOTISSEMENT DE FOREST MILLS
DOMAINE DU PARC DE COLD HILL,
PAVILLONS ET APPARTEMENTS
DE 2, 3, 4 ET 5 CHAMBRES.
BUREAU DE VENTE OUVERT 7 JOURS SUR 7,
DE 9 H À 17 H.
CONTACTER L'AGENCE IMMOBILIÈRE RICHWARDS.
PHASE 1 EN COURS D'ACHÈVEMENT.

Ils passèrent le portail et se trouvèrent devant un terre-plein bordé d'arbustes fraîchement plantés, avec une indication « Serrez à gauche » destinée à séparer les voitures qui entraient de celles qui sortaient. Ce court tronçon à deux voies se terminait cinquante mètres plus loin par une pléthore de panneaux de signalisation : rue du Parc, impasse de Cold Hill… L'allée du Lac était la première à gauche.

La rue, flambant neuve avec ses trottoirs pavés de briques et ses réverbères de style victorien, s'incurvait sur la gauche après plusieurs bâtisses en construction protégées par des grillages d'acier. Elles ne montraient aucun signe d'activité. Là où la route tournait à droite, les pavillons étaient terminés et affichaient tous des écriteaux immobiliers à proximité de leur porte d'entrée.

— C'est un peu bizarre d'être les premiers ici, dit Emily.

— J'aime plutôt ça, répondit Jason. L'atmosphère est très particulière. Lorsque j'observe toutes ces maisons, je me demande quelle vie mèneront les gens qui vont les acheter.

Il prit un drôle d'accent germanique.

— Il pourrait y afoir des zinglés, des échanchistes, des tueurs en zérie. Ce zerait tellement danchereux de zortir qu'il faudrait ferrouiller toutes les portes et rester dedans pour touchours !

— Oui, et ils montreraient notre maison du doigt en disant : « Foilà où habitent les frais zinglés ! »

Il secoua la tête.

— Non, pas après avoir vu les décorations de Noël de nos voisins. Ils zauront alors où habitent les frais zinglés.

15

Samedi 15 décembre

— Ils arrivent ! dit Jason qui guettait par la fenêtre, en se cachant. Et merde, ils nous apportent un cadeau. Nous n'avons rien pour eux.

— Nous pourrons leur acheter quelque chose, chéri. Il reste encore une semaine avant Noël.

— Peut-être un beau nain de jardin.

— Super. Ça nous fera une horreur à admirer à longueur d'année.

— Ouais, ce n'est pas une bonne idée. Laisse tomber.

Entre deux pauses thé avec leurs amis, ils avaient passé la plus grande partie de l'après-midi à décorer le sapin qu'ils avaient acheté, après avoir réussi à le faire tenir debout. Ils avaient arrangé joliment les cartes de vœux reçues, arrivées pour la plupart dans des enveloppes portant des autocollants de changement d'adresse. Le salon arborait une ambiance de Noël.

Une fois les cartons enlevés, tout était nettement plus en ordre. Des coussins magenta agrémentaient maintenant les canapés. Le plateau de verre de la table basse en teck était chargé de bols remplis d'olives, de cacahuètes, de chips de légumes et de *mince pies*, des tartelettes de Noël aux fruits secs qu'ils avaient achetées à la jardinerie. Des coupelles de pot-pourri exhalaient un parfum d'épices. Des flammes dansaient dans l'âtre. Jason trouva que la pièce avait vraiment un air de fête.

Ils attendirent tous les deux derrière la porte d'entrée.

— Bonsoir ! s'exclama Claudette Penze-Weedell qui était de nouveau couverte comme pour une expédition au pôle Nord.

— Joyeux Noël ! marmotta son mari, presque sur un ton d'excuse, en fourrant une bouteille emballée dans les mains de Jason.

Sa femme tendit à Emily une plante en pot enveloppée de papier cadeau.

Une fois leurs voisins installés sur un canapé et Emily sur l'autre, Jason revint avec une bouteille de Pol Roger.

— Champagne ? proposa-t-il.

— En fait, si vous aviez du prosecco, ce serait parfait, dit Claudette. Je trouve que le prosecco a vraiment plus de goût que le champagne.

— Le champagne ira très bien, intervint son mari en lui adressant un froncement de sourcil contrarié.

Il sourit à ses hôtes, et s'exclama, sur le ton de la rigolade :

— Comme je n'ai pas besoin de conduire, ça sera très agréable.

— Oh, bien sûr, du champagne, c'est parfait. Ça me donne des lourdeurs d'estomac, mais ça ira très bien, merci, dit sa femme.

Évitant de croiser le regard d'Emily, Jason fit sauter le bouchon avec précaution, remplit leurs flûtes, puis il s'assit à côté de sa femme en disant :

— Santé !

Ils trinquèrent tous.

Il y eut un moment de silence gêné. On n'entendait que Maurice Penze-Weedell qui croquait bruyamment une chips de betterave.

— Vous avez de merveilleuses décorations dans votre jardin, dit Emily pour essayer de lancer la conversation.

— Merci bien, minauda Claudette avec son accent affecté.

Elle portait une robe scintillante de paillettes.

— Quelle jolie robe, la complimenta Emily.

— Elle a coûté une sacrée fortune, grommela son mari, qui portait un costume sombre et une cravate.

— Maurice ! le réprimanda-t-elle, avant de reporter son attention sur le sapin. Quel plaisir de voir un *vrai* sapin. Il sent comme… comme…

— Comme Noël, l'aida son mari.

— Exactement !

Il y eut un nouveau silence inconfortable.

— Vous voyez, poursuivit Claudette, Maurice est comptable, donc nous avons un arbre artificiel.

— Ah, je vois, dit Jason, qui ne voyait rien du tout et qui s'efforçait d'ignorer le coup de pied d'Emily sous la table.

— C'est bien plus pratique, approuva cette dernière. Ils ne perdent pas leurs aiguilles.

— Et pas besoin d'en racheter un chaque année, ajouta Maurice avec satisfaction. Noël coûte déjà assez cher comme ça.

— Oh oui, absolument ! (Emily se tourna vers son mari.) Nous devrions peut-être envisager de faire pareil à l'avenir.

— Tout à fait, renchérit Jason. C'est une idée à creuser.

— Je dois dire que c'est sympathique d'avoir des voisins, dit Maurice. Nous nous sommes sentis un peu seuls ces dernières semaines.

Claudette se pencha pour prendre une olive. Après l'avoir mâchée, elle enleva le noyau de sa bouche et le tint entre ses doigts d'un air interrogateur, se demandant où le poser.

Emily se précipita dans la cuisine pour trouver un récipient. Maurice prit une autre chips. Jason demanda :

— Vous êtes comptable agréé ?

— Je suis comptable en entreprise.

— Ah bon.

Emily revint et posa un bol vide sur la table. Claudette y plaça son noyau d'olive avec autant de précision que si elle avançait un pion aux échecs, et annonça :

— Maurice a été directeur des opérations d'une grosse compagnie d'assurances... Vraiment très grosse.

Tout en parlant, elle aperçut dans l'embrasure de la porte une femme qui passait dans l'entrée.

— Ah, répéta Jason. Une compagnie d'assurances.

Il se demandait combien de temps il allait devoir supporter ces gens avant de pouvoir s'échapper à l'étage et se remettre à peindre. Bien qu'il n'ait pas encore tout déballé, il avait maintenant installé son chevalet et son matériel.

— Avez-vous des enfants ? demanda Claudette.

— Non, dit Emily. Pas encore.

— Ah. Vous n'avez personne chez vous ?

Emily sourit.

— Non, seulement nous deux.

— Vous n'avez pas de parente qui séjourne chez vous... une parente âgée ? s'enquit Maurice.

Emily le regarda bizarrement.

— Non, personne. Nous n'avons pas encore eu beaucoup de visiteurs.

— En fait, aujourd'hui, c'est la première fournée, dit Jason.

Maurice fronça les sourcils et baissa les yeux vers la table devant lui.

— C'est votre album de mariage ? demanda-t-il, en se penchant pour l'examiner de plus près.

— Oui, en effet.

Maurice se fourra une poignée de chips dans la bouche, ramassa l'album et commença à le feuilleter, à la recherche de la femme dont le visage était apparu à la fenêtre.

— Ça fait cinq ans que vous êtes mariés ?

Agacé de voir ces gens manipuler leur précieux album avec des doigts graisseux, Jason se précipita dans la cuisine.

— Six en juillet, répondit Emily.

Jason revint et plaça une serviette en papier en face de chaque Penze-Weedell.

— Claudette et moi, nous sommes mariés depuis *trente* ans… J'en aurais pris moins pour meurtre ! dit-il en jetant un coup d'œil à sa femme alors qu'il ressortait sa plaisanterie éculée.

Elle ne leur prêtait aucune attention : elle fixait quelque chose de l'autre côté de la pièce. *Très grossier de sa part*, pensa-t-il.

— Trente ans ? Waouh ! dit Jason. Et qu'est-ce qui vous a amenés à vous installer ici ?

— Eh bien, nous avons habité Brighton de nombreuses années, répondit Maurice. Très pratique pour les enfants. Mais une fois que le plus jeune a quitté la maison, nous avons pensé qu'il serait agréable de déménager à la campagne. J'imagine que ça fait de nous des transfuges.

Claudette enfourna dans sa bouche une grosse poignée de chips et de cacahuètes mélangées. Elle se mit à projeter des miettes en parlant, à la manière d'une mitraillette :

— Nous sommes tellement contents, Maurice et moi, que vous ayez emménagé ici. Dès que je vous ai vus, je lui ai dit : « Voilà des GCN ! »

— Des GCN ? demanda Emily, pendant que Jason remplissait leurs verres et finissait la bouteille, en espérant qu'il n'aurait pas à ouvrir la deuxième des trois qu'il avait gardées pour Noël.

— Des Gens Comme Nous, répondit Claudette. Vous imaginez comme ce serait terrifiant, dans un environnement aussi restreint que Cold Hill, d'avoir des voisins difficiles ?

— Je n'ose même pas, dit Emily.

Jason hocha la tête avec approbation. Maurice opina, songeur. Il y eut un silence guindé, rompu seulement par le bruit de mastication s'échappant de la bouche de Claudette.

— Et donc, s'enquit Jason, depuis combien de temps habitez-vous dans le Sussex ?

— Depuis toujours, répondit Claudette. Nous n'habiterions nulle part ailleurs.

— Je suis bien d'accord avec vous, dit Emily.

Nouveau silence prolongé. Mme Penze-Weedell continua à s'empiffrer de cacahuètes, de chips et d'olives. Jason se demanda encore une fois combien de temps ce supplice allait durer.

— Joyeux Noël ! s'écria Emily en levant son verre.

Ils trinquèrent tous, avant de retomber dans le même mutisme gênant.

Emily s'adressa à Maurice Penze-Weedell.

— Et qu'avez-vous de prévu, pour Noël ?

Sa femme répondit pour lui.

— Nous avons toute la famille chez nous cette année. Heureusement, notre maison est très grande. Nous aimons les Noël en famille.

— Comme c'est sympathique, dit Emily.

— Très sympathique, renchérit Jason, qui s'aperçut avec consternation que leurs verres étaient de nouveau vides.

Il ouvrit une seconde bouteille. Et une demi-heure plus tard, ayant également fini le reste de la bouteille entamée la veille, il lui fallut en déboucher une troisième.

— Avez-vous déjà rencontré d'autres résidents du Parc de Cold Hill ? demanda-t-il.

— Non. Je pense que personne d'autre n'a emménagé pour l'instant.

— Et dans la maison à côté de chez vous ? Celle qui est en face de la nôtre, le n° 34 ?

— Cette affreuse petite maison ? Celle que M. P-W et moi appelons « la maison de Oui-Oui » ?

— Oui, celle-là.

— Il n'y a personne dedans, dit-elle. J'ai du mal à imaginer que quelqu'un puisse avoir envie de l'acheter.

— J'y ai vu une famille, remarqua Jason.

— Ils devaient être en train de visiter, dit Maurice. Je dois dire que l'ambiance sera bien plus gaie quand le reste du domaine sera habité.

— Eh bien, quels que soient les gens qui l'ont achetée, ils n'ont absolument aucun goût, déclara Claudette.

Deux heures plus tard, les Penze-Weedell enfilèrent enfin leurs manteaux, après avoir demandé et obtenu de visiter la maison de fond en comble, émis toutes sortes de commentaires appréciatifs et lancé des invitations à venir chez eux prendre un verre le jour de Noël et un autre le 1er janvier.

Tandis qu'ils observaient le couple éméché traverser la rue, Jason se tourna vers sa femme d'un air interrogatif.

Elle referma la porte d'entrée.

— Seigneur ! J'ai cru qu'ils n'allaient *jamais* partir.

— Mais, chérie, ce sont des *Gens Comme Nous*.

— Ouais, c'est cela. Si jamais je commence à leur ressembler, tu as la permission de me tordre le cou.

— Ça sera trop tard, je me serai déjà fait hara-kiri.

— Ils sont épouvantables. Je ne veux pas avoir à endurer une autre soirée comme ça !

— Moi non plus. Nous pouvons enfin avoir la paix quelques heures.

Il finissait à peine sa phrase qu'un fracas résonna à l'étage.

16

Samedi 15 décembre

Jason et Emily se retournèrent d'un bond.

— Qu'est-ce que c'était ? demanda-t-elle.

Il se précipita vers l'escalier, grimpa les marches quatre à quatre jusqu'au premier, et alluma la lumière sur le palier. La porte de leur chambre était entrouverte, de même que celles des trois autres pièces de l'étage. Il fronça les sourcils et les vérifia une à une, mais il ne remarqua rien d'anormal.

Lorsqu'il redescendit, Emily rapportait les verres dans la cuisine. Il la suivit et constata avec surprise que la lumière verte du boîtier de commande scintillait et que la télévision était allumée : elle diffusait une publicité dans laquelle une voiture suivait à vive allure une route sinueuse.

— Je n'ai rien trouvé. C'est peut-être un oiseau qui s'est cogné. Ou bien quelque chose à la télé.

Emily fixa le boîtier.

— Il me semblait que nous avions éteint ce machin ?

— J'en suis sûr, dit Jason. Commande, tamise les lumières de la cuisine.

Immédiatement, les lumières s'atténuèrent. Continuant ses essais, il ordonna :

— Commande, allume le quatrième feu de la plaque à induction.

Il entendit un léger ronronnement en provenance de la cuisinière.

— Commande, éteins la plaque à induction. Augmente la lumière.

Le ronronnement cessa et les lumières s'intensifièrent.

— Et transforme nos voisins en crapauds, marmonna-t-il entre ses dents.

Emily s'esclaffa. Puis, reprenant son sérieux, elle demanda :

— Après tout, est-ce que nous en avons besoin ? On ne devrait pas juste se débarrasser de ce fichu bidule ?

— Je pense qu'il faut simplement arriver à le régler, Em. Ça pourrait nous rendre service par la suite. Je lirai le mode d'emploi demain pour y voir plus clair.

Elle acquiesça à contrecœur, et lui montra les bols vides :

— Cette femme est un foutu aspirateur. Elle ne devrait pas s'appeler Claudette, mais *Dyson*. Je ne sais pas combien de fois j'ai dû recharger les olives, les cacahuètes et les chips.

— Et trois bouteilles, tu te rends compte ? Notre meilleur champagne. Presque quatre, en fait.

— Prends les choses du bon côté, mon amour. Considère-le comme un investissement.

— Un investissement ?

— Tout à fait.

— Et dans quoi au juste ?

— Dans les relations de bon voisinage. D'accord, ce sont des gens épouvantables. Mais en attendant que d'autres personnes s'installent dans le lotissement, il faut au minimum que nous nous entendions bien avec eux.

— Pourquoi ?

— Enfin, chéri ! Tu as bu tant que ça ?

— Pas assez. J'ouvre une autre bouteille ?

— Non ! Nous avons beaucoup à faire demain et j'ai atteint ma limite. Il faut que nous mangions quelque chose.

Un autre coup retentit, comme une porte claquée par un courant d'air.

Emily jeta un regard terrifié à son mari.

— Le vent ? suggéra-t-il.

— Il n'y a pas de vent, objecta-t-elle avec nervosité.

Jason remonta l'escalier en courant.

— Chéri ! Sois prudent !

Arrivé au premier, il vérifia de nouveau leur chambre, ainsi que les autres pièces. Toutes les portes étaient ouvertes. Il gravit l'escalier en colimaçon jusqu'à l'atelier.

Là aussi, la porte était ouverte.

Est-ce qu'il y avait eu des feux d'artifice dans le voisinage ? Est-ce qu'ils avaient rêvé ? Pourtant, ils avaient tous les deux entendu, distinctement, le bruit d'une porte qui se fermait brutalement.

Il retourna dans le salon. Emily avait l'air bouleversée.

« Alors ? » articula-t-elle silencieusement.

Il secoua la tête.

— Je n'ai rien vu. Nous l'avons peut-être imaginé.

— Nous ne l'avons pas imaginé, tu le sais bien.

— D'accord. Cela dit, la maison vient d'être construite. Ils ont utilisé beaucoup de chêne. Certains bois se dilatent ou se contractent avec les variations de température et d'humidité. Peut-être qu'ils n'ont pas fait assez sécher les poutres qui, en bougeant, ont provoqué ce bruit.

— Et si ça n'était pas le cas ?

— Ça pourrait être notre fantôme ! plaisanta-t-il.

— Ce n'est pas drôle. Nous avons entendu une porte claquer.

— Ma chérie, allez, détends-toi.

Il l'embrassa.

— Il se passe quelque chose de bizarre, dit-elle, catégorique. Ça commence à me faire flipper. Je ne sais pas ce que c'est, mais je le sens.

— Je sens l'amour des Penze-Weedell, rétorqua-t-il.

— Sois sérieux, Jason. C'était le bruit d'une porte. Les portes ne se ferment pas toutes seules, à moins qu'il n'y ait du vent.

Elle ouvrit une fenêtre.

— Et penche-toi dehors : il n'y a pas de vent.

— C'étaient peut-être des feux d'artifice ?

— Nos voisins ont dit que personne d'autre ne vivait ici.

— Ils se trompent. Il y a des gens de l'autre côté de la rue. Probablement aussi d'autres personnes qu'ils n'ont pas encore rencontrées. (Il fit la grimace.) Quelle personne sensée voudrait les rencontrer ?

— Ouais, peut-être que tous les autres voisins se cachent pour les éviter, et, en bonnes poires, nous nous sommes fait avoir.

— C'est parce que nous sommes des GCN.

Elle lui donna une tape enjouée, l'air plus gai.

17

Samedi 15 décembre

— Quels radins, ils ne nous ont même pas offert de prosecco, dit Claudette Penze-Weedell, une fois de retour chez eux, en enlevant son manteau et son chapeau. Franchement !

Elle bredouillait, la langue pâteuse.

— Mon amour, répliqua Maurice en accrochant sa veste sur une patère. C'était du Pol Roger, un champagne très classe. J'ai lu quelque part que c'était le préféré de Winston Churchill. Personnellement, je l'ai trouvé épatant.

— C'est cela, grogna-t-elle en se dirigeant vers la cuisine. Du pipi de chat, si tu veux mon avis. Je meurs de faim. C'est tellement grossier de leur part de ne pas nous avoir offert quelque chose de correct à manger, des canapés par exemple. Des cacahuètes, des chips, des petits feuilletés au porc et des *mince pies*, achetés tout faits, alors qu'elle est traiteur. On aurait pu s'attendre à ce qu'ils se donnent un peu plus de mal, non ?

— Laisse-leur une chance, ils viennent à peine d'emménager. J'ai trouvé que c'était déjà très sympathique de leur part de nous inviter, alors que c'est leur première vraie journée dans leur nouvelle maison.

— C'est ton problème, dit-elle en fouillant dans le congélateur. Tu te laisses toujours marcher dessus. C'est pour ça qu'ils jouent aux snobinards, tels des seigneurs du domaine dans leur maison prétentieuse, tandis que nous habitons ici, dans notre petite chaumière de serfs. Nous aurions pu être à leur place, si nous l'avions voulu.

— Je crois que tu as un peu trop bu, ma chère, lui lança-t-il, de l'entrée. Nous sommes loin d'habiter une chaumière de serfs. Je tiens à te rappeler que nous avons payé cette maison sept cent cinquante mille livres.

— Et maintenant, je vais me servir un verre décent, dit-elle d'un air de défi.

Elle brandit un gratin de poisson surgelé de Tesco.

— Tu en veux ?

— Avec des petits pois.

— Tu veux toujours des petits pois.

— J'aime les petits pois.

— Les petits pois sont tellement vulgaires, dit-elle en exhumant un deuxième paquet. Nous aurons des haricots verts.

— Très bien, ma chérie.

— Je n'arrive pas à digérer la taille de leur maison. Est-elle beaucoup plus grande que la nôtre ?

— Beaucoup plus grande.

Elle arracha rageusement l'emballage, perça le film qui recouvrait le gratin et le mit au micro-ondes.

— Commande, allume le micro-ondes, s'il te plaît. À fond, douze minutes.

Le four se mit à ronronner.

Elle sortit une bouteille de prosecco du réfrigérateur, l'ouvrit, se versa un grand verre et alla rejoindre son mari d'un pas chancelant.

— Je ne comprends pas. Pourquoi n'ont-ils pas choisi cette villa comme maison témoin ? La maison témoin devrait forcément être la plus belle du lotissement, non ?

— Je croyais que cette maison nous plaisait beaucoup, ma douce, tenta-t-il pour l'apaiser, alors que la télévision s'allumait.

— C'était le cas, dit-elle, jusqu'à ce soir. (Elle tangua légèrement, puis elle émit un hoquet.) Et nous n'avons pas vue sur le lac.

— Il me semble que nous avions regardé les plans de la propriété et qu'elle dépassait nettement notre budget.

Elle grogna de nouveau, avant de boire son verre à petites gorgées.

— Ah, ça c'est ce que j'appelle une boisson de qualité. Ce Winston Churchill avait toujours un cigare au bec. Ça a dû lui anesthésier les papilles, c'est pour ça qu'il aimait cette cochonnerie qu'ils nous ont servie ce soir.

— J'ai trouvé le champagne très bon, et c'était très généreux de leur part.

— Autre chose : ils ont bien dit qu'il n'y avait personne d'autre dans la maison, Maurice ?

— Oui, je crois.

— Eh bien, j'ai vu quelqu'un : une femme est passée dans l'entrée.

Maurice ne lui parla pas du visage de femme qu'il avait aperçu à la fenêtre, la veille.

18

Samedi 15 décembre

Debout dans la cuisine, Jason Danes observait le boîtier de la commande vocale. Il était conscient d'avoir beaucoup plus bu que d'habitude. Était-ce l'explication ? Était-il complètement ivre ? Il avait éteint l'appareil, mais voilà qu'il était de nouveau allumé. Cette fois il débrancha le câble d'alimentation et le posa sur la table avant de le coincer sous un livre de cuisine.

En ressortant, il se cogna contre l'îlot central et faillit renverser une chaise.

Merde. Je suis cuit.

Il se cogna dans l'embrasure de la porte en pénétrant dans le salon. Emily était en train d'essuyer soigneusement leur précieux album de mariage.

— Vraiment, quels gens horribles, ils ont collé leurs pattes poisseuses partout. Tu as remarqué qu'ils ont totalement ignoré les serviettes en papier que tu leur avais données ?

— Ça m'a agacé, mais je ne pouvais rien dire. Est-ce que j'ai beaucoup bu aujourd'hui ?

Elle le dévisagea.

— Tu parles ! Tu as eu une sacrée descente. Nous tous, en fait.

— Je me sens un peu bourré.

— Tu en as l'air : tu titubes.

Il jeta un coup d'œil à sa montre.

— Neuf heures. Nous avons descendu plus de trois bouteilles de champagne et je n'ai mangé que deux ou trois cacahuètes.

— Nous avons les tartes que nous avons achetées à la jardinerie. Tu en veux une avec des haricots à la sauce tomate ?

— C'est toi que je veux.

— Très drôle, répondit-elle, sans grande conviction. Alors, que se passe-t-il avec la merveilleuse technologie de pointe de notre maison ?

Il haussa les épaules.

— Tu veux encore un verre ?

— Non !

— Ce serait pourtant une bonne idée. Je ne sais pas : j'avais cru avoir éteint ce bidule. Je suis sûr de l'avoir fait. Comment s'est-il rallumé ?

Emily le regarda bizarrement.

— Qu'y a-t-il ?

Elle secoua la tête.

— Je ne sais pas. Quelque chose ne va pas.

— Comment ça ?

Elle baissa les yeux vers la table, l'air pensif.

— Ça n'a pas d'importance.

— Qu'est-ce que tu veux dire, ma chérie ?

Il s'approcha dans son dos et lui caressa le cou.

— Dis-moi ? Qu'est-ce qui ne va pas ?

Elle soupira, lasse.

— Je suis peut-être hypersensible. On dit que déménager est très stressant – ce n'est sans doute que ça.

— Tu as raison.

Il desserra son étreinte, récupéra un verre qui contenait encore un peu de champagne et le vida d'un trait.

— Je voudrais te demander quelque chose. Crois-tu aux fantômes ? dit Emily.

— Aux fantômes ?
— Tu y as fait allusion tout à l'heure.
— Je plaisantais.
— Mais, en vrai, tu crois qu'ils existent ?
— Pourquoi me demandes-tu ça ?
Ses épaules se tendirent.
— Je ne sais pas. C'est jusque que je…, commença-t-elle avant de se taire.
— C'est juste que quoi ? insista-t-il.
— Tu es un artiste, tu as l'esprit large et beaucoup de sensibilité.
— Tu crois que nous avons un fantôme ici ? Qui rallume le boîtier de commande et qui claque les portes ?
— Le boîtier, mon mari bourré aurait pu croire par erreur qu'il l'avait éteint. Mais il était ici en bas, avec moi, quand cette porte a claqué.
— Chérie, les fantômes habitent de vieilles maisons. Celle-ci est flambant neuve, elle vient d'être construite. Personne n'y a habité avant nous.
— Elle est construite sur un site historique. Nous ne savons pas ce qui s'est passé dans le vieux manoir qui était là autrefois.
— OK, nous avons entendu un bruit comme une porte qui claquait en haut, mais toutes les portes sont ouvertes. Comme je t'ai dit, c'était probablement le bois qui gonflait, rien d'autre.
— Ce n'est pas tout.
Il la dévisagea attentivement.
— Que veux-tu dire ?
Elle secoua la tête.
— Dis-moi, qu'entends-tu par « ce n'est pas tout » ?
Elle secoua de nouveau la tête.
— Rien.
Il la scrutait toujours. Son visage était pâle, ou n'était-ce qu'une impression ?

— Comment ça, « rien » ?

— Oublie ce que j'ai dit.

— Quelque chose te préoccupe. Allez, dis-le-moi.

— Je vais préparer à manger, dit-elle. À quelle heure avons-nous réservé le pub demain, finalement ?

— Une heure et demie, et ils ont dit que nous devrons libérer la table à 15 heures, parce qu'ils ont trop de monde jusqu'à Noël.

— Ça marche.

Elle alla dans la cuisine. Il la suivit, soulagé de voir que la commande vocale était toujours débranchée, à la même place que là où il l'avait laissée.

— Allez, nous nous sommes toujours promis de ne pas avoir de secrets l'un pour l'autre. Qu'est-ce que c'est ?

— Franchement, rien. Oublie tout ça, dit-elle doucement, avec un sourire. D'accord ?

— D'accord, acquiesça-t-il avec hésitation.

Ils s'embrassèrent.

— Je pensais travailler ce soir, mais je ne crois pas être en état, dit-il.

— Et moi continuer à déballer des cartons, mais je ne pense pas pouvoir le faire non plus.

— Dînons devant la télévision. Il y a plusieurs trucs sur Netflix que j'ai très envie de voir.

— Bonne idée, répondit-elle. Si j'arrive à garder les yeux ouverts.

— Tout va bien se passer. J'adore cette maison. Je sens que je pourrai avancer, ici.

Elle sourit.

— Je l'aime aussi. Elle… elle va nous réussir à tous les deux.

— Qu'est-ce que *Petit-Weewee* a dit ce soir, déjà ? « Une femme heureuse égale une vie heureuse » ?

Emily éclata de rire.

— Je t'interdis de me dire ça !
Il leva les mains en l'air.
— Est-ce que j'en aurai jamais besoin ?
Taquine, elle lui fit un doigt d'honneur.

19

Dimanche 16 décembre

Le sommeil était l'un des rares sujets de discorde entre Jason et Emily. Il fallait qu'elle dorme au moins huit heures, neuf de préférence. Lui n'aimait pas dormir plus de six heures. Il ne voulait pas, comme il disait, *dormir sa vie*.

Il se glissa hors du lit peu après 7 heures, avec la gueule de bois. Il s'était réveillé dans la nuit à cause d'une migraine et avait pris deux capsules de paracétamol. Il mit sa tenue de cyclisme d'hiver qu'il avait préparée la veille au soir, descendit dans la cuisine et rebrancha le boîtier de commande. Puis il pénétra dans le garage attenant, vérifia les pneus de son vélo, enfila son casque, et sortit dans la rue silencieuse, avant d'ordonner à la porte de se refermer derrière lui.

Il fut enchanté de trouver sur le seuil le journal du dimanche, enveloppé d'un film plastique. On pouvait vraiment compter sur l'épicerie du village, pensa-t-il. Il le rentrerait à son retour – il y avait peu de chances qu'Emily se lève avant.

Il ne restait que cinq jours avant le solstice d'hiver et on y voyait à peine. Il faisait doux, avec une légère bruine. Bien qu'il n'y ait aucun véhicule dans les parages, il alluma par précaution les phares de son vélo et sa lampe frontale, et s'élança dans un cliquetis de pédales.

Il eut un bref regard pour le n° 34 où l'on ne voyait aucun signe de vie, et dépassa l'insupportable grotte du père Noël qui était restée allumée toute la nuit. Il pédala le long de la rue endormie, entre deux rangées de maisons vides précédées de pancartes immobilières. Non loin de là, la rue se terminait par une barrière métallique flanquée de panneaux d'entrée interdite. Il rebroussa chemin, pédala de nouveau devant le jardin des Penze-Weedell et la maison de Oui-Oui juste à côté, là où il avait aperçu le couple avec ses enfants : elle paraissait sombre et vide. Il suivit les virages du long cul-de-sac, dépassant des pavillons encore en construction, coquilles vides entourées de palissades.

Le jour se leva rapidement. En arrivant au bout du domaine, il prit à droite sur le chemin et grimpa sur la colline en pente raide. Il avait passé la vitesse inférieure, et, debout sur les pédales pour se donner plus d'élan, il se sentait grisé par le parfum de la nature hivernale. Après quelques minutes d'effort, déterminé à ne pas mettre pied à terre, il parvint finalement au sommet de la colline. Une vue splendide sur la campagne du Sussex s'offrit à lui, comme pour le récompenser de sa peine : un tapis de champs, ponctués de corps de fermes éparpillés. Dans la lumière de l'aube, il pouvait à peine deviner la ville de Lewes à l'horizon Il redescendit avec allégresse par l'autre côté de la colline, filant à toute allure. En dépassant un pré peuplé d'alpagas, il faillit perdre le contrôle dans un virage en épingle.

L'exercice et l'air frais le revigoraient, et sa gueule de bois s'estompait. Il se sentait plus heureux qu'il ne l'avait jamais été. Citadin depuis toujours, il avait nourri le rêve d'habiter la campagne. Un rêve que leur nouveau foyer, la maison de Cold Hill, semblait concrétiser. Il savait qu'il pourrait y peindre. À ce moment précis, son esprit fourmillait d'inspiration, à l'image du lac qu'il pouvait voir par la fenêtre de son atelier. L'idée de vivre dans un lotissement l'avait d'abord préoccupé, mais maintenant, et surtout après leur rencontre avec les Penze-Weedell, il savait qu'il trouverait sur le pas de sa porte une foule de personnages à photographier discrètement pour les utiliser ensuite dans ses tableaux.

Il poursuivit sa route sur un chemin de campagne qui traversait un hameau endormi. Un quart d'heure plus tard, il vérifia son appli Garmin : onze kilomètres. Il était presque 8 heures, l'heure de rentrer. L'heure de se mettre au travail et de commencer à peindre. Un million d'idées se bousculaient dans sa tête.

Jamais auparavant il ne s'était senti aussi créatif. Pour son exposition en solo le 8 février, il allait livrer à Susan Burton, de la galerie Northcote, vingt-deux peintures qui allaient l'époustoufler.

Avec la détermination d'un homme en mission, il pédala furieusement en direction de chez lui.

20

Dimanche 16 décembre

À une certaine époque, Jason passait une heure et parfois plus sous la douche ; il se lavait les cheveux, se savonnait et récurait chaque centimètre carré de peau, avant de se rincer et de recommencer, indéfiniment. Une fois, à l'apogée de son TOC, il s'était douché la matinée entière, pendant quatre heures. Ç'avait été le moment décisif où Emily avait insisté pour qu'il se fasse aider.

Leur généraliste l'avait renvoyé à un psychologue clinicien, le docteur Dixon, qui avait étudié avec lui ses rituels obsessionnels. Il avait fait le lien entre son comportement et la peur profondément ancrée de ne pas réussir en tant qu'artiste alors qu'il approchait de la quarantaine. Les premiers changements réels dans son comportement avaient suivi son exposition couronnée de succès à la galerie Northcote. Maintenant, il ne passait plus que dix minutes en moyenne sous la douche, si ce n'est moins.

Pendant qu'Emily dormait encore, il établit un record personnel de quatre minutes à peine. Il s'habilla, avala en vitesse un bol de porridge et but un double expresso tout en parcourant le journal du dimanche. Son petit-déjeuner terminé, il marqua une pause dans l'entrée pour ramasser le *Bulletin paroissial du village de Cold Hill* qui venait d'atterrir sur le paillasson. Il le posa sur le guéridon, puis il grimpa quatre à quatre les deux étages menant à son atelier, comme il avait rebaptisé la grande pièce sous les combles.

Il ferma la porte derrière lui. À sa gauche, une pile de peintures et dessins au crayon et au fusain était rangée contre le canapé : sa collection d'invendus. À la grande consternation d'Emily, il tenait absolument à récupérer les tableaux qui n'avaient pas trouvé acquéreur au bout de six mois d'exposition à la galerie Bluefern de Lewes, ou chez Northcote, à Londres.

Comme d'habitude, avant de se mettre au travail, il commença par ouvrir son ordinateur dans l'optique de parcourir rapidement ses e-mails, à l'affût de demandes de renseignements pour des commandes de clients réguliers ou potentiels. Il consulterait ensuite ses messages sur Facebook et Twitter, et vérifierait le nombre de ses abonnés. Après cela, il jetterait un coup d'œil à Instagram sur son téléphone. Son dernier post, un tableau qui représentait un paysage local au soleil couchant et dont il était très satisfait, comptabilisait 210 likes la dernière fois qu'il avait regardé : son record jusqu'à présent. Il espérait avoir reçu d'autres likes pendant la nuit.

Mais au lieu de s'allumer comme d'habitude et de lui demander son mot de passe, l'écran de son ordinateur resta obscur. Seule une ligne de chiffres blancs apparut au centre.

Elle disparut avant même qu'il ait eu le temps de la lire, remplacée immédiatement par la demande de mot de passe familière.

Il fronça les sourcils en se demandant ce que les chiffres pouvaient bien signifier. Vendredi, lui et Emily avaient eu des problèmes pour connecter leurs ordinateurs au nouveau routeur de la maison, et Matt, leur gourou de l'informatique, les avait dépannés par téléphone. Depuis, d'autres bugs s'étaient produits avec la fibre optique à haut débit du lotissement, et ils avaient dû le rappeler plusieurs fois avant que tout ne fonctionne correctement.

— C'est un truc de Mac, ils n'aiment pas toujours les changements de box internet, mais ils finissent par s'y habituer, avait commenté Matt, comme s'il parlait du chien de la famille.

Il entra son mot de passe et l'écran de son bureau s'afficha, encombré de ses icônes habituelles.

Cinq minutes plus tard, après avoir tout vérifié, il marcha jusqu'à la fenêtre et observa le chantier en cours à une centaine de mètres de chez eux, silencieux en ce dimanche. La phase 2, selon l'agent immobilier : une étendue de boue, de tranchées, de trous, de barrières métalliques, de brouettes, de poteaux et de panneaux d'avertissement. Deux petits bâtiments préfabriqués occupaient l'un des côtés, et de l'autre, plusieurs pelleteuses et bulldozers jaunes ou orange étaient garés dans tous les sens. Il aperçut un amoncellement de gravats, des briques entassées sous une bâche bleue et un empilement de poutres d'acier.

Il se dit qu'il devait absolument prendre des photos pour se rappeler dans quel état étaient les lieux au moment de leur emménagement. Et le lendemain, il photographierait peut-être aussi les ouvriers. Il imaginait plusieurs scènes représentant des hommes coiffés de casques de chantier dans ce vaste terrain vague, à la manière de Laurence Stephen Lowry. Il pourrait même en faire le sujet d'une série de tableaux pour son exposition : cela changerait un peu, pensa-t-il, inspiré.

Il se détourna et regarda le lac au bout de la pelouse, étudiant les canards. Il y avait une douzaine de colverts et quasiment autant de coureurs indiens, chacun restant fidèle à sa tribu. Gardant une certaine distance entre eux, les deux groupes évoluaient sur l'eau à proximité de l'île au centre du lac, où s'élevait un grand saule pleureur dénudé.

Quand les Bedford étaient passés les voir la veille,

Marianne, la femme de Tom, leur avait conseillé de nourrir les canards tous les jours, pour qu'ils ne s'en aillent pas. Elle leur avait recommandé d'acheter un vieux bidon à lait ou un autre contenant de ce style, pour y garder la nourriture à l'abri des rats.

Soudain, un colvert fonça sur l'eau, donnant l'impression de presque marcher dessus, et sauta sur le dos d'un autre canard. *Sûrement une femelle*, pensa-t-il. Celle-ci s'envola quelques mètres plus loin et se posa dans une gerbe d'éclaboussures. Le mâle se dépêcha de la rattraper et bondit, atterrissant cette fois fermement sur son col et poussant sa tête sous l'eau tandis qu'il s'activait avec vigueur.

La scène fit sourire Jason : visiblement, les mâles colverts n'attachaient aucune importance aux préliminaires. En quelques instants, tout était fini. La femelle s'enfuit en s'ébrouant et le mâle, l'air fanfaron, retourna vers son groupe.

Il n'avait encore jamais peint de canards, mais, fasciné par la vue et par leur comportement, il décida de descendre près du lac plus tard pour esquisser quelques croquis et prendre des photos. En attendant, il lui fallait s'attaquer d'urgence à deux commandes de dernière minute : le portrait de deux labradoodles, l'un gris et l'autre blond, pour un client qui voulait faire une surprise à sa femme pour Noël, et un dessin au crayon d'un épagneul King Charles. Il avait des photos pour l'aider dans son travail. Celle des deux labradoodles les montrait lovés ensemble sur un canapé, mignons comme tout.

C'était exactement le genre de peinture qu'il aimait faire. Ce serait amusant, et s'il travaillait d'arrache-pied jusqu'à ce soir et toute la journée de demain en utilisant les peintures à l'huile à séchage rapide, avec un peu de chance, le portrait serait prêt pour l'encadreur demain soir, et il pourrait être livré au client d'ici jeudi, comme promis.

Certains artistes peignaient à l'huile sur des toiles, d'autres directement sur des panneaux rigides, mais quelques-uns, dont il faisait partie, aimaient peindre sur gesso. David Graham, son encadreur, préparait pour lui un mélange de colle blanche, de carbonate de calcium et de pigment blanc de zinc qui, une fois chauffé, servait à enduire des panneaux : c'était une version moderne de l'enduit à la chaux humide que nombre de peintres célèbres de la Renaissance, à l'instar de Michel-Ange, utilisaient pour leurs fresques. Jason aimait travailler sur ce support qui, outre ses pinceaux, lui permettait de se servir d'un scalpel afin d'obtenir certains effets. Ainsi, pour représenter l'aspect soyeux des fourrures, il grattait très légèrement la peinture jusqu'à la base.

Il sélectionna un panneau parmi ceux de différentes tailles posés contre un mur, vérifia qu'il n'avait pas de défaut – cela arrivait rarement car David Graham était un perfectionniste, au point d'en être parfois casse-couilles – et le posa tendrement sur son chevalet. Il accrocha au-dessous les photos des chiens et ses croquis de composition. Il travaillait en trois formats différents, avec des prix correspondants. Pour cette commande, il s'agissait d'un moyen format : 40 x 40 cm.

Se dirigeant vers son ordinateur portable, il ouvrit iTunes et consulta la liste de ses artistes favoris. Il se sentait d'humeur à écouter London Grammar aujourd'hui, et il cliqua sur un de leurs albums.

Avec la voix douce et profonde de la chanteuse en fond sonore, il attacha son tablier noir constellé de taches de peinture, tira d'une boîte une paire de gants chirurgicaux neufs et les enfila.

Puis il alla jusqu'à la table à tréteaux où il avait disposé tout le matériel dont il avait besoin : les feuilles de papier pour mélanger ses peintures, le flacon de white-spirit dans lequel il gardait ses pinceaux, le scalpel et des lames de rechange, les tubes de peinture Windsor & Newton, et ses crayons et fusains pour les croquis.

Il choisit un crayon et se tint, concentré, devant le panneau de gesso vierge, s'immergeant dans son monde créatif. Derrière lui, il entendit la porte s'ouvrir. Il devina la présence d'Emily et ressentit un éclair d'irritation. Elle connaissait son besoin absolu de solitude pour travailler, et elle ne l'interrompait jamais, sauf en cas d'extrême urgence. Elle savait aussi qu'il était particulièrement pressé par le temps, et à quel point cette commande était importante : son client était le PDG d'une agence de publicité digitale qui envisageait de lui demander une série de tableaux pour décorer le hall d'accueil de ses bureaux de Londres, situés dans le quartier des Docklands.

Il l'ignora quelques instants, se pencha en avant pour tracer la première marque sur le panneau, dessinant le contour du canapé.

Mais elle le distrayait trop.

Il fit volte-face, énervé :

— Qu'est-ce que tu veux, chérie ?

Mais ce n'était pas Emily.

21

Dimanche 16 décembre

C'était une femme d'une trentaine d'années aux cheveux bruns et courts, élégamment vêtue d'un tailleur noir et d'un chemisier blanc. Elle se tint là un bref instant avec un sourire étrange.

Puis elle disparut.

Jason en eut la chair de poule.

Il fixa la porte qu'il avait distinctement entendue s'ouvrir. Elle était fermée.

La femme avait l'air tellement… réelle. Sacrément réelle. Il se dirigea vers la porte et l'ouvrit d'un coup sec. Il n'y avait personne.

— Emily ! cria-t-il. Emily !

— Oui, qu'y a-t-il ? Je suis dans la cuisine.

Le visage de la femme qu'il venait de voir s'était imprimé dans sa mémoire comme une photographie. D'une netteté parfaite. Il avait dû l'imaginer. Mais pourquoi ? Et d'où venait-elle ? Surgissait-elle de son passé ?

Il descendit. Emily se tenait devant l'évier, munie de gants en caoutchouc, occupée à laver les tasses et les verres qu'elle déballait. Il s'arrêta sur le seuil et l'observa.

— Ça va ? demanda-t-elle.

Il hocha la tête, avec hésitation.

— Vraiment ? Tu es très pâle.

Il hocha de nouveau la tête.

— Est-ce que tu as mangé ?

Il la dévisagea sans répondre.

— Que se passe-t-il ? demanda-t-elle. Hé !

Enfin, il la rejoignit et l'embrassa.

— Tu as fait une bonne grasse matinée ?

— Oui, j'en avais besoin. J'ai une sacrée gueule de bois. Es-tu allé faire ta balade à vélo ?

— Vingt-quatre kilomètres, dit-il fièrement. La campagne est magnifique par ici.

— J'aurais bien aimé venir avec toi.

— Je n'ai pas voulu te réveiller. Tu étais couchée les quatre fers en l'air et tu ronflais comme un phacochère.

— Merci bien !

Il lui fit un grand sourire.

— Est-ce que tu viens de monter dans mon atelier, il y a quelques minutes ?

— Non, j'essaie de tout déballer pour installer ma cuisine dans le garage. Pourquoi ?

— D'accord, pas de souci.

Il tourna les talons et s'apprêta à remonter l'escalier.

— Comment ça ?

— Rien, aucune importance. À quelle heure devons-nous partir au pub ? demanda-t-il.

— On y va en voiture ou à pied ? Si nous marchons, nous pourrons prendre un verre. En plus, il fait un temps splendide.

— Je ne boirai rien, il faut que je travaille cet après-midi. Mais allons-y à pied de toute façon. Il faut compter à peu près vingt minutes.

— Parfait. Tu es sûr que tu te sens bien ? Tu n'as pas l'air en forme. (Elle le scruta attentivement.) Pourquoi m'as-tu demandé si j'étais montée dans ton atelier ?

Il haussa les épaules.

— Ça n'a pas d'importance. J'ai un peu la gueule de bois, moi aussi, c'est tout. En fait, un petit remontant au pub ne me fera pas de mal.

Il se fit un double expresso et emporta sa tasse en haut. En arrivant sur le seuil de son atelier, il hésita, sentant un courant d'air glacé. Avec un frisson d'appréhension, il ouvrit la porte.

La pièce était silencieuse. La lumière diffuse du soleil hivernal entrait par les fenêtres. Il inspira l'odeur de white-spirit mêlée à celle de la peinture à l'huile, des odeurs qu'il avait toujours aimées. En entrant, il ne put s'empêcher de chercher du regard la femme au tailleur élégant et au sourire étrange.

Malgré le triple vitrage, la pièce était froide, comme si le chauffage était éteint. Il s'approcha du thermostat et le vérifia. Vingt-deux degrés : il aurait dû faire bien plus chaud. Il descendit dans leur chambre pour mettre un autre pull et retourna dans son atelier.

L'image de la femme était toujours vivement ancrée dans son esprit.

Qui était-elle ? Pourquoi l'avait-il visualisée ainsi soudainement ?

Jan Dixon, son psychologue, l'avait prévenu qu'un déménagement s'avérait souvent une expérience très stressante et qu'il pourrait éprouver des montagnes russes émotionnelles pendant quelque temps. Peut-être les hallucinations en faisaient-elles partie ?

Soulagé d'avoir trouvé une explication plausible, mais encore troublé par la femme, il but son café à petites gorgées, puis se concentra sur son travail en cours. Quelques instants plus tard, il l'avait complètement chassée de son esprit.

22

Dimanche 16 décembre

The Crown occupait une belle bâtisse de l'époque georgienne, malheureusement gâchée par une extension moderne plutôt miteuse, coiffée d'un toit en tôle ondulée. Le pub était séparé de la route par une pelouse mal entretenue, sur laquelle tables et bancs en bois étaient disséminés au petit bonheur. Deux d'entre eux étaient occupés par des fumeurs chaudement emmitouflés devant leur pinte.

Malgré le soleil, une bise mordante s'était levée. Jason et Emily remontèrent l'allée jusqu'à l'entrée du pub. Ils portaient tous les deux des bonnets en laine et des vestes Barbour en toile huilée flambant neuves qu'Emily, surexcitée, leur avait achetées comme cadeaux de Noël anticipés pour leur nouvelle vie à la campagne. Jason avait mis une paire de chaussures de randonnée – également neuves – qui commençaient à lui faire mal aux pieds. Il regrettait de ne pas avoir commencé par les porter dans la maison pendant quelques jours. Au moins, se consola-t-il, elles complétaient la tenue avec style.

Au-dessus de la porte saloon du bar, on pouvait voir, inscrit en lettres dorées : « LICENCE ACCORDÉE AU PROPRIÉTAIRE, LESTER BEESON ».

Alors qu'ils pénétraient dans la salle bruyante imprégnée d'une odeur de bière, de vieille moquette et de feu de cheminée, Jason regarda autour de lui avec enthousiasme. Les tables et les chaises en bois avaient l'air d'être là depuis toujours, comme certains clients d'ailleurs. En plus des décorations de Noël, de vieux outils agricoles étaient accrochés aux murs jaunis par la nicotine, et des fers à cheval étaient cloués à une poutre en chêne surplombant le bar. Au-dessous se trouvaient une rangée de distributeurs de spiritueux avec mesures optiques, la photo d'une équipe de cricket et plusieurs chopes en étain. Un dédale de portes desservait d'autres salles. Il n'aurait plus besoin de chercher un pub anglais typique comme source d'inspiration pour ses peintures de buveurs, pensa-t-il avec satisfaction. Et les candidats ne manquaient pas en ce dimanche après-midi, voûtés sur les tabourets ou accoudés au bar, ou encore assis dans les alcôves en retrait.

Derrière le comptoir en forme de L trônait un homme d'une cinquantaine d'années, à la taille et à la carrure imposantes. Il avait une tignasse fournie et portait une chemise crème, dont les deux boutons du haut étaient ouverts, tendue à craquer sur son ventre proéminent. Un homme plus jeune et deux femmes s'affairaient à ses côtés, tirant des pintes, versant du vin, flanquant de petits verres sous les optiques.

Décidé à prendre quelques photos furtives, Jason tapota instinctivement la poche droite de son jean pour vérifier qu'il avait bien son téléphone.

Et tout à coup, comme s'il s'agissait d'une vidéo, il eut l'impression que quelqu'un avait appuyé sur la touche « Pause ». Emily et lui se figèrent. Les têtes s'étaient tournées vers eux. Des yeux les fixaient de toutes les directions. Le brouhaha des conversations cessa. Un silence absolu, uniquement ponctué par le *ping-bip-blop-ping* d'un flipper à l'autre bout de la pièce, tel un extraterrestre laissé en arrière lors d'une mission et qui s'efforcerait d'attirer l'attention.

Jason eut le sentiment de se retrouver dans *Chiens de*

paille, un film qu'il avait vu plusieurs années auparavant, à la place du couple s'aventurant dans un pub plein d'habitués, en pleine campagne des Cornouailles. N'était-ce qu'une impression ? Il entoura Emily de son bras et la serra contre lui pour la rassurer.

Presque aussi soudainement, le moment s'évapora. La vidéo se remit en marche. Les conversations reprirent dans la salle. Seul un vieil homme installé sur un tabouret, vêtu d'une chemise de bûcheron à carreaux et d'un pantalon gris, continuait à les dévisager avec une hostilité non déguisée. Jason avait une bonne mémoire des visages : il ressemblait au conducteur du tracteur qui, dévalant la route en trombe, les avait croisés sans même ralentir.

Emily le scrutait de nouveau bizarrement, comme plus tôt dans la cuisine. Elle agita la main devant son visage.

— Hé ? Chéri ? Ça va ?

Il hocha la tête.

— J'ai cru que tu allais t'évanouir, dit-elle.

— Non, je... j'ai juste... J'ai eu un flash pour une idée de tableau. J'essayais de le capturer.

Il sourit.

— Je pense qu'il est temps de prendre un verre.

Est-ce que le psy avait raison, pensa-t-il, à propos du traumatisme engendré par le fait de déménager ? Son cerveau était-il en miettes à cause du stress du déménagement, auquel s'ajoutait l'anxiété liée à son exposition à venir ? Avait-il des hallucinations ?

Ils attendirent à l'arrière de la cohue autour du bar, jusqu'à ce que Jason ait attiré l'œil du colosse.

— Oui, monsieur ?

— Nous avions réservé pour déjeuner. Au nom de Jason Danes, à 13 h 30. Nous sommes un peu en avance.

Le barman eut un large sourire.

— Aucun problème, messieurs-dames… et bienvenue au village de Cold Hill. Si je comprends bien, vous venez d'emménager ?

— C'est juste, dit Jason fièrement, heureux d'être reconnu comme faisant partie de la communauté locale.

— Eh bien, nous espérons vous voir tous les deux souvent.

Il leur tendit la main, devant l'homme aux cheveux gris et un autre vieillard assis à côté de lui.

— Lester Beeson, je suis le patron responsable de cette racaille.

Il désigna d'un mouvement de tête l'homme qui continuait à fusiller du regard Jason et Emily.

— Jason Danes. Et voici ma femme, Emily.

— Nous sommes tous heureux de vous accueillir dans le village ; nous avons bien besoin d'un coup de jeune. Trop de vieux grincheux comme Arthur, ici présent.

Il indiqua l'homme à la chemise à carreaux.

— Et le vieux Morris, là-bas.

Il désigna du doigt un couple morose assis dans une alcôve près de la fenêtre, que Jason avait remarqué en entrant. Le mari et la femme se partageaient un paquet de chips sans échanger un seul mot.

— Morris ! tonitrua le patron à travers la salle bondée. Viens rencontrer les nouveaux arrivants dans le village ! Fais-leur un véritable accueil à la Morris, hein ?

L'homme, dont les cheveux blanc terne pendaient de chaque côté de son visage comme si on lui avait jeté une serpillière à franges sur la tête, empoigna sa chope en étain et la leva en direction de Jason et Emily, tandis que sa femme affichait un air renfrogné.

— Votre table n'est pas tout à fait prête, monsieur, reprit Beeson. Est-ce que la maison peut vous offrir un verre, comme c'est la tradition pour tous les nouveaux venus dans le coin ? Pour vous, monsieur Danes, peut-être une pinte de Harvey's, la meilleure bière du Sussex ?

— Merci beaucoup. Et un verre de vin blanc sec pour ma femme.

— Pinot Grigio ?

— Parfait, acquiesça Emily.

Comme tous les sièges étaient pris, ils restèrent près du bar avec leurs boissons.

— À ta santé, ma chérie ! dit Jason.

Ils trinquèrent. Emily but une gorgée et fit la grimace.

— Comment est le vin ? demanda-t-il.

— Tiède et acide.

— Tu veux que je demande un autre verre ?

Elle secoua la tête.

Derrière eux, une voix s'enquit avec un fort accent du Sussex :

— Qu'est-ce qu'ils foutent là, Lester ? Tu laisses entrer n'importe qui, maintenant ?

— Ferme-la, Arthur.

— J'la fermerai pas. Ils n'auraient jamais dû autoriser ce chantier. J'l'avais dit à Mary, qu'il faudrait qu'ils me passent sur le corps.

— Ouais, eh bien tu ne m'as pas l'air trop écrabouillé.

— Bah ! C'est scandaleux. Et maintenant le village est complètement bousillé, à cause de ce foutu lotissement. C'est lui, l'peintre ?

Jason et Emily, qui l'entendaient parfaitement, échangèrent un sourire.

— 'Fait probablement des nus et tout l'reste, continua-t-il.

— Je pourrais peindre un portrait de vous à poil, si vous voulez ? l'interpella Jason.

— Jason ! s'indigna Emily.

Le vieux fermier le dévisagea de nouveau. Puis sa bouche se fendit en un sourire narquois et édenté :

— Faites-moi ressembler à James Bond, hein ?

— Superman, si vous voulez... Arthur, c'est bien ça ? dit Jason.

— Arthur Fears.

Il but sa pinte à petites gorgées et posa sa chope sur le comptoir.

— Vous l'avez déjà vu ? dit-il soudain, en fixant toujours Jason.

— Vu quoi ? répondit Jason, conscient qu'Emily fronçait les sourcils.

Le vieil homme sourit encore d'un air goguenard, révélant des gencives nues à l'exception de deux chicots jaunis.

— Ils sont encore tous là. On peut pas s'en débarrasser si facilement. Les briques, le ciment, anciens ou neufs... ça change rien.

Il fit un clin d'œil et retourna à sa chope. Il la souleva et but une autre gorgée.

— *Qui* est là ? demanda Jason. Qu'est-ce que vous entendez par *ils sont tous là* ? Qui ?

Arthur Fears lui lança un regard perçant.

— Ils sont là pour ceux qui savent les voir. Vous savez de quoi j'parle, n'est-ce pas ?

— Non, je n'en ai aucune idée, désolé.

Il se tourna vers Emily, qui avait l'air perplexe.

— Pourquoi tu leur dis pas, Harry ?

Il se retourna vers le vieillard maigre et sec assis à côté de lui. Il était resté silencieux, une pinte posée devant lui et une pipe de bruyère éteinte à la main. Une canne solide, grossièrement taillée, était posée près de lui contre le bar.

L'homme tourna sur son tabouret en prenant son temps. Il portait une chemise trop large pour lui, avec un foulard à pois rouge et blanc, un pantalon gris et de vieilles chaussures de marche. Ses cheveux blancs étaient coiffés en une houppette démodée et son menton s'ornait d'un bouc. Tout en observant Jason et Emily avec des yeux tristes et larmoyants, il dit :

— C'est moi qui conduisais la pelleteuse.

— La pelleteuse ? répéta Jason.

— Demandez à n'importe qui, ils sauront, pour la pelleteuse.

Derrière lui, Arthur grogna bruyamment en direction du patron.

— Six générations de ma famille ont été fermiers ici, Lester. Cold Hill existe à cause de la grande maison. Du seigneur du manoir. Maintenant que c'est un satané lotissement, tous ces gens d'la ville vont débarquer en pensant vivre une fichue idylle rurale.

Il pivota sur son siège et fixa Jason et Emily d'un air dur.

— C'est ce que vous croyez, n'est-ce pas ?... Que vous vivez à la campagne, hein ? Mais en fait vous vivez seulement dans une cité-dortoir. Bah. Bonne chance. Vous n'en repartirez pas. Personne ne quitte jamais cet endroit.

Pivotant de nouveau, il retourna à sa bière.

Tenant une liasse de menus, une femme avenante avec un polo noir au nom du pub s'approcha et annonça à Jason et Emily que leur table était prête.

— Enchanté de faire votre connaissance, dit Jason aux deux vieillards, tandis qu'Emily se détournait avec dégoût.

Ni l'un ni l'autre ne lui prêtèrent la moindre attention.

23

Dimanche 16 décembre

Ils suivirent la femme à travers le bar bondé et dans la salle de restaurant également pleine à craquer, tapissée de décorations de Noël, jusqu'à une petite table pour quatre personnes dans un coin. Jason s'assit à côté de sa femme, le dos au mur pour avoir vue sur la pièce. Il restait songeur en se demandant ce que les deux hommes avaient voulu dire.

— Quel type horrible, il m'a flanqué la chair de poule. Ça ne me donne pas envie de revenir ici de sitôt, dit Emily.

— Je suis d'accord, mais le patron a l'air vraiment sympathique, répondit Jason. En tout cas, voyons comment est la cuisine.

Elle fit une moue dubitative, et parcourut du regard les différentes cartes que la serveuse avait posées sur la table : le menu habituel, le menu spécial de Noël – composé de trois plats –, et la carte des vins.

Des éclats de rire bruyants s'élevèrent de la table de huit personnes à côté d'eux.

— Veux-tu que je demande des glaçons pour ton vin ?

— Bonne idée.

Ils trinquèrent de nouveau.

— À la tienne, ma chérie, fit Jason.

— À la tienne, mon amour.

Emily avala une toute petite gorgée en faisant la grimace.

— L'année prochaine sera une année mémorable, hein ?

Il hocha la tête, songeur, et prit une gorgée de sa bière.

— Notre nouvelle maison, ton expo décisive… Et je crois que quelqu'un va fêter un anniversaire très spécial.

Elle lui lança un sourire narquois.

— Tu n'as pas besoin de me le rappeler !

— Allons. Tu m'as dit un jour que si un artiste ne réussissait pas avant d'avoir 40 ans, il ne réussirait jamais. Eh bien, tu as réussi, et maintenant tu entres dans la cour des grands.

— Peut-être.

Son anniversaire était le 15 février, une semaine après le vernissage de son exposition, le 8 février.

— Pas de *peut-être*. Nous organiserons une double célébration pour la vente de tous tes tableaux le 8, et pour ton anniversaire. Il faut que nous commencions à y penser. Pourquoi pas un dîner qui ferait également office de pendaison de crémaillère ?

Pétillante de malice, elle ajouta :

— Et je connais un traiteur local qui n'est pas mauvais.

— Est-ce que j'aurai les moyens de me l'offrir ?

— Oh, elle te fera un prix *très* spécial !

— Oh merde, laissa-t-il soudain échapper en levant les yeux du côté de l'entrée de la salle.

— Quoi ?

Baissant la voix, il dit :

— Regarde qui est là.

Elle se retourna et vit les Penze-Weedell, aussi emmitouflés que la veille, emboîtant le pas à la serveuse qui traversait la salle à grandes enjambées, dans leur direction. Mme Penze-Weedell marchait elle aussi d'un pas décidé. Son mari traînait dans son sillage, l'air penaud.

— Ça alors ! les salua Claudette. Quelle merveilleuse coïncidence !

— Oui, quel plaisir de vous revoir ! feignit Emily.

— Vous n'allez pas trouver que nous nous imposons en nous joignant à vous, j'espère ? demanda-t-elle. Vous voyez, c'est plein à craquer, et il semble qu'il y ait eu une confusion avec notre réservation. Mais cette charmante dame – elle pointa un doigt ganté et rembourré vers la serveuse – nous a dit que vous veniez aussi du domaine du Parc de Cold Hill et que vous étiez assis à une table pour quatre. Nous lui avons répondu que vous étiez des amis très chers.

Elle enleva son chapeau à visière et le posa sur l'une des places libres, libérant une masse de cheveux qu'elle tapota pour les faire bouffer en hauteur d'une bonne trentaine de centimètres, avant que cet échafaudage ne dégringole en une cascade de longues mèches blondes de chaque côté de son visage.

— Ça ne vous dérange pas, n'est-ce pas ?

Jason prit une profonde inspiration.

— Sinon nous allons devoir rentrer à pied pour récupérer la voiture, mais tous les pubs du coin vont être pleins, c'est le dernier dimanche avant Noël.

— Seulement si ça ne vous dérange vraiment pas, marmonna Maurice, en commençant à déboutonner son manteau.

Emily regarda Jason d'un air de détresse. Il écarquilla les yeux avec impuissance.

— Mais pas du tout, répondit Emily, avec un sourire aussi ténu qu'une fêlure sur un vase de porcelaine.

24

Dimanche 16 décembre

Les Penze-Weedell optèrent pour le menu de Noël complet avec un supplément de pommes de terre sautées pour Mme P-W, tandis que Jason et Emily choisirent des salades de thon en demandant à la serveuse de les apporter en même temps que la soupe de leurs compagnons. Claudette commanda ostensiblement une bouteille de prosecco, en faisant en sorte de répéter le mot plusieurs fois pour s'assurer que leurs nouveaux voisins ne doutent pas de son bon goût. Elle demanda aussi quatre verres, mais Emily et Jason, qui n'avait plus du tout envie d'un remontant, refusèrent poliment, en expliquant qu'ils devaient travailler durant l'après-midi.

À cause de la lenteur du service, leurs plats mirent presque une demi-heure à arriver. Lors de la conversation essentiellement à sens unique, les Danes durent subir les biographies de tous les parents qui viendraient passer Noël au 36, allée du Lac. Elles s'accompagnèrent d'arbres généalogiques détaillés. Tous les membres de la famille, à en croire les vantardises de Claudette, rivalisaient de succès. En particulier leurs deux fils – l'un travaillait pour un cabinet de comptables de la City et l'autre réussissait *terriblement bien* dans l'informatique –, et leur fille, qui leur avait donné trois petits-enfants *adorables*.

— Nous allons régler au bar pour ne pas déranger la suite de votre repas, dit Jason, dès qu'ils eurent fini.

— C'était fooormidable de vous revoir, dit Claudette.

— Et très aimable de votre part de nous avoir permis de partager votre table, renchérit son mari.

Les Penze-Weedell étaient tous deux d'humeur exubérante, ayant siphonné le prosecco et bien attaqué une bouteille de vin rouge – qui ne serait probablement pas la dernière.

— Il faut absolument que vous veniez boire un verre à la maison le matin de Noël ! s'écria Claudette.

— Merci, mais ça ne va pas être possible, dit Jason. Nous aurons de la famille chez nous.

— Invitez-les aussi ! lança Maurice d'une voix pâteuse.

— Nous nous reverrons juste après les fêtes, promit Jason.

— Le lendemain de Noël ! dit Claudette. Nous insistons. Venez prendre l'apéritif le lendemain de Noël. À midi, *chez nous*[1] !

— Avec plaisir, répondit Emily, ignorant le léger coup de pied que lui donnait son mari sous la table.

— Au fait, il y a quelque chose qui pourrait vous intéresser tous les deux, dit Claudette. À titre préventif.

— À titre préventif ? demanda Jason, intrigué.

— Oui, absolument.

Elle jeta un œil à son mari avant de poursuivre :

— Maurice et moi, nous avions l'impression… Je devrais plutôt dire qu'on nous a laissés croire… que nous étions les tout premiers habitants du domaine du Parc de Cold Hill.

Elle regarda Jason et Emily avec insistance.

— Mais ce n'était pas vrai.

— Non ? s'étonna Emily.

— Non.

Pour la première fois, Claudette arbora une expression solennelle.

1. En français dans le texte original. (*N.d.E.*)

— Apparemment, trois couples avaient emménagé quelques mois avant nous. Deux, juste au coin de la rue, chemin du Bosquet. Et le dernier, avec de jeunes enfants, au 34, allée du Lac, cette petite maison plutôt laide à côté de la nôtre et juste en face de chez vous.

Jason se tourna vers Emily.

— Tu vois, je t'ai dit que j'avais vu des gens dans cette maison.

— Je ne crois pas, Jason… Vous me permettez de vous appeler Jason ?

— Bien sûr, Claudette, dit-il en souriant. Comment ça, *vous ne croyez pas* ?

— Je ne crois pas que vous ayez pu voir des gens dans cette maison, continua-t-elle, en quêtant l'assentiment de son mari, qui acquiesça, mal à l'aise.

— Pourtant, je les ai vus deux ou trois fois… Je leur ai fait signe de la main et ils m'ont répondu.

Elle secoua vigoureusement la tête.

— C'est assez épouvantable… Juste une de ces terribles coïncidences qui se produisent parfois dans la vie. En l'espace de deux mois, les trois couples sont morts dans des accidents pendant leurs vacances.

— Quoi ? dit Emily.

— Nous l'avons appris seulement après avoir emménagé. Nous ne sommes pas près de partir en voyage, je peux vous l'assurer.

25

Dimanche 16 décembre

Au bar, Jason tendit sa carte de crédit au patron et remarqua que le vieil homme excentrique à la barbiche de bouc qui avait dit quelque chose au sujet d'une pelleteuse était parti, laissant Arthur Fears seul face à sa chope.

Il attendit que le lecteur de carte de Beeson établisse une connexion. Le vieux fermier se retourna et le toisa.

— Vous êtes plutôt jeune, non ?

— Pas si jeune, répondit-il, conscient qu'Emily regardait ailleurs, s'appliquant à ignorer Fears.

— Tiens donc ? Laissez-moi deviner. Trente-cinq ans ?

— Vous me flattez, j'en ai 39.

Il remarqua le léger mouvement de recul du patron.

— Trente-neuf ans, vraiment ? continua Fears. Et c'est bientôt votre anniversaire ?

— Vous comptez m'apporter un cadeau ?

Le visage du vieil homme s'éclaira d'un sourire en coin.

— Je ne suis pas sûr d'en avoir besoin. Personne n'a jamais dépassé les 40 ans, dans la grande maison.

Il leva sa chope.

— À votre santé et à celle de votre jolie femme. Santé et longévité, hein ?

26

Dimanche 16 décembre

Jason et Emily traversèrent en silence le village dont l'épicerie, la forge, les maisons et les cottages avaient presque tous un air de Noël. Le ciel s'assombrissait et il faisait encore plus froid qu'avant le déjeuner. Leurs mains gantées étaient entrelacées.

— Ce qu'il a pu raconter comme conneries, cet horrible vieux fermier, dit Jason. Que personne ne survivait après 40 ans. Les Penze-Weedell ont largement dépassé l'An Quarante, alors allez vous faire foutre, M. Rabat-Joie-Local-Issu-de-Mariages-Consanguins.

— Trois couples de notre lotissement tués dans des accidents ? dit Emily. Et tous au cours des derniers mois ? Qu'est-ce que cela veut dire ?

— Em, je ne sais pas. Peut-être une coïncidence improbable.

— Ou bien un mauvais sort, une malédiction ? Sommes-nous tous maudits ? Dans quoi est-ce qu'on s'est embarqués ?

— Dans la belle maison de nos rêves, où nous allons être très heureux.

— On peut toujours rêver.

— Hé !

Il l'entoura de son bras et la serra fort contre lui. Il tenta de chasser de son esprit les gens qu'il avait vus dans la maison d'en face et la femme qui était entrée dans son atelier ; il tenta – et y parvint presque – de les expliquer comme étant le fruit de son cerveau surmené.

— On ne nous a pas jeté un sort, il n'y a pas de malédiction, d'accord ?

Ils poursuivirent leur chemin en silence.

— Les mauvais sorts sont..., commença-t-il, avant de se taire de nouveau pour essayer de formuler sa pensée.

— Que voulait-il dire ? demanda Emily. En insinuant que personne n'avait jamais dépassé les 40 ans dans l'ancienne maison ?

— Il parlait du passé, répondit Jason. L'espérance de vie au XIXe siècle était d'environ quarante ans pour les hommes, et quarante-deux ans, je crois, pour les femmes. En tenant compte de la mortalité infantile, des femmes qui mouraient en couches et des guerres. C'est très différent de nos jours. Regarde les Penze-Weedell... Bref, c'est bien ce que je disais.

— Il m'a fait froid dans le dos.

— C'est juste un vieux grincheux misérable qui n'aime pas le changement. Il me rappelle cette phrase dans une des pièces d'Oscar Wilde. *Le pauvre papa est comme une plante en pot abandonnée dans un coin sombre et qui se demande où est passé le soleil.*

Elle lui pressa la main en souriant.

— Ça me plaît.

— Ça serait formidable s'il neigeait, dit-il, changeant de sujet alors qu'ils approchaient des piliers surmontés de vouivres.

— Formidable, répéta-t-elle, mais sans aucun enthousiasme, avant d'ajouter : Je n'arrive pas à croire au culot de ces gens. J'avais tellement envie de déjeuner tranquillement avec toi, rien que nous deux. « Vous n'allez pas trouver que nous nous imposons en nous joignant à vous, j'espèèère ? »

— Ils ont tous les deux plus de 40 ans. Je dirais qu'il a autour de 55 ans.

— Elle n'est plus toute jeune, c'est sûr.

— Il va falloir que nous fixions des limites avec eux, et le plus vite possible.

— Des barbelés au milieu de la rue ?

— Des tranchées.

— Une douve avec un pont-levis ? Je suis allée voir un médium un jour, quand j'étais adolescente. Il m'a dit qu'il me voyait vivre dans une maison avec une douve et un pont-levis.

— C'était peut-être prophétique.

— Il m'a aussi dit qu'il me voyait avec quatre enfants.

Ils marchèrent quelques instants dans un silence douloureux.

— Je suis désolée, dit-elle.

Il l'entoura de son bras.

— Est-ce que tu as vu ce vieux film, *Love Story* ?

Elle secoua la tête.

— Il y avait une réplique qui est devenue l'accroche du film : *Aimer, c'est ne jamais avoir à dire qu'on est désolé.*

Ils passèrent le portail et remontèrent à gauche du court tronçon à deux voies. Elle dit :

— Bien vu, c'est assez vrai.

Ils s'arrêtèrent et s'embrassèrent. Puis il plongea ses yeux dans ceux d'Emily.

— Je ne veux jamais avoir à te dire que je suis désolé.

— J'avais remarqué.

— Hé !

Une lueur taquine dans l'œil, elle s'écria :

— C'est une blague !

Il l'embrassa encore.

— Tu sais, malgré ce vieux connard au pub – et les cinglés de l'autre côté de la rue –, je me sens vraiment heureux ici. Je sens que l'année prochaine va être géniale. J'adore mon atelier !

— Et j'aime l'espace que je vais aménager dans le garage, pour ma cuisine. Moi aussi je suis vraiment heureuse ici. J'aime le village, et finalement, la salade de thon n'était pas mauvaise. Elle aurait été encore meilleure sans les P-W. Tu as entendu qu'il l'a appelée « le Haut Commandement » pendant qu'elle était aux toilettes ? Désopilant !

— Et maintenant nous allons attendre avec impatience le lendemain de Noël pour boire du prosecco chez eux.

— Peux-tu imaginer l'intérieur de leur maison ? dit-elle.

— C'est probablement plein de ces cadeaux de mariage que nous détestions et que nous avons donnés à la boutique solidaire ! Comme cet âne en porcelaine coiffé d'un sombrero, avec une horloge à quartz dans le ventre, que ma tante nous avait donné.

— Tu devrais plutôt te mordre les doigts de t'être débarrassé de ce qui pourrait devenir un jour une antiquité inestimable.

— Comme celles qui refont surface dans *Affaire conclue* ?

— Quand les poules auront des dents.

Il rit et la serra contre lui.

— Mon Dieu, je t'aime tellement !

Elle lui sourit.

— Notre bébé finira par arriver. Sinon, nous essaierons la FIV et tout le reste. Et s'il n'arrive pas, nous sommes là l'un pour l'autre. D'accord ?

Ils s'étreignirent de nouveau.

— D'accord, lui murmura-t-il à l'oreille.

Ils poursuivirent leur chemin et tournèrent dans l'allée du Lac, dépassant les coquilles vides des maisons en construction. Emily dit :

— Et cet autre vieux type bizarre, qu'est-ce qu'il voulait dire par : « Demandez à n'importe qui, ils sauront, pour la pelleteuse » ?

— J'engraisse le matou.

— Quoi ?

— Je donne ma langue au chat.

Elle lui flanqua un coup de coude.

— C'est terrible, c'est la blague la plus mauvaise que tu aies jamais faite.

— Désolé.

— Je croyais que tu ne voulais jamais avoir à me dire « désolé » ? lui dit-elle en haussant un sourcil malicieux.

27

Dimanche 16 décembre

Dès qu'ils furent rentrés à la maison, Jason abandonna Emily à l'aménagement de sa cuisine. Il leur prépara à chacun un mug de thé et monta le sien dans son atelier. Après avoir refermé la porte derrière lui, il resta debout quelques instants à étudier la peinture des deux labradoodles sur le canapé. Elle était éclairée par la lumière diffuse du soleil d'hiver qui entrait par les fenêtres.

Il examina chaque chien à tour de rôle, satisfait de son travail de la matinée. Le tableau prenait forme et il sentait la personnalité de ses sujets s'affirmer. Il jeta un coup d'œil à sa montre : 15 h 45. S'il travaillait toute la soirée sans interruption, il devrait pouvoir le finir facilement.

Il s'assit à son bureau afin de consulter ses e-mails et les réseaux sociaux, et appuya sur une touche de son Mac pour le réveiller.

Mais, comme plus tôt, au lieu de la demande de mot de passe habituelle, une rangée de chiffres apparut fugitivement sur l'écran noir avant de disparaître.

Un coup sec sur la fenêtre à sa gauche le fit brusquement sursauter. Il se tourna avec appréhension, et il aperçut un visage d'homme.

Merde !

Choqué, il se leva d'un bond.

L'homme, qui avait l'air d'avoir une quarantaine d'années, sourit gaiement. Il agita le chiffon qu'il tenait à la main. Puis il fit gicler quelque chose sur la vitre et commença à frotter.

Soulagé, Jason sourit et lui rendit son signe de main avant de retourner à son écran. Les chiffres avaient disparu, remplacés par la demande de son mot de passe. Déconcerté, il le composa, parcourut ses e-mails et Twitter, puis il se leva pour se remettre à travailler.

Il mit son tablier et ses gants, rafraîchit ses peintures et se dirigea vers son chevalet. Quelques minutes plus tard, il était entièrement absorbé par le rendu de la frange qui recouvrait les yeux du labradoodle. Minutieusement, il grattait avec son scalpel pour créer plusieurs nuances de gris et de blanc. Cette tâche nécessitait une main assurée, mais il sentit sa concentration s'effriter peu à peu. La température de la pièce semblait baisser. Il faisait froid, un froid glacial.

Derrière lui, il entendit un claquement sec, comme si la porte venait de se fermer.

Alors qu'elle était déjà fermée.

28

Dimanche 16 décembre

Jason se retourna.

La femme au tailleur noir se tenait juste en face de lui, debout. Il émanait d'elle une brume scintillante d'air froid.

L'instant d'après, elle s'évapora.

Cloué sur place, il se mit à frissonner de façon incontrôlable. Ses mains, ses jambes… tout son corps était hérissé de chair de poule. Il avait vu son visage si distinctement. Encore plus que la dernière fois.

Les mains tremblantes, il retira la peinture du chevalet et la posa avec soin sur le sol, adossée à un mur. Puis il prit un panneau vierge enduit de gesso et le plaça sur son chevalet. Il attrapa un crayon sur son bureau et commença à dessiner, avec fièvre.

Il travailla sans faire attention à l'heure, couchant sur la surface l'image qu'il avait dans l'esprit. Quelque part dans son cerveau, il entendit Emily l'appeler du rez-de-chaussée. Il l'ignora, impatient de finir sa tâche avant que le souvenir ne s'estompe. Il fallait qu'il la saisisse.

Emily l'appela encore, et il l'ignora de nouveau.

Au bout d'un moment – il se rendit compte qu'il était près de 20 heures –, il entendit des pas monter l'escalier, lourds et irrités.

Il ne s'interrompit pas.

Emily entra dans la pièce comme une furie.

— Tu es sourd ? dit-elle. Le dîner est prêt depuis…

Elle s'arrêta net face au portrait qu'il avait presque terminé.

— Oh mon Dieu ! s'exclama-t-elle.

Il se tourna vers elle.

— Quoi ?

Les yeux écarquillés, elle fixait toujours la peinture.

D'une petite voix apeurée elle dit :

— Tu l'as vue aussi.

29

Dimanche 16 décembre

Dix minutes plus tard, Jason et Emily étaient assis en silence à la table de la cuisine. Sur les étagères de leur vieux vaisselier en pin, Emily avait disposé les cartes qui leur souhaitaient beaucoup de bonheur dans leur nouvelle maison, ainsi que de nouvelles cartes de Noël, reçues la veille.

D'une main mal assurée, il leur servit des verres de rioja rouge, d'une bouteille qu'il venait d'ouvrir. Un poulet en cocotte, un gratin de pommes de terre et de la salade s'étalaient devant eux, intacts. Le son coupé, *Affaire conclue* passait à la télévision. Une femme montrait du doigt un assortiment de bijoux disposés sur une table.

— Je devrais peut-être réchauffer le repas. J'ai pensé que nous pourrions manger quelque chose de chaud après notre déjeuner froid.

— Merci. C'est ce que nous avons acheté à la jardinerie ?

Elle acquiesça d'un signe de tête, l'air presque coupable d'avoir acheté des plats préparés.

— Mais j'ai fait la salade, dit-elle, comme pour s'excuser.

Il prit sa fourchette et avala une bouchée de la viande. Elle était tiède, mais savoureuse.

— Ça va, pas la peine de le passer au four. Le poulet est bon… mais pas aussi bon que le tien, lui dit-il en souriant affectueusement. Chérie, ne te sens jamais coupable de servir un dîner acheté tout prêt. Quand c'est mon tour de cuisiner, je n'hésite pas.

Elle lui rendit faiblement son sourire, avant de répliquer :

— Ce serait bien meilleur chaud.

Il jeta un coup d'œil à sa montre, impatient de retourner dans son atelier. Pas moyen de passer une soirée détendue devant la télévision. Il allait devoir travailler toute la soirée pour finir la peinture des chiens, et demain il lui resterait à faire le portrait au crayon de l'épagneul King Charles pour son autre client.

— Ça me va très bien comme ça, mais si tu préfères, nous pourrions le réchauffer deux minutes ?

— Non, ça m'est égal.

Elle prit son verre et en but la moitié d'un trait. Elle avait toujours l'air secouée.

— Est-ce que nous allons en parler ?

— Parler de quoi ? dit-elle.

Elle posa son verre, saisit son couteau et sa fourchette, mais poussa la nourriture autour de son assiette, sans rien manger.

— À propos de la femme : que voulais-tu dire par *tu l'as vue aussi* ?

Emily continua à tripoter la nourriture devant elle.

— Hier matin, pendant que je me maquillais à ma coiffeuse, j'ai aperçu une femme dans le miroir, juste derrière moi. Je me suis retournée, mais elle n'était plus là. Je me suis dit que je l'avais imaginée. Et puis la nuit dernière, avant de nous coucher, lorsque je me démaquillais devant le miroir de la salle de bains, je l'ai vue de nouveau. Je savais que j'étais un peu bourrée après le départ des P-W, donc j'ai encore cru que j'avais rêvé. Je n'ai rien voulu te dire, de peur de paraître folle. Mais le visage que tu viens de peindre, c'est le sien.

— Tu en es absolument sûre ?

— C'est elle.

— C'est tellement bizarre.

— Vraiment ? dit-elle d'un ton tranchant qui le surprit. Et pourquoi ça ?

— Que veux-tu dire ?

— Tu es un artiste, tu dessines ou peins des gens, souvent des inconnus que tu as aperçus par hasard. Qu'est-ce que ça a de tellement bizarre ?

Il la regarda fixement pendant un instant, tentant de suivre la logique de son raisonnement.

— Des inconnus aperçus par hasard, oui ; mais normalement, il ne s'agit pas d'inconnus aperçus chez nous.

— Je ne suis plus certaine de savoir ce qui est normal, en ce moment.

Il mâcha une autre bouchée en silence.

— Peut-être..., commença-t-il, avant de se taire de nouveau.

— Peut-être que quoi ?

Il continua à manger. Sur l'écran derrière Emily, l'un des présentateurs admirait une collection de vieux soldats de plomb.

— Peut-être que nous souffrons tous les deux d'un traumatisme lié au déménagement. Le docteur Dixon m'a prévenu que ça pourrait nous prendre un certain temps de nous adapter à notre nouvelle maison.

— Est-ce que le docteur Dixon t'a aussi prévenu que les fantômes des précédents propriétaires pourraient encore y habiter ?

Il sourit.

— Non, il a oublié de mentionner ce détail.

Il tendit la main par-dessus la table pour prendre celle d'Emily.

— Hé.

Il la pressa doucement.

— Écoute, nous sommes des personnes rationnelles, toi et moi. Nos émotions sont forcément chamboulées : changer de maison est un bouleversement énorme. Tu sais ce que je pense ?

— Non, quoi ?

— Que nous captons peut-être tous les deux les ondes de l'un des anciens occupants.

— Les *ondes* ? Que veux-tu dire par là ?

— Nous sommes tous chargés d'énergie… Peut-être que l'énergie des gens qui étaient là avant nous perdure d'une certaine façon, en laissant des ondes que nous ressentons, parfois.

— Comment se fait-il que nous n'ayons jamais rien capté dans nos maisons précédentes, alors ? Et de toute façon, il n'y avait personne avant nous, Jason. C'est une maison toute neuve.

— Je voulais dire, un des anciens occupants de la vieille maison. Nous savons que la nôtre a été construite à l'emplacement du manoir qui s'élevait ici autrefois. Peut-être… je ne sais pas… que nous interceptons des ondes du passé, et que nous nous les transmettons par télépathie ? C'est l'une de mes hypothèses.

— Et l'autre ?

Il but une gorgée de vin. Puis il posa son verre et plongea ses yeux dans les siens :

— J'ai du mal à l'accepter, car elle va à l'encontre de toutes mes pensées rationnelles.

Il se tut.

30

Dimanche 16 décembre

Jason remplit de nouveau le verre d'Emily. Depuis un quart d'heure, il n'avait pas touché à son poulet qui était maintenant complètement froid.

Emily appartenait à une famille de fervents catholiques. Bien qu'assez croyante, elle allait rarement à l'église. Il était lui-même issu d'une famille d'anglicans non pratiquants. Sans adhérer à la notion biblique de Dieu, Jason croyait cependant en l'existence d'une autre dimension. C'était un point de vue qu'ils partageaient tous les deux.

Emily rompit finalement le silence.

— Une hallucination ?

— C'est l'explication la plus plausible que je puisse trouver.

— Bien sûr, dit-elle cyniquement. Et qu'avons-nous imaginé d'autre ? Le Parc de Cold Hill ? Cette maison ? Nous deux ? Est-ce que tu existes vraiment ? Et moi ?

Il lui prit de nouveau la main.

— Tu existes.

— Vraiment ? Peux-tu le prouver ? Et peux-tu prouver que tu existes vraiment ?

Il se leva, contourna la table et posa un baiser sur chacune de ses joues.

— Alors ? C'est assez réel ? J'existe bien ?

— J'aurais pu l'imaginer.

— Tu veux voir mon permis de conduire ? Mon passeport ?

— Comment saurais-je qu'ils sont réels ? Sont-ils plus réels que la femme que nous avons vue tous les deux et que tu viens de peindre ?

Il se rassit et saisit son verre avant de le reposer immédiatement, sans y toucher.

— Il ne faut plus que je boive, il faut que je travaille.

Il secoua la tête.

— Un vieux proverbe mésopotamien dit que quatre doigts séparent la vérité du mensonge. Et si tu mesures, tu t'apercevras que c'est la distance moyenne entre les oreilles et les yeux d'une personne.

— Ce qui signifie ?

— Ce que tu vois est ce que tu sais être la vérité.

— Alors cette femme que tu as dessinée, elle est vraie ? Tu l'as vue. Je l'ai vue. Nous avons tous les deux vu un fantôme.

— Ou bien…

— Ou bien ?

Ils entendirent du bruit au-dessus de leurs têtes. Des pas lourds, comme des bottes claquant sur les lattes du plancher.

Jason se figea. Emily le regarda, alarmée.

— Qu… qu'est-ce que c'est ? Qui… qui est-ce ?

Il se leva et fixa le plafond.

Tap. Tap. Tap.

Elle l'imita.

Tap. Tap. Tap.

— Quelle… de quelle pièce s'agit-il ?

Sa voix tremblait.

Jason courut dans l'entrée et monta l'escalier quatre à quatre jusqu'au palier et à leur chambre. Il inspecta le grand lit, la couverture blanche, les oreillers et l'ours en peluche élimé d'Emily, qu'elle plaçait toujours au milieu des coussins. *Nounours* : son doudou depuis qu'elle était toute petite. Il parcourut du regard les portes miroirs de la penderie qui occupait la largeur de la pièce ; la nuit noire de l'autre côté des fenêtres ; la méridienne qu'ils avaient achetée pour une bouchée de pain dans une salle des ventes quelques années auparavant et retapissée d'un tissu gris perle ; la banquette-coffre capitonnée ; le tapis blanc recouvrant les lattes du plancher.

— Jason ! appela Emily. Jason, ça va ?

Tout avait l'air normal. Il passa dans la salle de bains attenante, vérifia la douche à l'italienne et la baignoire de style victorien. Il aperçut son reflet dans le miroir au-dessus de la double vasque.

Silence.

Il redescendit. Emily l'attendait au pied de l'escalier.

— Ce… c'était quoi ?

Il secoua la tête.

— Rien du tout. Probablement, comme je te l'avais dit, le plancher en chêne qui bouge.

— Qui bouge ?

— Tu sais, le chêne met du temps à s'acclimater. Tu te souviens quand nous avions fait installer le parquet à North Gardens ?

Il parlait du petit cottage victorien dans le centre de Brighton où ils habitaient auparavant et où il avait son minuscule atelier. C'était une ruine quand ils l'avaient acheté, et ils avaient refait tout le plancher de la pièce à vivre en chêne. Sur les conseils de l'entrepreneur, ils avaient dû garder les planches dans la maison pendant plusieurs mois pour les laisser sécher, avant de les poser.

— Oui, dit-elle doucement.

— Ils ne l'ont probablement pas assez fait sécher ici, c'est tout… Pour faire des économies et finir la construction plus vite.

Maintenant que nous occupons la maison et que le chauffage est allumé, le bois doit sécher, et se contracter ou se déformer un peu… C'est ce qui provoque ce bruit.

— Vraiment ? Comment ?

— Je ne sais pas, je ne suis pas menuisier-charpentier. Peut-être que quand une planche bouge, ça provoque une réaction en chaîne, quelque chose du genre…

Ils se rassirent à la table de la cuisine. Emily regarda en l'air avec méfiance.

— Donc pour toi, le chêne qui se contracte fait comme un bruit de pas ? Que se passe-t-il, Jason ? Est-ce que quelqu'un se moque de nous et nous joue un mauvais tour ?

— Qui ça ?

— Je ne sais pas, répondit-elle froidement.

Il avala une bouchée de poulet froid en réfléchissant. Il voulait à la fois tranquilliser Emily et se rassurer lui-même.

— Écoute, cherchons une explication rationnelle. J'ai peut-être vu cette femme quelque part sans la remarquer sur le moment, et elle s'est logée dans mon subconscient. Ce n'est qu'un des nombreux sujets potentiels que je vois et que je mets de côté tous les jours : je fais ça en permanence. Je vois des personnages et je les mémorise pour de futurs croquis ou peintures. Avec le chamboulement émotionnel lié au déménagement – selon le docteur Dixon –, elle a resurgi de nulle part. Et, comme je disais, les couples qui sont très proches communiquent parfois par une sorte de télépathie. Alors, tu l'as interceptée, à ton tour. C'est une possibilité, dit-il en haussant les épaules.

— Ou peut-être que le docteur Dixon t'a donné les mauvaises pilules, répliqua-t-elle sèchement. Tu viens de déballer un tissu de conneries.

— Ouais, eh bien, je… (Il s'interrompit un instant.) Je ne crois pas que les fantômes arpentent les planchers en chaussures à semelle cloutée.

Emily ramassa l'assiette de Jason, la mit dans le nouveau four à micro-ondes, ferma la porte un peu trop fort et l'alluma.

— Tu ne réchauffes pas aussi le tien ? demanda Jason.

— Je n'ai pas faim.

— Allez, il faut que tu manges quelque chose !

Quand le micro-ondes sonna, il enleva son assiette et la remplaça par la sienne.

Cinq minutes plus tard, ils s'assirent de nouveau à table.

— Mange ! l'encouragea-t-il.

Emily lui sourit faiblement. Elle piqua du bout de sa fourchette un morceau minuscule qu'elle grignota du bout des lèvres, puis elle prit une gorgée de vin. Elle reposa son verre.

— « Vous n'en repartirez jamais. Personne n'en est jamais reparti. » C'est ce que ce vieux type t'a dit au pub, n'est-ce pas ?

— Oui, et ça n'est pas un problème. Nous venons à peine d'arriver, pourquoi voudrions-nous repartir ?

— Tu sais bien ce que je veux dire, Jason. Et ce « personne n'a jamais dépassé les 40 ans dans la grande maison ».

— Donc nous devrions vendre et partir avant mon quarantième anniversaire ? C'est ce que tu veux que nous fassions ?

— Je ne sais pas ce que je veux.

Elle fit une pause.

— En fait, si, je sais. Je sais ce que je ne veux pas. Je ne veux pas avoir peur chez moi, et là, je suis terrifiée.

— Il ne faut pas que l'on s'alarme ainsi, ma chérie. Tu penses que nous avons tous les deux vu un fantôme. Mais c'est une maison neuve. Les fantômes – s'ils existent – hantent les vieilles maisons.

— Nous sommes à l'emplacement d'une vieille maison, tu l'as dit toi-même.

Il continua à manger, songeur.

— Veux-tu que nous fassions venir un médium pour voir ce qu'il en pense ?

— Nous devrions peut-être le faire.

Elle leva de nouveau les yeux vers le plafond.

— Mais comment va-t-on trouver quelqu'un ?

— Louise s'intéresse à ce genre de choses. Je peux lui demander.

— Bien sûr. Bien sûr, pourquoi pas ?

Il aimait bien Louise, tout en restant sceptique au sujet du « don » qu'elle prétendait avoir.

— Elle revient demain pour m'aider à finir de tout installer. Je lui demanderai à ce moment-là.

— Bonne idée.

Il finit le reste de son repas et son verre de vin, puis il se fit un café serré et quitta la pièce en l'emportant.

— Dis bonjour à notre colocataire, lui lança Emily.

— Pas d'autre message pour elle ? renchérit-il avec un sourire.

— Si, dis-lui de dégager et d'aller embêter les P-W, plutôt.

L'entrée était glaciale, comme si du vent s'engouffrait par une porte ouverte. Jason vérifia le thermostat sur le mur : vingt-trois degrés. Il tenta de comprendre comment l'augmenter, mais il n'y avait pas de réglage manuel apparent. Le courant d'air semblait empirer.

Irrité, il retourna dans la cuisine et rebrancha le boîtier de commande.

— Pourquoi fais-tu ça ? demanda Emily, qui était en train de mettre les assiettes dans le lave-vaisselle.

— Il faut que j'augmente le chauffage et je ne vois aucun moyen de le faire manuellement. Je vais appeler cet agent demain matin afin qu'on se débarrasse de ce boîtier une bonne fois pour toutes.

— Ça doit être dans le mode d'emploi, dit Emily.

— Oui, et soit je passe la nuit à le lire, soit je peins. J'ai deux tableaux à livrer d'ici demain soir, lâcha-t-il, exaspéré, en sortant.

Le vestibule lui parut encore plus froid qu'avant. Il leva la tête vers le haut de l'escalier et constata que la suspension du palier était éteinte. Il était pourtant certain de l'avoir laissée allumée lorsqu'il était descendu, plus tôt. Se sentant un peu ridicule, il s'écria : « Commande, allume la lumière sur le palier du premier ! »

Les ampoules l'éblouirent instantanément. Après avoir jeté un coup d'œil au thermostat, qui affichait maintenant vingt-cinq degrés, il monta jusqu'au premier étage. Là, il s'arrêta face à l'obscurité qui régnait en haut, et une bouffée d'air glacial l'enveloppa.

Avec appréhension, il dit : « Commande, allume la lumière du dernier étage ! »

Aussitôt, le palier supérieur s'éclaira. Une fraction de seconde plus tard, il entendit une explosion et un tintement de verre cassé, et l'escalier en colimaçon fut replongé dans le noir.

Génial.

Il scruta les marches raides avec une anxiété grandissante. Il avait la frousse d'aller plus loin. Il avait peur de monter jusqu'à son atelier. C'était leur nouvelle maison, bon sang !

Allez, mon vieux, ne sois pas ridicule. Espèce de trouillard minable !

Il posa un pied sur la première marche et sentit une nouvelle rafale descendre de l'obscurité. Avait-il laissé une fenêtre ouverte dans son atelier ?

Il monta sur la deuxième marche. L'air devenait de plus en plus glacial. On se serait cru dans une chambre froide.

Soudain, comme si des mains invisibles le repoussaient et

l'empêchaient d'avancer plus haut, il se rendit compte qu'il était incapable de bouger.

Il demeura immobile un moment. Le vent lui ébouriffait les cheveux.

Je ne vais pas me laisser terroriser dans ma propre maison !

Il allait continuer à monter quand il découvrit avec stupéfaction ce qui ressemblait à un essaim d'abeilles translucides descendant l'escalier à sa rencontre. Des dizaines de minuscules lumières virevoltant à l'unisson, comme un nuage scintillant.

Le même scintillement qui avait suivi la disparition de la femme.

Sa gorge se serra. Le nuage s'avançait rapidement vers lui, sans lui laisser le temps de se retourner pour s'enfuir.

Une fraction de seconde plus tard, pris par surprise, il se fit percuter par une force invisible. Il s'accrocha désespérément à la rampe pour ne pas basculer en arrière tandis que les lumières tourbillonnaient et que son mug dégringolait derrière elles, éclaboussant la moquette et les murs de café noir.

— Putain, vous pourriez dire *pardon* ! s'exclama-t-il, sous l'effet du choc et de la colère.

Il entendit Emily lui crier d'en bas « Chéri, ça va ? », et, l'instant d'après, un hurlement.

31

Dimanche 16 décembre

À la télévision, l'un des experts d'*Affaire conclue*, un homme à la crinière argentée et vêtu d'un blazer rayé, était en train d'admirer un cheval de course en porcelaine au flanc incrusté d'une horloge ronde. L'expert vantait les mérites de ce rare exemplaire de style Art déco. Claudette Penze-Weedell, qui se sentait vraiment pompette, regarda l'émission avec un intérêt soudain. Elle tenait à la main un verre de prosecco. Maurice en avait acheté plusieurs bouteilles pour Noël et elle avait insisté pour en ouvrir une ce soir-là.

Il avait d'abord été réticent, lui faisant remarquer qu'elle avait largement assez bu pendant le déjeuner au pub, et qu'il fallait qu'ils surveillent leur budget. Mais elle avait joué sa carte maîtresse : s'il ne débouchait pas une bouteille, il ne pourrait s'attendre à aucune activité dans la chambre à coucher.

Elle déballa et engloutit un Triangle vert au praliné, le chocolat qu'elle aimait le moins, mais le seul qui restait dans sa boîte de Quality Street. Il faudrait qu'elle aille demain au supermarché en acheter une autre, ou même deux pour que ça lui dure toute la période des fêtes. À condition qu'elle la cache le jour de Noël quand toute leur famille, et surtout celle de Maurice, serait là. Elle avait épousé un homme issu d'une lignée de gloutons.

— Et maintenant, je vais en estimer la valeur, dit l'expert. Si je vendais ce bibelot aux enchères, je mettrais un prix de réserve d'au moins vingt mille livres.

Sur l'écran, la femme filmée en gros plan poussa une exclamation de surprise.

Claudette glapit elle aussi. Ses yeux se fixèrent sur le meuble vitré du séjour. Sur l'âne en porcelaine coiffé d'un sombrero, une horloge à quartz carrée encastrée dans la panse, qu'elle avait payé dix livres à la boutique solidaire des Martlets, à Brighton.

Vingt mille livres !

— Maurice ! appela-t-elle, tout excitée.

Pas de réponse.

— Maurice !

Elle huma une odeur de cigare.

— Maurice ?

L'odeur de cigare s'intensifia.

— Maurice ? Mais qu'est-ce que tu fais ? Tu fumes dans la maison… Tu sais que je…

Une ombre tenant un cigare rougeoyant passa devant la porte ouverte qui menait à l'entrée.

— Enfin, Maurice, qu'est-ce que tu fricotes ?

Elle bondit sur ses pieds, furieuse. Il devait avoir perdu la tête, pour fumer dans la maison. Il savait à quel point elle était asthmatique. Elle courut vers le chambranle et respira encore plus distinctement l'odeur de cigare. Elle hurla :

— Maurice !

À sa droite, au fond de l'entrée, elle entendit le cliquetis d'une serrure. La porte d'entrée s'ouvrit et Maurice entra, de retour de sa promenade du soir, emmitouflé dans son manteau, son chapeau et ses gants.

— Chérie, il fait un froid de canard ce soir ! dit-il.

32

Dimanche 16 décembre

Jason se précipita dans la cuisine. Emily était debout, l'air désorienté et bouleversé.

— Qu'est-ce que c'est ? Que s'est-il passé ?

— Je... Je...

Elle attrapa le dossier d'une chaise, l'attira vers elle et s'y laissa tomber. Elle enfouit son visage dans ses mains.

— Mon Dieu, oh mon Dieu.

— Em, dis-moi. Qu'est-ce qu'il s'est passé ?

Il posa doucement une main sur son épaule. Elle haletait et cherchait à reprendre sa respiration. Il se rendit compte qu'elle faisait une crise d'hyperventilation.

— Dis-moi, répéta-t-il en jetant des regards autour de lui, les nerfs à vif.

Il devinait ce qu'elle allait dire.

— J'ai vu quelque chose, dit-elle. J'ai vu... je ne sais pas... comme des lumières qui bougeaient sur le sol, et puis elles ont disparu derrière le mur, ici.

Elle désigna du doigt l'autre extrémité de la pièce, où il n'y avait qu'un plan de travail et des placards.

Devait-il lui raconter ? Qu'il avait vu le même phénomène et qu'il avait failli dégringoler à la renverse dans l'escalier, où il aurait pu se briser la nuque et se tuer ? Il ne savait plus quoi dire. Ils avaient tous les deux vu la femme, et maintenant ils avaient tous les deux vu cette chose… quelle qu'elle soit. Une sorte de boule de foudre ?

— Parlons-en à Louise, tous les deux. Elle vient demain matin ?

— Oui.

Il regarda sa montre. Merde, il fallait qu'il reprenne sa toile, il devait la finir ce soir, impérativement. Quel que soit le cauchemar incompréhensible qui se déroulait chez eux.

Il alla jusqu'à l'évier et s'accroupit pour ouvrir le placard au-dessous.

— Qu'est-ce que tu cherches ? demanda-t-elle.

— J'ai renversé mon café dans l'escalier. J'ai trébuché sur cette foutue moquette… Elle est tellement épaisse, mentit-il.

— Va continuer ta peinture, je nettoierai.

— Tu es sûre ?

Elle hocha la tête.

Il ramassa son mug au pied de l'escalier, se prépara un autre café et monta avec nervosité les deux étages jusqu'à son atelier. Il ordonna aux lumières de s'allumer à l'intérieur avant d'y rentrer.

La fenêtre face au lac était grande ouverte et laissait pénétrer le vent froid. L'avait-il laissée ouverte ? Sûrement pas. Il la ferma et la verrouilla, alla jusqu'à son bureau pour y poser son café. Puis il sonda nerveusement le n° 34, de l'autre côté de la rue.

La maison était plongée dans l'obscurité. Il n'y avait personne dans la pièce du haut. Il s'assit devant son ordinateur et appuya sur une touche du clavier pour le réveiller. La demande de mot de passe s'afficha comme d'habitude.

Il prit une gorgée de café avant de parcourir rapidement ses e-mails. Il avait reçu deux cartes de vœux virtuelles d'amis qui annonçaient préférer faire un don à des œuvres plutôt que d'envoyer des cartes de Noël. Il en avait parlé avec Emily, mais ils avaient décidé qu'ils aimaient envoyer de vraies cartes – il en dessinait une chaque année, et en plus, elles lui faisaient de la publicité. Il ouvrit une autre carte animée et ignora la vidéo d'un chien se promenant dans la neige au son d'une musique entraînante, pour consulter directement les coordonnées de l'expéditeur. Elle était suivie d'un e-mail de Susan Burton de la galerie Northcote, qui lui demandait des nouvelles de ses tableaux pour l'exposition. Il lui répondit que tout allait bien.

Ensuite, il vérifia rapidement les réseaux sociaux. Après avoir fini, il s'installa face à son chevalet. Il enleva le portrait de la femme mystérieuse et le plaça face au mur sur une petite pile de tableaux invendus, avant de se baisser pour attraper le portrait des deux chiens là où il l'avait laissé, au-dessous de la fenêtre.

Au moment où il le soulevait, il entendit un coup sourd contre la vitre.

Il laissa tomber la peinture. Elle heurta le sol avec un bruit sec et tomba à plat sur le sol. Il contempla la fenêtre. Il ne voyait que l'obscurité. Il se précipita et pressa son visage contre la vitre. Tout était plongé dans le noir. Le lac se trouvait quelque part au loin, et la colline derrière. Il ouvrit la fenêtre. De l'air glacé s'engouffra dans la pièce. Il n'y voyait rien du tout.

Chaque cellule de son corps était en alerte.

Merde, merde, merde. Ça devait être un oiseau, ou peut-être une chauve-souris.

Il referma, se retourna et s'agenouilla par terre, redoutant ce qu'il allait trouver. Ses pires craintes se confirmèrent quand il souleva le panneau enduit de gesso. La peinture était entièrement fissurée.

C'était impossible à réparer. La seule chose à faire consistait à tout recommencer depuis le début. Il lui faudrait tant bien que mal trouver la force de travailler toute la nuit, si nécessaire. Et il lui resterait encore le dessin au crayon de l'épagneul à faire le lendemain. En inspirant profondément, il alla à la fenêtre qui donnait sur la rue et regarda les lumières criardes de la grotte de Noël des Penze-Weedell, soudain envieux de la simplicité de leur vie banale.

Cinq minutes plus tard, ayant placé un panneau vierge sur son chevalet et avalé d'un trait son café froid, il recommença la peinture à zéro, en jetant de temps en temps un coup d'œil à la fenêtre par-dessus son épaule, à l'affût de tout mouvement. Il était tellement distrait qu'il lui fallut un long moment avant de retrouver son rythme.

Un peu plus tard, Emily entra dans la pièce pour lui dire qu'elle avait besoin de dormir et qu'elle allait se coucher tôt. Elle s'arrêta pour observer le tableau.

— Je croyais que tu avais presque fini ta peinture ?

— C'est vrai, dit-il. Et puis je l'ai bêtement fait tomber et elle est pleine de fissures. C'est l'un des problèmes avec le gesso. J'ai dû recommencer à zéro. Je vais probablement devoir travailler toute la nuit.

— Mon pauvre chéri.

Elle l'entoura de ses bras.

— Pour l'instant, on ne peut pas dire que tout se passe très bien dans notre nouvelle maison, n'est-ce pas, mon amour ?

33

Dimanche 16 décembre

— Que se passe-t-il, chérie ? demanda Maurice Penze-Weedell à sa femme.

Elle le fixait, bouche bée, comme s'il venait d'atterrir d'une autre planète.

— Tu étais en train de fumer un cigare ?

— Non.

Il ouvrit la bouche et souffla une haleine mentholée dans sa direction.

— Pas de cigare. Tu sais que je n'aime pas les cigares.

— Je... Je...

— Tu as l'air un peu pompette, ma chère, si je puis me permettre. Nous devrions peut-être monter, et... nous coucher ?

Il voulut la prendre dans ses bras, mais elle le repoussa.

— C'est *Affaire conclue* ! Enfin !

Il hocha la tête d'un air morose. Elle ne ratait jamais un épisode. Il y avait des dizaines d'émissions à la télévision dont elle ne ratait jamais un épisode. La vie de Claudette gravitait autour du petit écran.

Elle lui tourna le dos, retourna dans le salon et s'installa sur le canapé. Elle attrapa la bouteille de prosecco et remplit de nouveau son verre.

— Tu viens de manquer quelque chose, dit-elle.

— Ah bon ?

Elle désigna du doigt l'âne en porcelaine posé sur l'étagère du meuble vitrine.

— Un objet juste comme celui-ci a été évalué à vingt mille livres.

— Sacré nom d'une pipe !

— Je l'ai payé dix livres… Et tu as dit que je m'étais fait avoir ! Ha ! Qui est-ce qui rigole maintenant ?

Elle but son verre d'un trait, et Maurice la resservit précipitamment.

Il faut qu'elle reste d'humeur à picoler !

Il avait comme l'impression qu'il pourrait gagner le gros lot ce soir. Elle se montrait parfois très amoureuse quand elle était éméchée, à condition de ne pas s'endormir comme une masse.

— Quand l'émission sera finie, nous pourrions peut-être nous coucher tôt, ma douce ? hasarda-t-il.

— Ah non, il y a le dernier *Poldark* après, dit-elle. C'est à 21 heures. Je ne vais pas rater ce canon, Aidan Turner.

— Nous pourrions l'enregistrer.

— Et pourquoi donc, alors que je peux le regarder ce soir ?

— Et si je te faisais miroiter quelque chose de mieux ?

Elle déballa l'avant-dernier Triangle vert.

— Il n'y a qu'une seule chose que tu puisses me faire miroiter ce soir, chéri.

— Quoi ? demanda-t-il, excité comme un chiot. Qu'est-ce que c'est ?

— C'est d'aller me chercher une autre boîte de Quality Street. Tu es en état de conduire, tu n'as bu que deux verres au déjeuner.

Il fit une moue dubitative.

— Je peux essayer, mais je crois que tous les supermarchés sont fermés le dimanche soir.

— Et les stations-service ? dit-elle. Franchement, je croyais que tu étais un homme d'initiative. Tu te souviens de ce que tu m'as dit le soir où tu m'as demandée en mariage ? Tu m'as dit que si je t'épousais, tu me donnerais toujours ce que je voudrais, quoi qu'il en coûte ? Tu t'en souviens ?

— Oui, ma douce.

Maurice se précipita hors de la pièce et quelques instants plus tard, par-dessus le son de la télévision, elle entendit le bruit de sa voiture qui démarrait.

Sur l'écran, l'expert d'*Affaire conclue* examinait une collection de vieilles boîtes de chocolats commémorant le couronnement de la reine.

Elle flaira de nouveau l'odeur d'un cigare. Plus intense qu'avant. Plus capiteuse.

— Maurice ! appela-t-elle.

Elle entendit sa voiture qui s'éloignait.

Un rond de fumée flotta dans son champ de vision.

Elle bondit sur ses pieds et courut à la porte d'entrée.

— Maurice ?

Dans son dos, la boîte de chocolats vide tomba sur la moquette.

— Maurice ! cria-t-elle.

Il y eut un déclic et le téléviseur s'éteignit. L'instant d'après, la maison fut plongée dans l'obscurité. À mi-hauteur de l'escalier, elle aperçut le rougeoiement d'un cigare.

— Maurice ?

La lueur s'avança vers elle.

Elle s'enfuit dans l'entrée, puis dans le jardin, en claquant la porte derrière elle.

Toutes les illuminations de Noël s'étaient éteintes.

— Maurice ! hurla-t-elle.

34

Dimanche 16 décembre

Jason et Emily Danes se tenaient debout dans son atelier, serrés très fort l'un contre l'autre.

— Que se passe-t-il ? demanda-t-elle. Comment se fait-il que tout marche de travers depuis que nous avons emménagé ici ?

— Je ne sais pas, Em. Mais on va s'en sortir.

— Tu as entendu ce que Claudette a raconté au pub. Au sujet des trois familles qui sont mortes. Et si tout le lotissement était maudit ?

— Comment ça ?

Elle fit un geste de lassitude.

— Je ne sais pas. Peut-être qu'un esprit malin ne veut pas de nous ici… Cette chose… cette femme que nous avons vue tous les deux.

Elle montra de la tête le portrait posé par terre.

— Je refuse de croire à une malédiction. À des coïncidences, oui. Et à mon avis, c'était seulement une horrible coïncidence, tous ces gens qui sont morts – si Claudette a dit la vérité. Franchement, je pense qu'elle est fêlée. Elle l'a probablement inventé.

— Et si ce n'était pas le cas ?

— Demain matin, j'appellerai ce… Paul Jordan, l'agent immobilier, et je lui demanderai.

Il l'embrassa.

— Écoute, ce type détestable au pub, le fermier, Arthur Fears, il a clairement annoncé qu'il n'aimait pas ce lotissement. Peut-être que lui et d'autres habitants du coin qui sont du même avis ont décidé de jouer aux couillons et de flanquer une trouille noire à tous ceux qui viennent s'installer ici ?

— En supprimant trois couples ?

— Attendons demain pour connaître le fin mot de toute cette histoire.

— Tu penses vraiment que ce vieux fermier serait capable de nous jouer des tours dans la maison ? De faire apparaître un hologramme qui parle ? Cesse de te mentir à toi-même et rappelle-toi ce qu'ils ont raconté au pub sur l'histoire de cet endroit… Sois réaliste, lui assena-t-elle sèchement.

— C'est justement ce que j'essaie de faire, Em. Parce que j'aime cette maison. Et tu l'aimes aussi.

— Je l'aimais. Je ne l'aime plus. Je me demande si nous ne devrions pas partir et rester chez mes parents jusqu'à ce que…

— Jusqu'à ce que quoi ?

— Jusqu'à ce que nous nous soyons débarrassés de ce putain de truc qui est là où il ne devrait pas être.

Depuis la cage d'escalier, une voix de femme tranchante, furieuse et menaçante se fit entendre :

— Vous pouvez toujours essayer.

35

Dimanche 16 décembre

Les phares de la BMW éclairèrent brièvement la silhouette frissonnante recroquevillée sous le porche, ses cheveux en choucroute dégringolant autour de son visage.

Maurice sauta hors de la voiture. Il brandissait triomphalement une boîte de Quality Street comme s'il s'agissait d'un trophée olympique. Il se précipita vers sa femme.

— Que fais-tu là, ma chérie ?

Elle lui lança un regard noir.

— Une foutue heure et demie. Qu'est-ce que tu crois que je suis en train de faire, espèce de crétin ?

Il se frappa le front, horrifié.

— Tu t'es enfermée dehors !

— Tu crois que je reste là pour m'amuser ?

Ses dents claquaient.

— Oui, je me suis... enfermée dehors. Où diable es-tu allé ?

Il agita la boîte de Quality Street.

— Chercher ça ! J'ai fait la moitié des stations-service du Sussex. Comment t'es-tu retrouvée coincée dehors ?

— Commence par ouvrir cette satanée porte, d'accord ?

Ils entrèrent dans la maison. Il faisait noir comme dans un four.

— Les fusibles ont dû sauter, dit-il.

Maurice ferma la porte d'entrée, entoura sa femme de ses bras et lui frotta le dos pour la réchauffer. Elle tremblait de tout son corps.

— J'ai tellement froid.

Méfiante, elle eut un mouvement de recul face à l'escalier.

— Attends une minute, mon amour.

Il posa les chocolats sur la table de l'entrée, tâtonna dans un tiroir, trouva une petite lampe torche et l'alluma. Il traversa prudemment la cuisine, entra dans le débarras, ouvrit l'armoire électrique et constata que le disjoncteur principal était descendu. Il le releva et toutes les lumières s'allumèrent instantanément. Il se dépêcha de regagner le vestibule et prit de nouveau Claudette dans ses bras.

— Il y avait quelqu'un, dit-elle.

— Tu es sûre ?

— Oui. Un homme. En haut.

Il commença à monter l'escalier.

— Sois prudent !

Elle l'entendit bouger au-dessus de sa tête, puis il réapparut.

— Mon amour, il n'y a personne. Tu es certaine que ce ne sont pas toutes ces séries télé qui te font imaginer des choses ?

— Je... je n'imagine rien.

Il redescendit et l'enlaça. Elle frissonnait toujours.

— C'est pour ça que tu es sortie de la maison ?

Elle acquiesça faiblement.

Il la frictionna vigoureusement.

— Ça va mieux ?

Elle hocha de nouveau la tête.

— Je connais le remède parfait pour te réchauffer, dit-il de manière suggestive.

— Parfait, alors va me chercher un verre de mousseux avant que je ne meure d'hypothermie.

— Tout de suite ! Je vais nous servir un verre à chacun et puis nous pourrions le boire dans un bon bain chaud, qu'en dis-tu ? Ça te réchaufferait bien !

— Tu peux toujours rêver !

Ses dents claquaient toujours, mais pas assez pour l'empêcher de se libérer de ses bras, de prendre la boîte de chocolats et de l'emporter dans le salon en s'attaquant fébrilement au couvercle.

Il prit la bouteille dans le réfrigérateur ainsi qu'un verre pour lui, avant de se hâter de la rejoindre dans le salon.

— Mon amour, qu'est-ce que tu as cru voir, exactement ?

— Je n'ai rien *cru voir*. J'ai entendu du bruit en haut et senti l'odeur d'un cigare.

— D'un cigare ? Ne dis pas de bêtises.

Assise sur le canapé sans faire attention à lui pendant qu'il débouchait la bouteille, elle parvint finalement à ouvrir la boîte. Elle contempla son contenu, réconfortée tout à coup. Un Délice à la fraise !

Elle en sortit un, le déballa et l'engloutit.

— Commande ! Mets *Poldark* en replay, s'il te plaît.

Tout en mastiquant, elle contempla le visage à tomber de Ross Poldark. *Aidan Turner ! Seigneur ! Pourquoi mon mari ne te ressemble-t-il pas ?*

— Voilà, ma bombe sexy !

Elle prit le verre sans accorder un regard à Maurice.

— Voilà ce que *moi*, j'appelle une bombe sexy, dit-elle en désignant l'écran.

Il s'assit à côté d'elle avec son verre et se blottit contre elle.

— Tu me surnommais comme ça, autrefois.

Il bécota son oreille, mais elle le repoussa, plongea sa main dans la boîtc et en extirpa un autre Délice à la fraise.

— Vraiment ? Je ne me le rappelle pas.

Il prit un air blessé. Soudain, il se figea. Il pouvait sentir une odeur de cigare. Faible au début, mais de plus en plus forte.

Une ombre passa dans l'embrasure de la porte.

— Qu'est-ce que… ? dit-il, mais Claudette, absorbée par la télévision, ne l'entendit pas.

Il se leva, marcha prudemment jusqu'à la porte et passa sa tête dans l'entrée. Elle était vide. Il renifla. L'odeur s'était dissipée aussi vite qu'elle s'était manifestée.

36

Dimanche 16 décembre

Figés sur place, Jason et Emily parcoururent la pièce des yeux. Le module de commande de l'atelier était encastré dans le plafond au-dessus du bureau. Mais cette voix n'était pas venue d'en haut : elle avait retenti derrière eux, par la porte ouverte.

— Qu'est-ce que c'était ? dit Emily.

Jason sortit de la pièce à grandes enjambées et scruta l'escalier.

— Bonsoir ! hurla-t-il. Vous avez quelque chose à nous dire ? Bonsoir ? BONSOIR ?

— Ne fais pas ça, le mit en garde sa femme.

Il se tourna vers elle.

— Ne fais pas quoi ? Si quelqu'un me parle dans ma… notre maison, je leur réponds, putain !

Il cria dans l'escalier :

— Montrez-vous ! Vous pouvez dire ce que vous voulez, ma femme et moi n'avons pas peur d'un putain de fantôme, d'accord ? Vous avez compris ?

Emily le suivit et se tint debout à côté de lui. Leurs yeux se rencontrèrent, ceux d'Emily élargis par la frayeur. Jason l'entoura d'un bras protecteur et la serra contre lui. Il la sentait trembler.

Il tremblait aussi.

— Qu'est-ce que c'était ? répéta-t-elle. Ou plutôt, qui ?

— Reste ici, je vais jeter un œil en bas.

— Pas question, je viens avec toi.

Lui devant, ils descendirent lentement l'escalier en colimaçon, marche après marche. Ils vérifièrent les pièces du premier étage, l'une après l'autre. Les fenêtres étaient toutes verrouillées. Puis ils descendirent dans le vestibule. Le salon était vide. Ils entrèrent dans la cuisine. *Poldark* passait à la télévision, le son toujours coupé.

— Nous l'avons entendu tous les deux, Jason, dit Emily.

— Je sais.

Il pénétra dans la buanderie attenante à la cuisine, prit la lampe torche sur l'étagère et sortit par la porte de derrière. Emily le suivit.

Il longea l'abri à poubelles pour aller dans le jardin, en promenant partout le faisceau de lumière de la torche.

— Je vais aussi inspecter l'autre côté de la maison pour m'assurer qu'il n'y a aucun haut-parleur caché là-bas par ce connard de Fears, ou par n'importe quel autre type du coin qui voudrait nous faire peur, dit-il résolument.

Finalement, après avoir consciencieusement effectué un tour complet sans rien trouver, il retrouva Emily à l'intérieur.

— Est-ce que tu as vraiment besoin de peindre cette nuit ? demanda-t-elle en remontant avec lui dans l'atelier. Je n'ai pas envie d'aller me coucher toute seule. J'ai peur.

— Je dois finir ce tableau et le croquis de l'épagneul d'ici demain après-midi, quoi qu'il arrive. Je l'ai promis à David, sinon il ne pourra pas les encadrer à temps. Si je ne les livre pas à mes clients, ils seront absolument furieux et je ne serai pas payé. Je ne peux pas les décevoir.

— Il reste encore une semaine avant Noël. Tu fais souvent appel à ses services : il pourrait sûrement encore les faire si tu les lui livres mardi, ou même mercredi ?

— Il part en vacances mercredi et il ne reviendra qu'après

le nouvel an. Il m'a déjà bloqué du temps mardi pour ces deux cadres.

— Alors, travaille toute la nuit demain. Mais pas ce soir, s'il te plaît, Jason.

Il fit un geste vers le canapé de l'autre côté de la pièce.

— Pourquoi ne t'étends-tu pas là pendant que je continue ma toile ? En fait, ce serait plutôt sympa de rester ensemble tous les deux… pour quelques heures.

Elle lui lança un regard interrogateur.

— Pourquoi ?

Parce que j'ai une trouille bleue de rester tout seul ici cette nuit. Mais il ne lui révéla pas sa pensée. Il lui dit plutôt :

— Parce que tu te sentiras plus en sécurité ici.

À son grand soulagement, Emily acquiesça.

37

Lundi 17 décembre

Le lendemain matin, à 11 heures, l'associée d'Emily était assise devant la table de la cuisine, les yeux fermés. Jason et Emily lui faisaient face, pleins d'appréhension. Jason, exténué, sirotait un café serré. Emily était elle aussi épuisée, après une nuit quasiment sans sommeil : Jason avait travaillé sans interruption ou presque, avec toutes les lumières allumées, car il lui fallait un éclairage parfait. Quand le rugissement des machines sur le chantier l'avait réveillée, il lui avait semblé qu'elle venait à peine de s'endormir.

Louise était une femme rondelette aux cheveux bruns, coupés court et avec une frange. Elle portait un ample pull torsadé jusqu'aux genoux sur un legging, et des bottines. Habituellement d'une gaieté contagieuse, avec un rire qui résonnait comme une corne de brume, elle arborait ce matin-là un air sérieux et concentré.

— Oh-oh-oh-oh, dit-elle, gardant les paupières closes. Quel remue-ménage ! Je capte tellement d'esprits qui essaient de communiquer avec vous, tous en même temps. Ils sont très vilains, très grossiers. J'essaie de remettre un peu d'ordre dans tout ça, mais ils ne me laissent pas.

— Que veux-tu dire ? interrogea Emily.

Au lieu de lui répondre, Louise s'écria en secouant la tête :

— Non, vous ! Retournez derrière ! Attendez votre tour !

Jason la dévisagea, franchement sceptique.

Les paupières toujours serrées, Louise l'interpella :

— Je capte un message pour toi, Jason. Il s'agit d'une femme. Elle s'excuse d'avoir abîmé ta peinture hier soir. Elle me dit qu'elle était en colère parce que tu avais posé son portrait face au mur. Elle admet être sujette à des accès de rage depuis qu'elle s'est transformée en esprit.

Comment pouvait-elle savoir ça ? se demanda-t-il.

Emily interrogea son mari silencieusement. Il fronça les sourcils en retour.

— Je capte une nouvelle personne, dit Louise. Une autre femme. Cela fait longtemps qu'elle est devenue un esprit. Elle est vraiment furieuse. Elle… elle est remplie de hargne. Ah, et maintenant un homme l'interrompt. Il me dit qu'il s'appelle Harry. Il me dit que c'était lui qui conduisait la pelleteuse. Il me transmet un message pour vous. Il dit : « Demandez à n'importe qui, ils sauront, pour la pelleteuse. » Est-ce que ça vous parle ?

Elle ouvrit enfin les yeux.

Jason et Emily la dévisagèrent, blancs comme des linges.

— Pelleteuse ? demanda Emily. Tu as bien dit *pelleteuse* ?

— Il y a un tel fourmillement d'esprits. Y avait-il autrefois un cimetière à cet endroit ? C'est l'impression que je ressens. Tant d'activité occulte… qui a vraiment besoin d'être apaisée.

— Par *activité occulte*, Louise, que veux-tu dire exactement ? Et qu'entends-tu par *esprit* ?

— Une âme prisonnière.

— Une âme ?

— Ce que je crois, expliqua Louise, c'est que chacun de nous a un ange gardien… un guide… qui veille sur nous. Si nous mourons de maladie ou de vieillesse, il escorte notre esprit… notre âme… de l'autre côté. Mais parfois, si une personne meurt brutalement – si elle est assassinée ou qu'elle se tue dans un accident, par exemple –, et que le guide n'est pas présent à ce moment-là, alors l'esprit ne se rend pas compte que le corps est parti. Il erre, perdu, prisonnier dans cette dimension. Nous le qualifions de *terrestre*. C'est un « esprit terrestre ».

— Combien de temps ces âmes restent-elles prisonnières ? intervint Jason.

— La notion de temps est différente dans le monde des esprits, répondit-elle. Nous vivons dans un temps *linéaire*. On va de A à B, puis de B à C. Tu te réveilles le matin, disons à 7 heures, tu vas faire ta balade à vélo, tu rentres à 8 heures, tu prends ton petit-déjeuner, tu travailles à une peinture, tu déjeunes à 13 heures, et ainsi de suite. Dans le monde des esprits, c'est différent : le temps ne signifie rien. Pour les esprits, c'est comme si tout ce qui a jamais existé existait encore. Ils retournent dans le passé et ils vont dans l'avenir.

— Dans l'avenir ? s'étonna-t-il.

— Oh oui, absolument. C'est comme ça qu'ils peuvent parfois nous montrer certaines choses.

— Jusqu'où, dans le futur, Louise ? demanda Emily.

— Je ne pense pas qu'il y ait de limite, répondit-elle. Ils peuvent remonter dans le passé sur des années, des décennies, des siècles… et parcourir l'avenir tout aussi facilement.

Jason eut un sourire en coin.

— Donc, quand nous mourons, nous pouvons voir le futur ?

— J'en suis certaine.

— Ça pourrait être pratique pour donner des tuyaux sur le tiercé gagnant à quelqu'un de la dimension terrestre, plaisanta-t-il.

— Oh, c'est arrivé, répliqua Louise. Mais ça ne s'est jamais bien terminé. C'est un abus que le monde des esprits désapprouve.

— Louise, si nous avons un esprit ici, dans cette maison, que pouvons-nous faire ? reprit Emily.

— Il a besoin d'être secouru.

— D'être secouru ? Et on appelle qui ? SOS Fantômes ? dit Jason, ironiquement.

— On appelle les secours d'urgence et on demande le SAMU pour les esprits ? renchérit sa femme, en grimaçant.

— Vous téléphonez au pasteur local, répondit Louise, fermement.

— Notre pasteur ? dit Emily. Nous ne savons même pas qui c'est.

— Vous pourriez...

Louise fut interrompue par une sonnerie stridente. Ils sursautèrent.

La sonnerie retentit de nouveau. Cela venait de la porte d'entrée.

Jason fit signe à sa femme de ne pas bouger. Il alla ouvrir.

Un homme grand et maigre, proche de la cinquantaine, se tenait sur le seuil. Il portait un gros pull irlandais qui laissait apparaître un col romain, un jean et des bottes. Il avait un début de calvitie, et ses traits agréables ainsi que son expression insouciante et quelque peu désabusée rappelèrent à Jason un acteur dont il ne put immédiatement se remémorer le nom.

Il ferait un bon sujet de tableau, se dit Jason immédiatement.

— Monsieur Danes ? s'enquit l'inconnu avec un accent distingué trahissant une éducation dans le privé.

— Oui.

— Je suis le pasteur de la paroisse de Cold Hill, Roland Fortinbrass. Je me suis dit qu'il fallait que je vous rende visite pour me présenter, étant donné que vous venez d'emménager. Est-ce un moment opportun ? J'espère que je ne vous dérange pas dans votre travail ? (Il le regarda chaleureusement.) J'ai cru comprendre que vous étiez un artiste très réputé.

— En difficulté, plutôt que réputé, répondit Jason, avec un sourire hésitant.

Quelle coïncidence bizarre, qu'il débarque à ce moment précis, pensa-t-il. Fallait-il lui proposer d'entrer maintenant, alors que Louise était là, ou bien lui demander de revenir plus tard ? Il finit par se décider pour la première option.

— Enchanté de vous rencontrer. Vous avez bien dit Fortinbrass ? Comme le personnage de *Hamlet* ?

Le pasteur sourit.

— Oui, presque : son nom ne prend qu'un « s », le mien en prend deux.

— Ah, d'accord. Je vous en prie, entrez.

Le pasteur dit en entrant :

— Quelle maison pleine de charme. Elle me rappelle beaucoup le manoir d'origine qui s'élevait à cet endroit. J'espère que vous et Mme Danes serez très heureux ici.

Fermant la porte derrière lui, Jason demanda :

— Pouvons-nous vous offrir du thé ou du café, révérend ?

— Oh non, merci, je ne veux pas vous déranger trop longtemps. Il ne s'agit que d'une courte visite pour vous accueillir dans notre petite communauté.

— Nous sommes allés déjeuner au pub The Crown hier, ma femme et moi, et nous avons eu l'impression que certains locaux n'étaient pas trop contents de ce lotissement, dit Jason.

Fortinbrass sourit.

— Eh bien, vous devez comprendre que les gens de la campagne sont très attachés à leurs habitudes. Ils n'aiment pas – ou ils ne comprennent pas – le changement.

— On dirait, en effet.

— Et je pense pouvoir deviner que le plus véhément d'entre eux était un certain fermier ?

— Arthur Fears ?

— Je n'aime pas citer de noms, mais j'ai bien peur qu'Arthur ne soit l'un de ceux auxquels je pensais. Il considère, de manière assez étriquée, que pour être un local il faut être né ici. Selon lui, tous les autres sont des intrus.

— C'est l'impression qu'il nous a donnée.

— Il ne faut pas que cela vous préoccupe. Il s'est passé la même chose avec moi quand je suis arrivé ici. Ne vous laissez surtout pas décourager. Notre communauté est très amicale et nous sommes toujours heureux d'accueillir du sang neuf. Nous en avons vraiment besoin… et spécialement, si je puis me permettre, quand il s'agit d'une personne aussi célèbre que vous. On en parle beaucoup dans le village : tout le monde est enthousiaste à l'idée de vous avoir parmi nous, vous et votre épouse.

— Nous sommes très heureux d'être ici.

— Sans vouloir me montrer indiscret, monsieur Danes, aurais-je raison de penser que vous avez choisi une maison nouvellement construite parce que vous avez une aversion pour la saleté ?

Jason le dévisagea, un peu contrarié par cette remarque si personnelle.

— Comment le savez-vous ?

Fortinbrass sourit.

— Disons qu'en tant que pasteur, cela fait partie de mon rôle d'être au courant des préoccupations de mes ouailles.

— Je crains que ni ma femme ni moi ne soyons très religieux.

— Mais vous croyez en *quelque chose*, n'est-ce pas ? Une autre dimension ?

— C'est-à-dire que… oui… Qui vous a dit ça ?

Il lui fit le même sourire étrange.

— Comme je viens de vous le dire, cela fait partie de mon rôle d'être au courant de certaines choses.

Jason le scruta quelques instants, déconcerté : comment pouvait-il le savoir ?

— Je vous en prie, entrez faire la connaissance d'Emily, mon épouse. Nous avons une amie avec nous, son associée.

— Dans quel domaine travaillent-elles, si je puis me permettre ?

— Elles ont une entreprise de traiteur.

— Ah. Eh bien cela pourrait beaucoup m'intéresser... vraiment beaucoup.

Ils pénétrèrent dans la cuisine. Au grand soulagement de Jason, Louise avait toujours les yeux ouverts et bavardait avec Emily. Il leur présenta le pasteur.

— Enchanté de faire votre connaissance, dit Roland Fortinbrass, en serrant les mains d'Emily et de Louise l'une après l'autre. Je ne sais pas si vous jouez d'un instrument ou si vous aimez chanter, mais la chorale de l'église manque de participants, et nous sommes en permanence à la recherche de musiciens pour l'orchestre de la paroisse.

— Je crains bien que non, dit Emily. Quand je chante, on dirait que deux chats s'étripent dans une poubelle.

— Et je n'ai pas du tout l'oreille musicale, ajouta Jason.

Le pasteur se tourna vers Louise.

— Et vous ?

— Je suis désolée, mais j'habite Brighton, dit Louise. Je suis seulement venue voir Emily.

— Quel dommage.

Dévisageant les deux femmes l'une après l'autre, il dit à Emily :

— Votre mari m'a dit que vous travailliez dans la restauration ? Un de ces jours, nous devrions en discuter pour l'un de nos événements paroissiaux. Et si je peux vous rendre quelque service que ce soit, n'hésitez pas à me contacter : vous me trouverez au presbytère la plupart du temps, la maison juste à côté de l'église.

— En fait, dit Emily, en lançant un regard à Jason, puis à Louise. Nous avons bien un service à vous demander.

— Oh ?

— Nous avons cru comprendre que l'Église anglicane avait des exorcistes dans chaque diocèse.

Fortinbrass eut soudain l'air embarrassé.

— Eh bien oui, bien que nous préférions le titre de « ministres de délivrance ». Et pourquoi cela vous intéresse-t-il, si ça n'est pas indiscret ?

— Nous pensons en avoir besoin ici, répondit-elle.

38

Lundi 17 décembre

Juste après le départ du pasteur, Jason monta dans son atelier pour appeler l'agence immobilière Richwards. Une réceptionniste lui répondit, et il demanda à parler à Paul Jordan.

Après une attente de quelques minutes, il entendit la voix joviale et familière de ce dernier.

— Ah, monsieur le célèbre artiste ! C'est un plaisir d'avoir de vos nouvelles. En quoi puis-je vous aider ? Et comment ça se passe, allée du Lac ?

— En fait, répondit Jason, pas très bien.

— Oh ? Mince, j'en suis désolé.

L'agent immobilier avait l'air sincèrement soucieux.

— Quel est le problème ?

— À vrai dire… il y en a plusieurs. Si je me souviens bien, quand ma femme et moi avons acheté la maison, vous nous aviez dit que nous étions les deuxièmes personnes à emménager au Parc de Cold Hill – et je crois que vous aviez mentionné le fait qu'une famille était sur le point de signer pour la propriété juste en face de chez nous ?

— Le n° 34 ?

— Oui.

— Oui, en effet. Les Lloyd, des gens tout à fait charmants.

— Eh bien, ma femme et moi sommes allés déjeuner au Crown dimanche, le pub du village.

— Ah bon ? dit Jordan d'une voix un peu bizarre.

— Oui.

— The Crown ?

— Oui.

— Ah, d'accord.

— Nous sommes tombés sur nos voisins qui habitent la maison de l'autre côté de la rue… Le n° 36.

— M. et Mme Penze-Weedell ! Quel couple sympathique. Je suis enchanté que vous ayez fait leur connaissance.

— Nous aussi… Bref, il se trouve qu'ils nous ont raconté que trois autres familles avaient aussi acheté des maisons dans le lotissement avant nous. Ce que nous ne savions pas.

Après un instant d'hésitation, Paul Jordan lâcha :

— Oui. Oui, c'est vrai.

— Et est-ce vrai que ces trois mêmes familles sont toutes mortes dans des accidents ?

L'agent immobilier mit un long moment à répondre.

— Hélas, oui, j'en ai bien peur. Les Bradshaw, les Ganesh et les Westerman.

— Trois familles du même petit lotissement, décédées en l'espace de deux mois ? C'est un peu plus qu'un malheureux hasard, vous ne trouvez pas ? Ça nous paraît drôlement bizarre, à ma femme et moi.

— Eh bien, oui, je dois admettre que cela peut sembler être le cas.

— *Sembler* être le cas ? Il nous semble, à nous, qu'on a jeté un sort à cet endroit.

— Laissez-moi vous rassurer, monsieur Danes. Bien sûr, cela peut avoir l'air d'un sort ou d'une malédiction… si vous croyez en ce genre de choses. Mais la réalité, bien que tragique, s'avère nettement plus prosaïque. Les Ganesh, du 7, chemin du Bosquet, se trouvaient à Manchester, en vacances chez des parents, quand la maison où ils dormaient a pris feu et ils sont restés piégés à l'intérieur. Les Bradshaw, du nº 34 juste en face de chez vous – une famille charmante avec deux jeunes enfants –, ont été asphyxiés, si j'ai bien compris, par le monoxyde de carbone provenant d'une chaudière défectueuse dans la villa qu'ils louaient en Italie. Quant aux Westerman, du 42, chemin du Bosquet, ils ont malheureusement péri tous les deux dans un accident aux Caraïbes. Ils faisaient de la plongée avec masque et tuba quand un bateau de ski nautique, qui ne les avait apparemment pas vus, leur est passé dessus.

Jason absorba ces informations, songeur. Il fallait reconnaître que la distance géographique entre Cold Hill et les accidents affaiblissait l'explication d'une malédiction. Mais…

— C'est tout de même une coïncidence très étrange, n'est-ce pas ? Le fait qu'ils habitaient tous ici ?

— La vie est rythmée par les coïncidences, monsieur Danes, répondit Jordan. Elles sont souvent agréables et heureuses, et puis, de temps en temps, comme celle-ci, elles sont affreuses. Tellement regrettables. Mais au point d'en conclure qu'un nuage noir pèse sur le domaine du Parc de Cold Hill… Je n'irais quand même pas jusque-là. C'est un lotissement haut de gamme, comme vous et Mme Danes l'avez constaté quand vous avez pris la décision de vous y installer. Je vous en prie, ne laissez pas tout ceci vous troubler, si vite après avoir emménagé.

— Pourquoi ne nous avez-vous rien dit… au moins avant la signature du contrat ?

— Aucun de ces accidents terribles n'avait le moindre rapport avec leur maison, ou avec le lotissement, répondit Jordan. Je ne vous ai rien dit parce que, tout d'abord, je ne trouvais pas cela pertinent, et, honnêtement, je ne voulais pas gâcher votre plaisir dans votre nouvelle maison de quelque manière que ce soit.

Il marqua une pause avant de continuer.

— Écoutez, permettez-moi de vous faire une suggestion, à vous et à votre épouse. Cela fait longtemps que je suis dans le métier. Déménager est beaucoup moins facile qu'on ne l'imagine. Je ne compterai pas le nombre de fois où j'ai vu des couples s'installer dans la maison de leurs rêves pour ensuite divorcer quelques années plus tard. Cela peut être une période très perturbante, pendant laquelle tout ce que vous avez connu et construit tous les deux disparaît soudainement, et vous devez faire face à une nouvelle série de défis. Il faut que vous les surmontiez ensemble. Votre nouvelle maison est vraiment superbe. La plupart des gens ne pourraient qu'en rêver. Je me souviens de votre première visite, et de l'expression sur votre visage lorsque vous êtes entré dans l'espace aménagé sous le toit… Vous avez dit que vous ressentiez l'envie d'y travailler. Est-ce que vous vous sentez inspiré ?

Jason répondit, avec hésitation :

— Oui.

— Eh bien alors, voilà ! dit Jordan. Et dans quelques mois, il ne restera plus une seule maison vide dans le lotissement, je peux vous l'assurer.

Jason le remercia docilement et s'excusa d'avoir accaparé son temps avant de raccrocher.

Il regretta immédiatement de ne pas l'avoir interrogé davantage. Mais il se rendait bien compte qu'il aurait probablement eu l'air ridicule.

Il décida de suivre le conseil de l'agent immobilier. De surmonter les défis. Il traversa la pièce et regarda par la fenêtre le n° 34. Un monospace était garé devant ; un jeune couple aidait deux petits enfants à se détacher à l'arrière. Ils se dirigèrent tous vers la porte d'entrée, le père cherchant dans son trousseau de clés pendant qu'un des enfants, tout excité, sautait à cloche-pied. Le père déverrouilla la porte et ils entrèrent.

Qui étaient-ils ? se demanda Jason, un peu soulagé. Ça ne ressemblait pas à une visite d'agence… En plus, il ne s'était sûrement pas écoulé assez de temps depuis la mort des propriétaires pour que leur succession soit déjà réglée, et la maison remise en vente. Il s'agissait probablement de parents des défunts.

Était-ce le même couple avec les deux petits enfants qu'il avait vus dans la maison auparavant ?

Cette explication lui plaisait.

39

Lundi 17 décembre

Jason se remit à la peinture des deux labradoodles. Il s'efforçait de se concentrer, mais il se laissait distraire par le bruit provenant du chantier de construction à l'ouest. La fatigue liée à sa nuit agitée semblait amplifier le moindre son.

Il n'arrivait pas à s'abstraire des vrombissements et grincements incessants, des cliquetis métalliques et des chutes de gravats. Il n'avait pas vraiment remarqué le bruit du chantier lors de leurs visites de la maison, probablement parce qu'ils étaient accaparés par la maison elle-même et pleins d'enthousiasme. Absorbé par leur emménagement, il ne l'avait pas remarqué non plus le vendredi précédent.

Faudrait-il le subir quotidiennement pendant plusieurs mois ? Au moins, d'ici quelques jours, les ouvriers s'arrêteraient pour Noël, et avec un peu de chance, ils ne reprendraient pas avant le nouvel an. Cela lui donnerait presque dix jours de tranquillité, une fois ses deux commandes terminées, pour se concentrer sur les œuvres destinées à son exposition de février. Peut-être devrait-il se procurer des écouteurs antibruit, comme ceux que les ouvriers portaient sur le chantier pour s'isoler du vacarme ?

Une grue orange munie d'une benne preneuse – ces sortes de mâchoires métalliques – avait fait son apparition dans la matinée et se déplaçait lentement sur des chenilles, telle une créature géante sortie du Jurassique. Le conducteur positionnait la benne au-dessus d'une montagne de gravats qui peu à peu diminuait. Il les ramassait et les crachait ensuite dans une fosse profonde en forme de rectangle, d'une quinzaine de mètres de large et d'une centaine de long, sans doute excavée pour servir de fondations à plusieurs maisons.

Par moment, tandis que le soleil éclatant se voilait peu à peu, Jason délaissait le portrait des deux chiens, ouvrait la fenêtre et dirigeait le zoom de son appareil photo sur différents ouvriers. Il prit des dizaines de photos. Il aimait le contraste frappant entre le jaune des gilets et des casques, et le marron foncé du paysage boueux en toile de fond. Une partie de son exposition, décida-t-il, serait consacrée aux portraits de ces hommes. Cela changerait de ce qu'on voyait d'habitude. Bien qu'inspirés par Lowry, ses tableaux seraient très différents de ceux de ce grand artiste.

Sous le projecteur d'un rayon de soleil perçant à travers les nuages, l'un des ouvriers attira son attention. C'était un homme au teint olivâtre portant un casque blanc, des écouteurs antibruit et une veste jaune fluorescent. Il se tenait debout devant la fosse rectangulaire et fouillait dans sa poche. Il s'adossa à un amoncellement de gravats et commença à rouler une cigarette. Le langage corporel de l'homme le trahissait : sa tête était tout juste cachée par le sommet du monticule et il vérifia furtivement autour de lui que personne ne pouvait le voir. Il avait choisi son emplacement afin d'être invisible de ses collègues, ainsi que du préfabriqué où le directeur de travaux et le contremaître avaient certainement leurs bureaux.

Jason appuya sur le déclencheur et zooma un peu plus. Il avait déjà une idée de titre pour ce tableau. *Le Tire-au-flanc* !

Soudain, une ombre s'abattit sur le monticule de gravats. Elle se déplaça progressivement en l'obscurcissant.

Jason éloigna son œil du viseur et regarda en l'air, étonné. Le ciel était encore bleu.

Puis il comprit d'où venait l'ombre. La grue orange s'était détournée de la montagne de débris qu'elle venait de finir de déverser dans la fosse, pour s'attaquer à ce nouveau tas. Elle se rapprochait. Jason vit le conducteur dans sa cabine, absorbé dans sa tâche, ignorant tout de la présence de l'homme qui allumait sa cigarette de l'autre côté du monticule en se tenant soigneusement hors de vue.

Le tire-au-flanc, à cause de ses écouteurs antibruit, ne pouvait pas l'entendre.

Jason était comme hypnotisé. Il aurait voulu crier un avertissement, mais il était beaucoup trop loin. Il n'émit qu'un faible croassement.

Non !

Il vit les deux moitiés de la benne preneuse s'ouvrir. Se balancer au bout de leurs câbles. Descendre par à-coups. Hésiter au-dessus du monticule.

Deux énormes mâchoires.

Juste au-dessus de l'homme.

Comme un oiseau de proie, la benne fondit sur le tas de gravats, cachant momentanément l'homme à la vue de Jason. Les deux moitiés se refermèrent pour ramasser des gravats, puis elles remontèrent brusquement.

Avec quelque chose qui pendait.

Putain, non.

C'était le tire-au-flanc, hissé dans les airs, sa tête invisible à l'intérieur des mâchoires. Jason ne pouvait le voir qu'à partir du cou. Son corps tressaillait, ses jambes chaussées de bottes de travail se débattaient convulsivement.

La benne s'arrêta brutalement à mi-hauteur et s'ouvrit.

Le corps du tire-au-flanc dégringola comme une poupée de chiffon, atterrit six mètres plus bas, bascula sur le côté et resta immobile. Du sang jaillissait de son cou.

Un instant plus tard, un objet blanc tomba de la benne, rebondit près du corps inerte et roula. Quelque chose s'en échappa.

Jason, horrifié, réalisa ce que c'était.

L'estomac retourné, il s'écarta de la fenêtre et vomit sur le sol de l'atelier.

40

Lundi 17 décembre

En bas, dans la cuisine, Emily consulta la grande horloge ronde accrochée au mur. C'était une copie d'une vieille horloge de gare française avec des chiffres romains. 13 h 15. Louise était partie parce qu'elle avait entendu dire qu'un grossiste de Worthing faisait une offre spéciale sur les crevettes, et l'économie réalisée permettrait d'augmenter un peu leur bénéfice plutôt maigre pour l'événement à venir.

Elle ouvrit la porte du réfrigérateur et s'apprêtait à sortir deux quiches pour elle et Jason quand celui-ci entra, livide.

— Chéri, ça va ? dit-elle, inquiète. Que se passe-t-il ?

— Je... J'ai besoin d'un seau et d'une serpillière. Où sont-ils rangés ?

— Dans la buanderie... Pourquoi en as-tu besoin ?

Il dit d'un ton hésitant :

— Je crois que je viens de voir quelqu'un mourir... Tué.

Elle le suivit jusqu'à son atelier avec un seau d'eau chaude savonneuse et des chiffons.

— Putain, dit-il en entrant, sans prêter attention à la flaque de vomi par terre. Oh merde, c'était horrible.

Tout pâle, il contempla le chantier par la fenêtre.

— Quoi ?

Emily le rejoignit et se tint à côté de lui. Elle vit une grue orange entourée d'une nuée d'ouvriers coiffés de casques de protection.

— J'ai… j'ai…, tenta-t-il avant de fondre en larmes. Oh mon Dieu.

Anxieuse, elle l'entoura de son bras.

— Que s'est-il passé ?

— Je… Je n'arrive pas à croire ce que je viens de voir.

— Quoi ? Quoi, mon chéri ? Qu'est-ce que tu viens de voir, exactement ?

— C'était horrible. Putain, c'était horrible.

— Quoi, dis-le-moi, s'il te plaît.

— Un accident… un terrible… (Il secoua la tête.) C'est pas possible…

— Que s'est-il passé ?

— Je. Viens. De. Voir. Un. Homme. Mourir. Tué. Je l'ai vu se faire tuer.

— Où ça ? Là, sur le chantier ?

Il resta face à la scène en tremblant, sans lui répondre.

— Dis-moi ce qui s'est passé, qu'est-ce que tu as vu ?

Toutes les machines s'étaient arrêtées. Une vingtaine ou une trentaine d'ouvriers se tenaient maintenant debout en demi-cercle. D'autres accouraient pour les rejoindre.

Au loin, on entendait le hurlement d'une ambulance qui se rapprochait, bientôt suivie d'une autre.

Une sirène retentit près de la maison. Deux secouristes arrivèrent en courant sur le chantier et se glissèrent dans une brèche qui s'était ouverte au milieu du demi-cercle des ouvriers. Deux policiers les suivaient de près.

Jason se détourna enfin et enfouit son visage dans le cou d'Emily.

— Ne regarde pas, Em, hoqueta-t-il. Par pitié, ne regarde pas. Merde, j'aurais pu le sauver. Je… j'ai vu…

— Vu quoi ? Je t'en prie, dis-moi. Écarte-toi de la fenêtre, allez, viens, assieds-toi. Est-ce que je peux t'apporter quelque chose ?

Il secoua la tête.

Elle le guida jusqu'au canapé et le fit asseoir, puis prit place à côté de lui.

— S'il te plaît, dis-moi ce qui s'est passé. Qu'est-ce que tu as vu ?

Il mit un moment à se calmer suffisamment pour pouvoir parler et lui raconter ce à quoi il avait assisté.

Quand il eut fini, Emily dit :

— Il faut que tu appelles la police et que tu leur racontes. Tu es peut-être le seul témoin.

Il hocha la tête.

— Oui, je sais. Je vais le faire… Je vais les appeler. Il était simplement en train de fumer une clope en douce…

Elle l'étreignit contre sa poitrine.

— Mon pauvre chéri, chuchota-t-elle en l'embrassant sur la joue. Tu n'aurais rien pu faire.

— Je sais.

Emily nettoya le vomi et sortit de la pièce. Elle revint quelques minutes plus tard et s'arrêta devant le chevalet.

— Cette peinture est superbe. C'est incroyable, tu es arrivé à capturer parfaitement leurs personnalités.

— Merci.

Il lui fit un faible sourire, toujours blanc comme un linge.

— Elle a l'air finie.

— Pratiquement. Je vais bientôt pouvoir commencer l'épagneul.

— Bon. Appelle la police, et ensuite essaie de chasser tout ça de ton esprit et de te concentrer.

— Oui.

Ils se levèrent tous les deux.

— J'allais préparer le déjeuner. Tu penses être capable de manger quelque chose ?

— Peut-être un peu plus tard.

Emily redescendit et il étudia de nouveau le tableau. Comme il était resté debout toute la nuit, il avait prévu de dormir une heure ou deux après l'avoir fini et avant de commencer l'épagneul. Mais il se sentait beaucoup trop tendu pour qu'il en soit question.

D'autres sirènes retentirent.

Il marcha jusqu'à la fenêtre et observa le chantier. On aurait dit une scène de série policière avec l'ambulance, les voitures de police, le ruban délimitant la scène du crime et la fourgonnette vert foncé marquée d'un logo.

Il regarda à travers le zoom de son appareil photo en plissant les yeux et fit la mise au point sur le flanc du véhicule.

CORONER DE SA MAJESTÉ.
COMTÉ DU SUSSEX DE L'OUEST

Il se demanda s'il devrait appeler le numéro d'urgence, le 999. Mais l'urgence était bel et bien passée. Il enleva ses gants, les jeta à la poubelle et composa à la place le 101, le numéro habituel de la police.

Il dut attendre quelques minutes avant qu'un standardiste ne réponde. Jason lui expliqua ce qu'il avait vu. L'homme lui demanda ses coordonnées, le remercia et lui dit que quelqu'un le recontacterait.

Jason raccrocha, se retourna et ajouta les touches finales à sa peinture. Une demi-heure plus tard, il enlevait le tableau des chiens de son chevalet et le posait soigneusement par terre, face visible, pour permettre à la peinture de sécher et de durcir.

Il était 14 h 20. Complètement exténué, il ne put s'empêcher d'aller de nouveau à la fenêtre. Une tente blanche carrée avait été dressée près de la grue. Un groupe de personnes vêtues de combinaisons bleues et de surchaussures se tenaient autour, un policier muni d'un porte-bloc non loin d'elles.

Trop épuisé pour s'en préoccuper, Jason s'allongea sur le canapé et s'endormit en quelques secondes.

41
Lundi 17 décembre

Jason rêva qu'il était sur un tapis de course et courait de plus en plus vite pour livrer un tableau terminé à David, son encadreur, qui se tenait en face de lui, sans jamais parvenir à l'atteindre.

Puis un corps sans tête se balançait dans le vide, accroché aux mâchoires d'une benne. Les jambes tressautaient et donnaient des coups de pied comme pour tenter de s'arracher à l'étreinte mortelle.

De toutes les directions, des voix interpellaient Jason.

Tu aurais pu le sauver.

Pourquoi n'as-tu pas essayé ?

C'était mon mari.

C'était mon père.

C'était mon frère.

C'était mon fils.

Je l'aimais tant.

C'était quelqu'un de bien.

Vous auriez pu crier plus fort, monsieur. Vous auriez pu. Vous auriez pu le sauver, mais vous ne pensiez qu'à votre art, espèce de salopard égoïste.

Jason se réveilla dans l'obscurité, confus, fiévreux, trempé de sueur, anxieux. Quelle heure était-il ? Combien de temps avait-il dormi ? Paniqué, il regarda sa montre.

Merde !

20 h 20. Il avait dormi six heures ! Pourquoi Emily ne l'avait-elle pas réveillé ? 20 h 20. Le croquis de l'épagneul devait être chez l'encadreur pour 10 heures le lendemain matin. Il fit un rapide calcul mental. Le trajet lui prendrait vingt bonnes minutes. Ce qui lui laissait environ onze heures pour le faire, en admettant qu'il travaille toute la nuit – et il n'avait pas le choix.

L'horreur de la scène à laquelle il avait assisté plus tôt le submergea de nouveau. Il se tourna sur le côté et scruta l'extérieur par la fenêtre, sentant sur son visage le courant d'air glacial qui s'infiltrait à travers les panneaux. Tout était sombre, à part une tache de lumière vive éclairant un policier solitaire. Encadré par des rubans de scène de crime, il semblait avoir froid et s'ennuyer. Derrière lui, les silhouettes massives des machines se découpaient dans la clarté de la lune qui les baignait d'une lueur sinistre.

J'aurais pu le sauver.

Comment ?

C'était impossible, il le savait : personne ne l'aurait entendu, même s'il s'était époumoné. Mais il se sentait fautif de n'avoir pas essayé. Un sentiment de culpabilité aussi noir que la nuit se répandait en lui, comme par osmose.

— Merde !

Il se leva d'un bond, se fraya prudemment un chemin jusqu'à la porte et alluma toutes les lumières. L'éclairage cru qu'il aimait quand il peignait le soir le fit cligner des yeux. Il se sentait sale de partout. Dégoûtant. Chaque pore de son épiderme empli d'une crasse qui, tout comme le sentiment de culpabilité, menaçait de s'immiscer dans son corps.

— Lâche-moi ! cria-t-il en se débattant furieusement.

Il descendit en courant jusqu'à leur chambre, pénétra dans la salle de bains et arracha tous ses vêtements, les laissant tomber par terre en tas : ils n'avaient pas encore sorti le panier à linge sale, qui pouvait être dans n'importe quel carton. Il actionna la pomme de douche qui faisait la taille d'une soucoupe, régla la température et entra.

Il resta immobile quelques minutes, accueillant avec gratitude la pression puissante et purifiante sur sa peau. Il recula d'un pas et, tout en laissant l'eau couler devant lui, il frictionna ses cheveux avec du shampoing et se savonna scrupuleusement tout le corps. Il se rinça complètement avant de répéter l'opération.

Toujours perdu dans ses pensées.

Aucun policier ne l'avait recontacté.

Il faut que je les rappelle.

Ça peut attendre demain.

Vraiment ?

Il le faudrait bien. Leur téléphoner maintenant ne changerait rien. Mais s'il ne livrait pas le croquis à temps pour Noël, cela serait catastrophique : il décevrait un client important qu'il était pratiquement sûr de perdre.

Sans vouloir vous offenser, monsieur le Tire-au-flanc.

Il frissonna, incapable de chasser la scène de son esprit.

Le corps qui se balançait entre les mâchoires de la benne. Les jambes de l'homme, agitées de convulsions.

Le casque qui tombait par terre et rebondissait.

La tête coupée qui s'en échappait.

Le shampoing lui piqua les yeux. Il les ferma étroitement et rinça son visage. Puis il recula et desserra ses paupières avec précaution, soulagé : la brûlure s'était calmée. Il s'enduisit encore une fois de gel douche et se savonna soigneusement.

Une fraction de seconde plus tard, sans raison, l'eau devint glaciale. Surpris, il recula brusquement et entrouvrit les yeux, qui lui brûlèrent de plus belle. Il se pencha et appuya sur le bouton rouge du panneau de contrôle, en tendant la main jusqu'à ce qu'il sente le liquide se réchauffer. Levant la tête, il se replongea sous le puissant jet.

Mais l'eau recommença à se refroidir. La température chuta brutalement, gelée à en faire mal.

Il recula d'un bond. Ouvrit complètement les yeux.

Et vit le visage d'une femme pressé contre la vitre embuée.

La femme au tailleur noir.

42

Lundi 17 décembre

Sous le choc, Jason recula, glissa et tomba en se cognant l'arrière du crâne contre le mur de la douche.

Hébété, il resta allongé quelques instants, la peau fouettée par l'eau glacée. En laissant échapper un cri de douleur, il roula sur le côté dans le bac de douche glissant, hors de portée du jet d'eau. Étourdi, il contempla la porte.

Il n'y avait personne.

Il avait pourtant vu un visage.

La femme.

Il se redressa prudemment. Sa tête lui faisait mal. Il pressa le bouton rouge pour activer l'eau chaude et attendit que la température soit de nouveau correcte, puis il se dépêcha de rincer le shampoing et le savon. Il sortit de la douche et attrapa une serviette en frissonnant.

Était-ce le fruit de son imagination ?

Encore une fois ?

Cinq minutes plus tard, après s'être habillé, il descendit. La porte coulissante menant au garage était ouverte : Emily organisait son matériel de traiteur. Toujours un peu secoué, Jason traversa la cuisine, et sortit un morceau de cheddar du réfrigérateur pour se faire un sandwich.

Il était en train de chercher un bocal de pickles quand il entendit derrière lui la voix inquiète d'Emily.

— Chéri, qu'est-ce qui t'est arrivé ?

Il se retourna.

— Qu'est-ce que tu veux dire ? J'ai juste faim, je me fais un sandwich en vitesse.

Elle le fixait, alarmée.

— Tu saignes. L'arrière de ta tête est couvert de sang. Ça coule par terre.

— Quoi ?

Il fit volte-face et aperçut des gouttes rouge vif sur le carrelage.

Emily accourut vers lui.

— Tourne-toi, ordonna-t-elle.

Il obéit.

Elle pressa ses mains contre la blessure et l'explora délicatement de ses doigts.

— Tu t'es ouvert la tête. Mince… C'est vraiment profond. Mon pauvre chéri, que s'est-il passé ?

Avec hésitation, il dit :

— J'ai glissé dans la douche, et je suis tombé.

Elle attrapa un torchon, le passa sous le robinet d'eau froide et le tapota contre l'arrière de son crâne. Il sentit une douleur lancinante.

— Il faut que tu ailles à l'hôpital pour qu'on te fasse des points de suture.

— Pas question.

— Si !

— Em, si nous allons à l'hôpital, je vais poireauter dix heures avant qu'on s'occupe de moi. Pas question !

— Tu t'es ouvert la tête.

— Je n'irai pas à l'hôpital. Je ne vais pas rester assis aux urgences avec vingt personnes qui éternuent et crachent leurs poumons autour de moi. Nous avons tous les deux réussi à éviter la grippe qui traîne partout cet hiver, touchons du bois pour qu'il en reste ainsi. Mais les urgences sont un fichu incubateur de cette saleté.

— Alors il faut qu'on te soigne. Je vais chercher la trousse à pharmacie. Continue à tenir le torchon, d'accord ?

Il se passa un bras derrière la tête et appuya sur le chiffon mouillé pendant qu'elle se précipitait hors de la pièce, avant de revenir avec la trousse.

— Ça va peut-être te faire mal, dit-elle.

— Ça me fait déjà mal.

— Ça ne m'étonne pas !

La douleur lui arracha un hurlement, tandis qu'elle appliquait de la crème antiseptique sur la plaie.

— Je vais poser une compresse, on verra si ça marche. Sinon je t'emmène aux urgences, que tu le veuilles ou non.

— Je dois finir le croquis ce soir, quoi qu'il arrive.

— Et mourir de septicémie par la même occasion ?

— J'étais sous la douche… La blessure est propre.

— Mais comment se fait-il que tu sois tombé ? Ce sont les petits vieux qui tombent dans la douche, pas toi.

Elle lui fit un pansement à contrecœur. Il la remercia et retourna au sandwich qu'il était en train de préparer.

— Il te faut un repas chaud, pas un sandwich, dit-elle.

— Un sandwich me va très bien.

— Aucun client ne vaut la peine qu'on se tue au travail pour lui, dit-elle en secouant la tête.

— Je vais bien, je t'assure.

— Et moi je t'assure que ça n'est pas le cas, rétorqua-t-elle en le dévisageant attentivement. Tu n'as vraiment pas l'air bien.

— Je suis secoué par ce que j'ai vu ce midi et stressé par le croquis, c'est tout… et crevé, aussi. Je me reposerai quand je l'aurai fini… Demain, journée peinarde.

— Tu en as besoin.

Il engloutit son sandwich et se dépêcha de retourner à sa commande en emportant une grande tasse de café fort. Il fit un détour par leur chambre pour prendre deux comprimés de paracétamol dans le placard de la salle de bains et les avala ; puis il monta dans son atelier, s'assit à son bureau et se connecta. Il vit qu'il devait répondre à quelques e-mails. Cela pourrait attendre jusqu'au lendemain. Il jeta un coup d'œil à Instagram, conscient qu'il n'avait rien posté depuis une semaine. Il se hâta de *liker* des photos.

Ensuite, il se dirigea vers son chevalet, son crayon à la main, et il étudia la photographie de l'épagneul posée sur la tablette. Il aimait dessiner les chiens de cette race, avec leurs grandes oreilles tombantes, et celui-ci avait une pose majestueuse. C'était d'ailleurs son portfolio de croquis d'épagneuls qui avait incité la galerie Northcote à s'intéresser sérieusement à son travail.

Quelques heures, pensa-t-il. C'était tout. Moyennant une rémunération de mille livres. Une jolie somme, et pour faire un travail qu'il aimait. Que demander de plus ?

Il sirota son café et commença à croquer, en écartant toutes ses préoccupations de son esprit.

Il finit le dessin peu après 2 heures du matin. Il descendit dans leur chambre et, après s'être déshabillé et brossé les dents aussi silencieusement que possible, il prit encore deux comprimés de paracétamol pour son mal de tête et se glissa dans le lit. Emily changea de position et murmura :

— Tu l'as fini ?

— Ouais.

— Je t'aime.

Il l'embrassa et, exténué, s'endormit quelques secondes plus tard.

43

Mardi 18 décembre

Jason se réveilla peu après 7 heures et passa dans la salle de bains. Quand il revint dans la chambre, Emily était assise sous la couette, sa lampe de chevet allumée. Elle lui sourit d'un air endormi.

— Tu as fini le dessin ?

— Ouais ! Je te l'ai dit en me couchant.

— Bravo.

Elle regarda son oreiller et constata qu'il était couvert de sang séché.

— Tourne-toi et montre-moi l'arrière de ta tête, chéri.

Il s'assit sur le lit pour lui laisser vérifier sa blessure sous le pansement.

Après l'avoir enlevé délicatement, elle dit :

— La coupure a l'air propre, et on dirait qu'elle a commencé à se refermer. Ne la mouille pas sous la douche et je changerai ton pansement. Mais je préférerais quand même que tu la fasses examiner.

Les hôpitaux lui collaient la frousse.

— Non, ça va, je te le jure.

Une demi-heure plus tard, ils étaient assis à la table de la cuisine. La télévision diffusait les informations du matin en sourdine. Emily buvait un des smoothies protéinés qu'elle affectionnait en ce moment, et Jason prit une bouchée de porridge.

— C'est quoi ton programme pour aujourd'hui ? demanda-t-il.

— Je vais à Lewes pour prendre un café avec Louise, et puis nous irons faire une tonne de courses pour remplir les congélateurs. Avec un peu de chance, nous trouverons tout ce qu'il nous faut pour ce vingt-cinquième anniversaire de mariage.

— Le 28 décembre, c'est bien ça ?

— Oui. Ça ne nous laisse que très peu de temps après Noël. Et toi ?

— D'abord je vais apporter les deux tableaux à David pour qu'il les encadre, et je viens de me souvenir que la police ne m'a pas rappelé au sujet de l'accident. Je ne sais pas si je dois passer au commissariat pour faire une déclaration.

— Tu leur as téléphoné hier ?

— Oui.

— À ta place, j'attendrais qu'ils te contactent, ils vont sûrement le faire. Essaie de ne pas te laisser perturber par ce qui s'est passé. Il faut absolument que tu te détendes.

— Ouais. J'espérais, mais je commence vraiment à paniquer pour mon expo.

— Comment va ta tête maintenant ?

— Ça va.

Emily le dévisagea.

— Je me demande quand même si tu ne devrais pas passer une radio.

— Pourquoi ?

— Pourquoi ? Parce que tu t'es visiblement cogné très fort. Tu pourrais avoir des lésions internes.

— Je ne me suis pas cogné si fort que cela.

— Ça avait l'air plutôt sévère comme coup, au contraire.

— Sincèrement, je vais bien.

Il finit son petit-déjeuner et monta dans son atelier. Il examina le chantier par la fenêtre. Toutes les machines étaient arrêtées.

Il aperçut deux voitures de police et une fourgonnette blanche de la police scientifique. Plusieurs techniciens portant des combinaisons de protection à capuche et des surchaussures se tenaient de l'autre côté du ruban, là où l'accident avait eu lieu. L'un d'eux prenait une série de photos.

S'asseyant à son bureau, Jason alluma son ordinateur.

Il vit de nouveau s'afficher sur un fond noir des chiffres blancs apparemment aléatoires. Il essaya de faire une capture d'écran, mais la ligne s'effaça avant qu'il ait eu le temps d'appuyer sur les touches. Comme la fois précédente, la demande de mot de passe apparut ensuite.

Il appela Matt, son informaticien, et tomba sur sa boîte vocale. Il lui laissa un message en lui demandant de le rappeler pour le débarrasser du bug qui provoquait l'apparition de ces chiffres exaspérants. Ensuite, il emballa soigneusement les tableaux des chiens pour les protéger, embrassa Emily et partit chez son encadreur.

L'atelier de David Graham était sans aucun doute le cadre de travail le plus chaotique que Jason ait jamais vu. Situé dans d'anciens bâtiments industriels en plein centre de Lewes, ce hangar énorme aux poutres et chevrons apparents abritait des étagères croulant sous le poids de vieux livres et des fauteuils usés jusqu'à la corde et tachés de peinture. Chaque plan de travail était encombré d'ordinateurs vétustes, de bouteilles de produits chimiques, de paperasses en vrac et de baguettes de bois. Il y avait également une cuisinière poisseuse où l'encadreur faisait chauffer le mélange qu'il utilisait pour préparer ses panneaux de gesso, et, adossé contre un mur, un gigantesque rouleau de papier bulle.

Avec sa combinaison crasseuse, son visage ridé et ses cheveux gris éclaboussés de peinture, David Graham aurait pu lui-même, en restant immobile, se fondre dans le décor comme un caméléon.

Jason ne cessait de s'émerveiller de la capacité qu'avait cet homme à réaliser pour ses œuvres des encadrements de toute beauté, en respectant exactement ses instructions et ses délais. Depuis une dizaine d'années, leur relation de travail avait évolué au point qu'il avait rarement besoin de le briefer. Il lui tendit les deux paquets et David lui assura qu'ils seraient prêts à être récupérés le lendemain matin. Il rappela à Jason qu'il fermerait le mercredi à midi avant de s'envoler pour les Highlands jusqu'à début janvier.

Soulagé et de bien meilleure humeur que la veille, Jason alla faire ses courses de Noël pour Emily. Il lui acheta plusieurs cadeaux, dont un collier en or et un livre de cuisine du chef israélien Yotam Ottolenghi auquel il savait qu'elle s'intéressait. Puis il traversa Lewes en voiture et se dirigea vers le village de Cold Hill dans la bruine légère de la fin de matinée.

Il bifurqua pour quitter la route principale et passa sur le pont en dos d'âne désormais familier. Il ralentit et jeta un coup d'œil au terrain de sport désert flanqué de son petit pavillon en bois, en ruminant des idées de scènes de cricket. Il descendrait assister à un match quand la saison commencerait.

Il franchit la courte distance qui le séparait de St Mary, l'église normande à l'aspect décrépit. Elle se dressait à l'écart, surplombant la route, précédée par un porche en bois orné, encastré dans un muret de pierre. De l'autre côté, un cimetière au sol inégal abritait des rangées de pierres tombales érodées ; certaines étaient en partie cachées par les branches envahissantes d'un vieil if gigantesque, tandis que d'autres tenaient à peine debout. Jason pouvait également apercevoir d'autres tombes derrière l'église. Il gara la BMW devant la bâtisse qui se dressait près du cimetière et sortit.

À côté du portail, un panneau délavé, à peine lisible, indiquait : « PRESBYTÈRE ».

C'était une maison modeste, carrée, et relativement récente. En regardant de plus près, il s'aperçut que les encadrements et les rebords des fenêtres en bois étaient pourris. Le peu de peinture qui y restait s'écaillait. Des ardoises manquaient sur le toit – certaines gisaient, brisées, au milieu des mauvaises herbes qui recouvraient un vestige de pelouse. Les briques de la façade avaient grand besoin d'être rénovées. Au prix d'un sérieux rafraîchissement, la maison et le jardin pourraient devenir une jolie petite propriété, étant donné leur emplacement. Il se dit que l'Église avait dû vendre le presbytère d'origine des années plus tôt pour ne pas avoir à en payer l'entretien. Mais on ne pouvait pas dire que son suppléant était en très bon état non plus.

Jason dut forcer pour ouvrir le portail qui s'affaissait sur ses gonds rouillés. Il le poussa et remonta l'allée envahie par la mousse, jusqu'à la porte d'entrée. Plus il se rapprochait, plus l'endroit lui semblait triste et délaissé. L'expression *pauvre comme un rat d'église* lui vint à l'esprit tandis qu'il appuyait sur la sonnette, un boîtier en plastique fendu.

Il n'entendit aucune sonnerie. Il essaya encore. Attendit. En vain.

Il frappa à l'aide du heurtoir corrodé. Toujours rien.

Il frappa de nouveau. Un silence presque oppressant lui répondit.

Décidant que le pasteur – et sa femme – devaient être sortis, Jason rebroussa chemin. Au moment où il atteignait sa voiture, il vit venir dans sa direction un homme qu'il se rappela avoir remarqué au pub le dimanche précédent. Un vieillard sec avec des cheveux blancs et une barbiche de bouc, vêtu d'une chemise ample, d'un foulard à pois, d'un pantalon gris et de vieilles chaussures de marche, un bâton noueux à la main.

Il s'appelait Harry quelque chose, se remémora Jason.

— Bonjour ! Nous nous sommes rencontrés brièvement

au pub, dimanche, s'exclama-t-il alors que l'homme se rapprochait.

Ce dernier le considéra d'un air étrange.

— Au pub ?

Jason lui sourit aimablement.

— Vous étiez au Crown, avec Arthur Fears, je crois, au bar ?

— Vraiment ?

L'homme paraissait impatient de repartir, comme s'il était pressé. Jason songea qu'il y avait définitivement un truc qui clochait avec lui.

— Vous avez dit quelque chose au sujet d'une pelleteuse… Que vous conduisiez une pelleteuse, à une époque ?

— J'ai dit ça ?

Jason se demanda si ce Harry ne souffrait pas d'une sorte de démence.

— Vous ne savez pas où se trouve le pasteur aujourd'hui, par hasard ?

— Le *pasteur*, vous dites ?

— Oui, le révérend Fortinbrass.

Le vieillard observa Jason un moment de ses yeux larmoyants, puis tendit un doigt en direction de l'église.

— Il est là-bas, derrière, dans le cimetière. Vous l'y trouverez forcément.

Il reprit sa route sans écouter les remerciements de Jason.

Jason marcha jusqu'au porche du cimetière et ouvrit le vantail. Derrière lui, il entendit un tracteur dévaler la route en vrombissant. Il se retourna et aperçut Arthur Fears. Il conduisait à tombeau ouvert en tirant une grande remorque bringuebalante remplie de moutons et d'un border collie qui aboyait. Jason agita la main dans sa direction, mais le fermier regardait droit devant lui et l'ignora.

Jason suivit l'allée qui menait à l'église dans la pluie fine et brumeuse, et traversa l'herbe mouillée pour se rendre derrière l'édifice. Des moutons broutaient sur la colline qui s'élevait abruptement au-delà du cimetière clôturé par un muret de silex. Un vieil homme coiffé d'une casquette – un jardinier, présuma-t-il – s'affairait, agenouillé devant une plate-bande de fleurs qui longeait le muret. Jason ne vit aucun signe de Roland Fortinbrass ni de qui que ce soit d'autre. Il avança, dépassant plusieurs rangées de tombes. Il s'arrêta près d'une stèle particulièrement imposante, en marbre, dominant ce qui semblait être un mausolée familial. *Un ancien seigneur du manoir ?* se demanda-t-il. Curieux, il se pencha pour lire les noms et les inscriptions.

JOHN – JOHNNY – RICHARD O'HARE
4 NOVEMBRE 1943 – 26 OCTOBRE 1983

ROWENA SUSAN CHRISTINE O'HARE
8 AOÛT 1954 – 26 OCTOBRE 1983

FELIX JOHN SIMON O'HARE
23 JUILLET 1975 – 26 OCTOBRE 1983

DAISY ROWENA HARRIET O'HARE
10 MARS 1977 – 26 OCTOBRE 1983

DISPARUS TRAGIQUEMENT,
RÉUNIS AU CIEL

Jason relut attentivement chaque inscription. Ils étaient tous morts le même jour. Le mari, la femme, et leurs enfants ? Que s'était-il passé ? Un accident de voiture, ou d'avion peut-être ? Il éprouva un sentiment de tristesse. Sans vraiment savoir pourquoi, il sortit son portable et prit une photo, avant de reprendre sa progression en cherchant des yeux le pasteur insaisissable. Le vieux type bizarre, Harry, avait été formel : il devait être ici. Il dépassa une autre sépulture, beaucoup plus sobre et plus récente.

HARRY PERCIVAL WATERS
25 MAI 1928 – 19 OCTOBRE 2008

La suivante était plus élaborée et moderne, en marbre blanc gravé de lettres noires.

OLIVER WILLIAM HARCOURT
27 SEPTEMBRE 1975 – 21 SEPTEMBRE 2015

CAROLINE PATRICIA HARCOURT
17 AVRIL 1979 – 21 SEPTEMBRE 2015

JADE HAYLEY EDWINA HARCOURT
24 SEPTEMBRE 2002 – 21 SEPTEMBRE 2015

Une croix était dessinée au-dessous, simple et poignante.

Le mari, la femme et leur fille ? Également tous morts le même jour ? Un autre accident ? Il prit de nouveau une photo, puis il se dirigea lentement vers le jardinier. Un sac à outils vert gisait sur le sol à côté de lui. En s'approchant, Jason huma une odeur douceâtre de cigarette.

Parvenu à une certaine distance, comme il ne voulait pas prendre l'homme par surprise, il l'interpella.

Le jardinier se retourna et se redressa, un mégot tordu pendillant au coin de la bouche, un déplantoir dans l'une de ses mains gantées. Il avait un visage buriné par les intempéries.

En arrivant à sa hauteur, Jason lui dit :

— Vous faites du bon boulot. C'est un très beau cimetière.

En faisant osciller sa cigarette du bout des lèvres, l'homme dit avec un accent rocailleux :

— Il y a toujours quelque chose à faire, ici.

Il tendit la main en direction des tombes.

— Et aucun de ces fainéants ne va me donner un coup de main, n'est-ce pas ?

— J'en doute ! Cette cigarette sent bon.

— C'est à peu près le seul endroit où je peux fumer tranquille maintenant, sans que la patronne ou quelqu'un d'autre me crie dessus. Au moins les morts s'en fichent, ils ne se font pas de mouron.

Jason s'esclaffa.

— Je cherche le pasteur. On vient de me dire qu'il était là.

— Le pasteur ?

— Oui. Le révérend Fortinbrass.

L'attitude de l'homme changea. Il parut déconcerté.

— Vous avez bien dit le révérend Fortinbrass ?

— Oui, je voudrais lui dire un mot. Vous l'avez vu ?

— Oh oui, je le vois presque tous les jours. Il est ici, ça c'est sûr, et il n'est pas près de partir.

— Que voulez-vous dire ?

L'homme pointa un doigt ganté vers le mur du fond.

— Là-bas, deuxième rangée, troisième tombe. C'est un de ces fainéants, lui aussi.

Jason pensa d'abord que l'homme se payait sa tête. Mais son visage était totalement dénué d'humour. Avec une sensation étrange, il se retourna et se dirigea rapidement vers l'endroit indiqué, le cœur lourd d'appréhension. Une rangée de stèles.

Deuxième rangée.

Troisième tombe.

Il lut l'inscription qu'elle portait et un frisson parcourut chaque fibre de son corps.

44

Mardi 18 décembre

RÉVÉREND ROLAND FORTINBRASS
14 SEPTEMBRE 1967 – 21 SEPTEMBRE 2015
IL A AIMÉ ET SERVI CETTE PAROISSE.

Jason resta cloué sur place, regardant fixement le nom. Il tremblait.

Ce n'était pas possible, il devait forcément y avoir deux Roland Fortinbrass. Bon sang, il avait vu l'homme hier, il était venu chez eux ! Emily et Louise l'avaient vu aussi.

Il alla droit vers le jardinier qui, de nouveau agenouillé, extirpait les racines d'une plante morte avec son déplantoir.

— Excusez-moi de vous déranger encore. Est-ce qu'il n'y aurait pas par hasard deux révérends Fortinbrass ?

— Non, monsieur, dit-il, sans lever les yeux. Pas que je sache. Avec un nom pareil, ça serait étonnant qu'il y en ait deux.

— Mais j'ai rencontré – ma femme et moi avons rencontré – le pasteur de cette paroisse, hier. Il est venu chez nous… Nous venons d'emménager au Parc de Cold Hill.

L'homme secoua la tête et se redressa en prenant son temps.

— Il n'y a plus de pasteur dans cette paroisse, pas depuis que le révérend Fortinbrass est mort, en 2015. Maintenant, notre recteur est le révérend Whitely, qui s'occupe de quatre communes du coin. C'est un bougre incapable. Ça ne se passe pas très bien, si vous voulez mon avis. Il ne célèbre que deux messes par mois dans cette église. Remarquez, la plupart du temps il n'y a pas plus de quatre personnes. À cause de ses dents, à ce qu'on raconte : il fait peur aux fidèles. La vieille Mme Blackthorne, du village, m'a dit qu'on avait l'impression d'écouter le sermon d'un squelette avec des dents qui s'entrechoquent.

Jason esquissa une grimace.

— Mais ça n'a pas de sens.

Le jardinier le dévisagea en plissant les yeux.

— Monsieur, j'ai beau être vieux, j'ai encore toute ma tête. Celui-ci, là-bas, c'est – ou plutôt, c'était – le seul révérend Fortinbrass.

— Qui habite le presbytère aujourd'hui ?

— Personne, il est resté vide ces dernières années. J'ai entendu des rumeurs comme quoi l'Église aurait l'intention de le vendre.

Jason le remercia pour son temps. Il se retourna, marcha jusqu'à la sépulture de l'ancien pasteur et prit une photo de la pierre tombale.

Il devait y avoir une explication. L'homme qui était passé les voir la veille était-il un escroc ? Était-ce un vol d'identité ? L'homme se promenait-il en prétendant être pasteur pour s'attaquer aux plus vulnérables, aux personnes âgées, endeuillées ou en difficulté ?

Mais s'il était assez malin pour réussir ce coup, pourquoi diable s'aventurer dans la seule paroisse où la plupart des gens sauraient que le vrai révérend Fortinbrass était mort depuis longtemps ?

Profondément perplexe, Jason regagna sa voiture et parcourut la courte distance qui le séparait de chez lui.

45

Mardi 18 décembre

Les Penze-Weedell s'affairaient dans leur jardin quand Jason arriva dans l'allée du Lac quelques minutes plus tard. Maurice était perché au sommet d'un escabeau qui avait l'air bancal. Il s'efforçait d'atteindre une des guirlandes lumineuses accrochées au-dessus de sa tête et clairement hors de sa portée, tandis que Claudette, agrippée aux pieds en acier, glapissait des instructions à son malheureux époux.

Jason aurait pu aller leur proposer son aide dans un esprit de bon voisinage – d'autant qu'il faisait presque une tête de plus que le quinquagénaire –, mais il n'était pas d'humeur à s'en mêler. Il constata avec soulagement que la camionnette d'Emily n'était pas garée devant chez eux. Il avait vraiment besoin de rassembler ses idées. Il glissait la clé dans la serrure pour ouvrir la porte quand Matt Johns l'appela.

— Jason, quel est ton problème ?

Tout en se dépêchant d'entrer dans la maison et de monter jusqu'à son atelier, Jason raconta à son informaticien comment des chiffres étaient apparus sur son ordinateur.

— Peux-tu démarrer TeamViewer, le logiciel d'accès à distance ? demanda Johns.

Une fois installé à son bureau et connecté, Jason ouvrit l'application et donna à Johns le numéro d'identification et le mot de passe.

Quelques instants plus tard, le curseur commença à se déplacer sur l'écran, comme doté d'une volonté propre, tandis que Johns recherchait l'origine du problème.

Son téléphone sur haut-parleur, Jason le laissa travailler et passa en revue la matinée de la veille. Quand il avait rencontré Roland Fortinbrass, le pasteur lui avait rappelé quelqu'un, mais il n'arrivait pas à mettre le doigt dessus. Un nom lui vint soudain à l'esprit.

Alan Rickman ! L'acteur disparu quelque temps auparavant. Voilà à qui le révérend Fortinbrass lui faisait penser. Il se remémora l'homme grand et mince, vêtu d'un pull irlandais laissant entrevoir un col romain.

Il ouvrit le dossier de photos de son portable et parcourut les images qu'il venait de prendre. En particulier celle de la stèle de Roland Fortinbrass.

Ensuite, il vérifia la pierre tombale de la famille Harcourt.

21 septembre 2015.

Le même jour. Une coïncidence ? Bien sûr, c'était possible… Ou bien avaient-ils tous été impliqués dans le même accident ?

Les Harcourt vivaient-ils dans le village, ou tout au moins dans la région ? Sûrement, puisqu'ils étaient enterrés dans le cimetière local… À moins qu'ils n'aient eu un autre lien avec l'endroit.

Mais qui était l'homme qui prétendait être le pasteur ? Pourquoi était-il venu chez eux ? Les médias n'arrêtaient pas de parler de vols d'identité et d'arnaques sur internet. C'était forcément de cela qu'il s'agissait, n'est-ce pas ? La seule explication possible. Un escroc prétendant être Fortinbrass, décidé à s'immiscer dans leurs vies pour, au moment opportun, leur soutirer de l'argent.

Mais un escroc carrément stupide. Pensait-il vraiment ne pas être démasqué dans cette paroisse ?

Il se figea à cette idée.

Et si le pseudo-Fortinbrass se cachait derrière tous les trucs bizarres qui s'étaient passés chez eux ? Se débrouillant pour les provoquer avant de se pointer, comme par hasard, en déclarant pouvoir leur procurer un ministre de délivrance qui les débarrasserait des esprits mauvais ? En échange d'une somme rondelette, sans aucun doute.

— Nope !

La voix de Matt Johns interrompit brusquement ses pensées. Jason prit son téléphone.

— Oui ?

— Il n'y a rien, dit Johns. Cette histoire de chiffres… Je ne vois rien.

— Pourtant cela s'est produit, je ne l'ai pas imaginé.

— Je sèche. La prochaine fois que ça t'arrive, je te suggère de faire une capture d'écran et de me l'envoyer immédiatement.

— OK, ça marche, je le ferai.

Matt raccrocha. Jason s'assit devant son ordinateur, et chercha « Roland Fortinbrass » sur le navigateur.

Le premier résultat était un site web de l'Église anglicane avec une liste de pasteurs. Il fit défiler les noms vers le bas, par ordre alphabétique, jusqu'à la lettre F. Le navigateur avait surligné l'entrée « Révérend Roland Fortinbrass, Master de Lettres ».

Il cliqua dessus. Quelques secondes plus tard, il fut redirigé vers une notice nécrologique du *Church Times*.

Le révérend Roland Michael Fortinbrass, de la paroisse de Cold Hill ; époux bien-aimé d'Angela et père de Christopher et Lucinda ; a été tué dans un tragique accident de voiture le 21 septembre 2015.

Une photographie se trouvait au-dessous. Jason fit un double-clic pour l'agrandir.

Un visage familier apparut instantanément. Celui d'un homme grand et mince, vêtu d'un pull laissant entrevoir un col romain, les traits un peu mous, avec une calvitie naissante.

L'homme qui était venu chez eux la veille.

Sauf que c'était impossible.

46

Mardi 18 décembre

Assis devant son ordinateur, Jason scruta le visage du pasteur défunt. Puis il sauvegarda l'image sur son bureau.

Mort depuis 2015.

Impossible. C'était tout simplement impossible qu'il soit venu chez eux.

Une pensée folle lui traversa l'esprit : et si Fortinbrass avait eu un frère jumeau qui se faisait maintenant passer pour lui ?

Il sentit un fort courant d'air, comme si la porte derrière lui s'était ouverte. Lentement, saisi d'effroi, il se retourna.

La porte était fermée.

Il revint au visage sur son écran. S'il le montrait à Emily, elle allait péter un plomb… Mais il ne pouvait pas le lui cacher. Quoi qu'il se passe, ils devaient y faire face ensemble et le résoudre ensemble.

Il lui vint une idée. Attrapant son téléphone, il prit une photo du visage de Fortinbrass. Cela lui rappela autre chose. Il se dirigea vers ses tableaux invendus empilés contre le mur du fond, retourna l'esquisse de la femme qu'il avait dessinée l'avant-veille et la photographia également.

Au moment où il la remettait face au mur, il entendit du bruit en bas. Emily était rentrée bien plus tôt qu'il ne le pensait. Il était certain qu'elle lui avait dit qu'elle déjeunerait dehors avec Louise.

Il entendit des pas au-dessous de lui, au premier étage.

Tap. Tap. Tap.

Ceux d'Emily ?

Il alla ouvrir la porte et appela :

— Em !

Silence.

— Em ? appela-t-il, plus fort cette fois.

Pas de réponse. Il traversa la pièce jusqu'à la fenêtre et regarda dehors. La fourgonnette d'Emily n'était pas dans l'allée. De l'autre côté de la rue, les Penze-Weedell se débattaient toujours avec l'escabeau. Alors qu'il les observait, il entendit de nouveau des pas.

Tap. Tap. Tap.

Il se raidit. C'était le même bruit qu'Emily et lui avaient entendu au-dessus d'eux le dimanche précédent, lorsqu'ils étaient dans la cuisine.

Il se planta dans l'embrasure de la porte et scruta la cage d'escalier, à l'affût du moindre son… et de la personne qui en était responsable.

Mais rien ne se passa.

Il se détendit. Comme il l'avait présumé, cela devait simplement être le plancher en chêne qui bougeait ou se dilatait en séchant, quelque chose dans le genre.

Il griffonna un mot pour Emily au cas où elle reviendrait avant lui, y dessina un cœur et le posa sur la table de la cuisine. Il hésita à prendre son vélo, mais un coup d'œil par la fenêtre pour vérifier le temps l'en dissuada : il pleuvait plus fort maintenant.

Alors qu'il se dirigeait vers sa voiture, Claudette, qui lui tournait le dos, interpella son mari. Celui-ci était de nouveau juché au sommet de l'escabeau. Un accident lui pendait au nez.

— Maurice ! Maurice, je ne crois vraiment pas que…

Jason s'engouffra dans l'habitacle, claqua la portière et

démarra rapidement, suivant l'allée du Lac en direction de l'entrée du lotissement. Au moment où il l'atteignait, un tracteur déboula en trombe. Encore Arthur Fears – très occupé aujourd'hui, se dit Jason. Il faudrait qu'il s'embusque par ici pour le prendre en photo : il ferait un excellent sujet de tableau. *Homme furibond sur un tracteur*. Peut-être tirant la remorque pleine de moutons flanqués du collie qui aboyait ?

Il venait de franchir les deux piliers en pierre et de tourner sur la route quand il aperçut une énorme Cadillac décapotable rouge et blanche des années 1960 qui montait la colline à sa rencontre. Elle ralentit et mit son clignotant à droite pour entrer dans le Parc de Cold Hill. Le conducteur avait un gros cigare à la bouche, la femme qui l'accompagnait regardait autour d'elle avec enthousiasme, et deux enfants se trémoussaient à l'arrière.

Jason se demanda s'il s'agissait de nouveaux arrivants.

Cette hypothèse parut se confirmer quelques secondes plus tard. Un lourd camion de déménagement se traînait à la suite de la petite famille. Tant mieux, songea-t-il, d'autres propriétaires emménageaient, une autre maison allait être occupée ! L'atmosphère serait très différente dans le lotissement une fois que tous les pavillons seraient habités.

Jason arriva vers Cold Hill. Il dépassa le panneau de limitation de vitesse à 40 km/h à l'entrée du village, puis l'épicerie, le charmant cottage derrière sa clôture sur la gauche, avec sa pancarte « BED & BREAKFAST – CHAMBRES LIBRES », et enfin la forge. Il ralentit au niveau du Crown et tourna à gauche pour se garer dans le parking presque vide à l'arrière du pub. Pressant le pas sous la pluie fine et pénétrante, il croisa un homme en tablier qui fumait une cigarette dehors, et pénétra dans la taverne par une porte latérale.

Il se retrouva dans un corridor étroit qui semblait n'avoir pas été repeint depuis un siècle, et où des relents nauséabonds signalaient la proximité des toilettes. Le couloir continuait en zigzag ; en passant devant la cuisine, il respira cette fois un alléchant arôme de bacon. Il poussa une porte battante et pénétra dans la salle du bar.

L'ambiance était très différente par rapport à l'animation du dimanche. Le décor avait l'air fané, fatigué et plutôt déprimant. Il faisait froid, ce qui n'arrangeait rien ; le feu dans la cheminée était éteint. La salle étant presque vide, l'odeur incrustée de bière, de vieille moquette et d'encaustique se remarquait encore plus que lors de sa première visite avec Emily.

Lester Beeson, le patron, se tenait derrière le comptoir, dominant la salle de sa carrure imposante. Tout en essuyant un verre, il discutait avec animation avec un homme que Jason reconnut immédiatement : le fermier désagréable, Arthur Fears. Jason se demanda comment il s'était débrouillé pour arriver là si vite.

Le vieux paysan était assis sur un tabouret de bar, vêtu de sa veste aux coudes renforcés de cuir et de sa casquette en tweed. Il tenait une chope en étain. *Sans doute la sienne*, pensa Jason, *ce serait bien le genre de la maison.*

Ping-bip-blop-ping. Ping-bip-blop-ping.

Le flipper continuait sa rengaine solitaire en clignotant désespérément comme pour attirer l'attention. Mais il n'y avait pas d'amateurs pour le moment. Les seuls autres clients, un couple âgé, étaient assis à une table dans une alcôve. Ils portaient tous deux des anoraks de couleurs vives qui contrastaient avec leurs physionomies ternes.

L'homme, au crâne couronné de quelques mèches de cheveux gris, arborait un appareil auditif de la taille d'une balle de golf. La femme avait un chignon serré au sommet d'un visage qui n'avait pas été conçu pour sourire. Assis l'un en face de l'autre, l'homme voûté, la femme droite et raide, ils mangeaient chacun leur sandwich en silence, comme s'ils avaient depuis longtemps épuisé tous les sujets de conversation. Avec leurs visages lugubres, ils évoquèrent à Jason deux poissons rouges dans un bocal. Il se dit qu'ils feraient de bons sujets potentiels. Sortant son téléphone de sa poche, il fit mine d'envoyer un message tout en les prenant discrètement en photo.

Le patron remarqua alors Jason et lui adressa un sourire accueillant. Fears se contenta de le fixer de ses petits yeux agressifs.

— Monsieur Danes ! dit Lester Beeson. Que puis-je vous servir ?

— Un Coca Light, s'il vous plaît.

— Glaçons et citron ?

— Oui, merci. Pourrais-je aussi avoir le menu du déjeuner ?

— Le restaurant n'est pas ouvert aujourd'hui, mais nous avons une carte de casse-croûtes au bar.

— Parfait.

Fears continuait de le toiser de haut. Jason sourit au fermier, sans susciter aucune réaction.

Quand Beeson posa son verre sur le comptoir, Jason lui dit :

— J'ai des images de deux personnes sur mon portable, et je me demande si vous les connaissez… ou les connaissiez ?

— Voyons voir.

Jason lui montra le portrait de Roland Fortinbrass qu'il avait récupéré sur internet.

Le patron le reconnut immédiatement, sans hésitation.

— C'est notre ancien pasteur… Paix à son âme.

— Roland Fortinbrass ?

— Oui.

— Il est mort en 2015 ?

Beeson réfléchit un instant.

Sur le visage d'Arthur Fears, l'hostilité fit place à l'inconfort tandis que le fermier et le patron échangeaient un drôle de regard.

— Ça doit être exact, dit Beeson. 2015.

— Il n'était pas très vieux… Comment le révérend Fortinbrass est-il mort ?

— Eh bien…, soupira le patron, et, de nouveau, ses yeux croisèrent ceux du fermier. Un malheureux accident.

— C'est moi qui l'ai tué, lâcha tout à coup Fears, avec amertume, mais sans trace de remords dans la voix. Et le pauvre type qui était avec lui. Cette espèce de cinglé a tourné en barrant la route à mon tracteur. Je n'ai même pas eu le temps d'appuyer sur la pédale de frein. J'lui suis rentré dedans de plein fouet, je l'ai écrabouillé. Ouais. Un homme d'Église.

Il but des petites gorgées de sa pinte de bière. Un bref silence s'installa, puis Fears reprit :

— Quel espoir cela nous donne-t-il, à nous, quand on voit que Dieu n'arrive même pas à s'occuper des siens, hein ?

Sa bouche eut un rictus nerveux, comme s'il quémandait un peu de solidarité ou même de sympathie de la part des deux hommes.

Bien que choqué par cet aveu, Jason ne peut s'empêcher de penser à une citation irrévérencieuse. Il y vit l'occasion de briser la glace avec le vieil homme.

— Justement, n'est-ce pas H. G. Wells qui a dit : *Je ne conduis jamais d'automobile en France, parce que la tentation d'écraser un prêtre serait trop grande* ?

— J'connais pas de gars du nom de Wells, dit Fears.

Beeson fit un sourire gêné à Jason, et lui demanda :

— Et l'autre ?

Ce dernier chercha la photo de son dessin au crayon de la femme, et la leur présenta.

— Voilà. Avez-vous la moindre idée de qui ça peut être ?

Le patron saisit le téléphone, agrandit l'image de ses énormes doigts et étudia le visage de la femme brune aux cheveux courts.

— Vous n'avez pas de photographie d'elle ? demanda-t-il.

— Non.

Il fronça les sourcils.

— Elle me dit quelque chose, mais je n'arrive pas à mettre le doigt dessus. Est-elle du coin ?

— Je ne sais pas.

Beeson mit le portable sous le nez de Fears.

— Tu connais cette dame, Arthur ?

— Non, mais j'aimerais bien, ha ! fit-il avec une grimace lubrique avant de se renfrogner à nouveau. J'ai entendu dire qu'il y avait eu un autre accident là-haut, chez vous… Hier ?

— Un autre ? s'enquit Jason.

— Quelqu'un de tué, à ce qu'y paraît. (Il fit mine de se couper la gorge de la main.) Proprement décapité.

Lester Beeson hocha la tête, visiblement au courant.

— J'ai tout vu, dit Jason. J'ai vu tout ce qui s'est passé.

— Cet endroit est maudit, continua Fears, sans lui prêter attention. Ils n'auraient pas dû l'appeler le *Parc de Cold Hill*, mais plutôt : le *Parc de la Mort*. Parce que c'est c'qui arrive à tous ceux qui y vont… Ils meurent.

Sa bouche se fendit de nouveau en un rictus découvrant ses vilaines dents tachées.

— Vous avez vu l'accident ? demanda le patron.

— Oui, j'étais justement en train de regarder par la fenêtre.

— Alors, dites-moi ce qui s'est passé, il y a toutes sortes de rumeurs qui circulent dans le village. Qu'est-ce que vous avez vraiment vu ?

Jason lui raconta en détail ce dont il se souvenait, pendant que le vieux fermier écoutait aussi. Une fois qu'il eut fini, Fears dit :

— Vous voyez, cet endroit est maudit. Le *Parc de la Mort*, c'est comme ça que ça devrait s'appeler.

— Pourquoi dites-vous qu'il est maudit ? l'interrogea Jason.

Fears fixa son visage quelques instants, comme s'il pouvait y lire quelque chose.

— Il faudrait être stupide pour ne pas s'en rendre compte. Tout le monde meurt. Comme je vous l'ai dit, tous ceux qui s'y installent meurent avant d'avoir 40 ans. Pareil pour les gens qui y travaillent. Maudit, c'est moi qui vous le dis. Tous les couples qui ont acheté la grande maison de mon vivant sont morts, et tous avant d'avoir 40 ans.

— Comment ça ? demanda Jason.

Le vieil homme ricana. Il avait l'air de s'amuser et éprouvait clairement du plaisir à tenir la vedette.

— Il y a eu les O'Hare, vers 1983, j'crois bien. Et ce ne sont même pas les premiers décès dont je me souvienne.

— Avant eux, qui étaient les propriétaires ?

— Ça devait être Lord et Lady Rothberg. Tous les deux cloués au lit par des accidents bien avant de mourir. Ils étaient propriétaires du domaine depuis la fin de la guerre. Pendant les combats, le manoir avait été réquisitionné par le ministère de la Défense pour loger des soldats et des pilotes canadiens. Deux pilotes ont été tués quand le plancher d'un des étages s'est effondré, à ce que m'a dit mon grand-père. La maison était infestée de mérule. Ils ont déplacé les Canadiens et le manoir est resté barricadé à cause du danger, jusqu'à ce que les Rothberg le rénovent. Après les O'Hare, on l'a laissé tomber en ruine pendant des années. On parlait de le raser, mais c'était un bâtiment classé, alors les discussions ont continué pendant des années. On a essayé de convaincre l'English Heritage ou bien le National Trust de s'en occuper, mais ils n'étaient pas intéressés.

Fears finit sa chope d'un trait.

— Je vous en offre une autre ? proposa Jason, désireux de continuer à le faire parler maintenant qu'il avait commencé.

Mais le vieux fermier lui décocha un sourire venimeux.

— Vous, me payer à boire ? Ce serait comme de trinquer avec le diable. (Il se tourna vers Beeson.) Hein, n'est-ce pas ?

— Une autre pinte, Arthur ?

Fears secoua la tête.

— Je dois conduire mon tracteur, dit-il avant de revenir à Jason. Je ne veux pas que vous me payiez à boire. Vous voyez, c'est pas parce que vous m'êtes sympathique que je raconte tout ça. Je ne vous aime pas, et je ne vous trouverai jamais sympathique. Je vous le raconte parce que vous me l'avez demandé et que je suis poli. Nous sommes des gens polis par ici… pas comme la racaille de votre horrible lotissement tout neuf. Mais nous ne nous faisons pas trop de souci à votre sujet. Bientôt, vous serez tous morts, comme les Molloy, et les Harcourt, et les O'Hare avant eux. Les O'Hare, tous morts écrabouillés dans leur grosse Cadillac de luxe.

Jason fronça les sourcils, en repensant à la voiture qu'il avait vue tourner dans le lotissement un peu plus tôt.

— Leur Cadillac ?

— Une énorme bagnole des années 1960… J'ai jamais compris quelle espèce de crétin voudrait conduire un de ces engins dans un chemin de campagne.

— Ils ont eu un accident de voiture, alors ?

Fears acquiesça de la tête, presque gaiement.

— Ah ça oui, ils ont eu un accident.

— Que s'est-il passé ?

— Je vais vous le dire. Je vais vous le dire, rit Fears en baissant la tête comme pour déchiffrer des runes au fond de sa chope. Vous vous en rendrez compte, quand ça commencera à vous arriver. Le temps va tout de travers.

Il leva la tête en lui adressant un rictus malveillant.

— Le temps *dérape*. (Il fit semblant de hacher l'air de sa main droite.) Des dérapages du temps. Le temps vous joue des tours. C'est ce qu'ils ont tous dit. Le temps se dérègle. Ils l'ont tous dit.

— Des dérapages du temps ? répéta Jason en fronçant les sourcils. Que voulez-vous dire ?

— Vous comprendrez. Vous comprendrez.

— Ils l'ont tous dit ? Qui ça, *tous* ?

— Vous verrez.

— Est-ce ça qui a provoqué votre accident avec Roland Fortinbrass ? Quelque chose à voir avec le temps ? Est-ce qu'il l'a mal calculé ? Qu'il s'est trompé en évaluant le temps ? Est-ce qu'il a bifurqué en vous barrant la route parce qu'il pensait avoir plus de temps ?

Fears se plongea de nouveau dans le fond de sa chope.

— Vous êtes sûr que je ne peux même pas vous offrir une demi-pinte ?

— Tout à fait sûr, merci. Comme j'ai dit, je veux pas me faire payer un coup par un homme mort.

47

Mardi 18 décembre

Une demi-heure plus tard, Arthur Fears quitta le pub sans dire au revoir. Jason s'assit à une table et prit une bouchée de son sandwich au poulet et au bacon, un peu ramolli maintenant. On le lui avait servi plus tôt, mais il n'avait pas voulu abandonner le vieil homme tant qu'il était sur sa lancée. Il mangea lentement, sans faire attention au goût, occupé à méditer tout ce que Fears lui avait dit.

Un producteur de rock, père de deux jeunes enfants, avait acheté la maison de Cold Hill en 1983. Il avait fait faire des travaux pendant des mois en comprenant au fur et à mesure à quel point l'endroit était un gouffre financier. Finalement, une partie de la maison avait été suffisamment rénovée pour être habitable. Mais le matin où il était arrivé avec sa famille, une section du toit qui n'avait pas encore été restaurée s'était effondrée en déversant une avalanche de pierres sur leur voiture – une Cadillac décapotable vintage – et ils étaient tous morts écrasés. Les déménageurs qui les suivaient dans leur camion avaient été témoins de la scène.

C'était une drôle de coïncidence que, moins d'une heure auparavant, il ait vu une vieille Cadillac décapotable arriver dans le lotissement suivie d'un camion de déménagement, pensa Jason.

La famille *O'Hare*.

Le nom inscrit, quatre fois, sur le mausolée familial qu'il avait photographié dans le cimetière – ce qu'il vérifia sur son portable. Johnny, Rowena, Felix et Daisy.

Une fois de plus, lui avait raconté Fears, le manoir en ruine, en partie condamné, était resté barricadé et vide pendant des années. Comme il s'agissait d'un bâtiment classé présentant un intérêt architectural, le cortège des promoteurs qui souhaitaient le démolir pour construire une maison entièrement neuve sur le terrain s'étaient vu refuser l'autorisation.

Finalement, un investisseur immobilier doté de gros moyens financiers l'avait acheté et avait entrepris une rénovation complète. Il s'était tué dans un accident de parapente, puis sa société avait été ruinée par un krach. Quelques années plus tard, en 2015, un couple avait fait l'acquisition du manoir. Le mari avait gagné beaucoup d'argent en vendant son entreprise de technologie ; sa femme était avocate et ils avaient une fille de 12 ans. Ils n'avaient emménagé que depuis peu de temps lorsque la mère et la fille avaient été tuées dans un accident de voiture, et que le père avait succombé à une crise cardiaque le même jour.

Les Harcourt.

Jason retrouva sur son téléphone la photo de la stèle des Harcourt, qu'il avait également prise. Il relut leurs noms. Oliver, Caroline, Jade.

Fears lui avait raconté que les derniers propriétaires de la maison avaient été un gestionnaire de fonds et sa femme, Sebastian et Nicola Molloy. Avec une fortune personnelle de près d'un milliard, Molloy pouvait se permettre d'entreprendre une restauration dans les règles. Mais il avait eu une meilleure idée, avait dit Fears en ricanant. Molloy voulait raser le vieux manoir pour bâtir une grande villa moderne. Le service de l'urbanisme local l'avait averti qu'il n'avait absolument aucune chance d'obtenir le permis de construire.

Une nuit, peu de temps après le refus du permis, la maison avait brûlé. Les enquêteurs furent convaincus qu'il s'agissait d'un incendie criminel, probablement allumé par le propriétaire lui-même, mais sans pouvoir le prouver. Personne ne connaîtrait jamais la vérité, puisque toute la famille Molloy avait péri dans le brasier. Le bruit courait que Molloy avait tout manigancé, mais qu'il avait mal calculé la vitesse à laquelle le feu se propagerait.

Jason revint à la photo de Roland Fortinbrass. Le pasteur. Confirmé décédé.

Mais l'homme était venu chez eux la veille et il avait bavardé jovialement avec lui, Emily et Louise, en essayant même de les recruter pour la chorale de la paroisse.

Il frissonna tout à coup, involontairement. « Quelqu'un marche sur ta tombe », lui disait sa mère. Était-ce un dérapage du temps ? Une faille spatio-temporelle ?

Une ombre tomba sur sa table. Il leva les yeux et vit Lester Beeson qui le dominait de toute sa carrure.

— Souhaitez-vous autre chose ? demanda-t-il aimablement.

— J'ai fini, merci.

— Arthur est un drôle de vieux bougre. Ce village est plutôt accueillant, mais vous savez, à la campagne, il y aura toujours une ou deux personnes qui n'aiment pas le changement.

Jason sourit.

— Ou qui n'aiment rien du tout.

— J'espère qu'il ne vous a pas trop impressionné. En fait, vous devriez vous sentir privilégié qu'il vous ait même adressé la parole. D'habitude, il ne parle pas aux gens qui ne sont pas du coin.

— Quelqu'un m'a dit la même chose. Alors, combien de temps faut-il vivre ici pour devenir quelqu'un *du coin* ?

— Pour que le vieux Fears vous considère comme tel ? Il faut être né ici.

— Et si on meurt ici, est-ce que ça compte ?

Beeson rit de bon cœur.

— J'aimerais mieux pas, monsieur Danes. Nous n'aimons pas perdre des clients.

— On dirait que vous en avez perdu pas mal ces dernières années.

Le patron s'assit en face de lui.

— Puis-je vous offrir un verre… sur le compte de la maison ?

— Oui, avec plaisir. Je prendrais bien un café, merci beaucoup.

Beeson transmit la commande d'une voix forte à quelqu'un dans l'arrière-salle, et se tourna vers Jason.

— Vous savez, les gens de la campagne peuvent être très superstitieux. Ils sont incapables de remarquer une coïncidence sans en faire une malédiction. Toutes les communautés ont leur part de tragédies. Ça peut être vingt personnes âgées qui meurent dans un accident d'autocar alors qu'elles partaient en excursion, ou encore la chorale paroissiale tout entière décimée dans un minibus. Ça ne veut pas dire qu'un endroit est maudit ; il s'agit juste d'une terrible malchance, et c'est déplorable. Il faut relativiser. L'existence de Cold Hill remonte à plusieurs siècles, et le vieux manoir, la maison de Cold Hill, était une propriété imposante qui possédait presque tout le village et beaucoup de terres – plus de deux mille hectares. Autrefois, tout le monde travaillait pour le domaine. Je parie que si vous preniez toutes les morts récentes ici et dans la vieille maison, plus celles du passé, et que vous les divisiez par le nombre de siècles, vous obtiendriez autour de la moyenne nationale, peut-être même moins.

Jason le regarda fixement.

— Vous avez parlé d'une *chorale paroissiale* ?

— Oui, hélas.

— Vous voulez dire que la chorale de Cold Hill a eu un accident de minibus ?

— Oui. Absolument terrible. Ils étaient douze, tous du village et des environs, et le plus jeune n'avait que 8 ans. Ils avaient été invités à chanter à un festival de chorales religieuses à Canterbury. Le révérend Fortinbrass les conduisait dans un véhicule de location et, au retour, ils sont tombés en panne sur l'autoroute, sous une pluie battante. Il les a tous laissés dans le minibus sur la bande d'arrêt d'urgence de la M25, pour qu'ils restent au sec pendant qu'il cherchait la borne d'appel. Quand il est revenu, il ne restait plus rien du minibus. Pas plus qu'une boîte d'allumettes, à ce qu'on m'a raconté. Un conducteur de poids-lourd, qui s'était endormi au volant, a quitté la route et leur est rentré dedans à 100 km/h. Épouvantable.

— C'est arrivé il y a combien de temps ?

— Huit ans... Ça fera neuf ans en mars prochain.

— Dans un sens, murmura Jason, c'est assez ironique qu'il n'ait échappé à la mort en allant téléphoner que pour être tué dans un accident de voiture quelques années plus tard.

— Oui, on peut dire que c'est étrange. Il n'était plus le même après cette tragédie. Il s'en est toujours senti responsable, et ça l'a fait douter de sa foi. Il était affable en apparence, mais...

Beeson se tut quelques instants.

— ... Intérieurement, il était brisé. À partir de la nuit où ça s'est passé, on aurait dit un mort-vivant. Cette chorale avait été sa passion, sa raison d'être.

48

Mardi 18 décembre

Jason but son café à la hâte tout en bavardant avec Beeson. Son cerveau était en ébullition. Il régla la note et rejoignit sa voiture. Une fois à l'intérieur, il appela Emily sur son portable, mais tomba sur sa messagerie vocale. Il essaya le numéro de Louise. Elle répondit après deux sonneries.

— Salut, Louise, c'est Jason. Emily est encore avec toi ?

— Non, je l'ai laissée chez le grossiste. Elle s'apprêtait à rentrer chez vous avec une camionnette pleine de provisions. Elle aura peut-être besoin d'aide pour tout décharger.

— Je... je m'apprête à rentrer à la maison. Je... je lui donnerai un coup de main.

— Ça va, Jason ? Tu as l'air un peu bizarre.

— Oui... enfin... en vérité, non. Pas vraiment. Je veux dire...

Il tenta de rassembler ses idées, de trouver un sens à la situation.

— Écoute, le pasteur qui est venu à la maison hier – le révérend Fortinbrass –, qui allait s'occuper de trouver un exorciste – un ministre de délivrance, ou quelque chose dans le genre –, il se passe quelque chose de vraiment étrange.

— Excuse-moi, Jason, tu as bien dit *pasteur* ?

— Oui. Le type qui est venu hier, tu sais – il a dit qu'il s'appelait Roland Fortinbrass. Le révérend Fortinbrass.

Au bout du fil, Louise semblait perplexe.

— Emily ne m'en a pas parlé. Quand est-il venu ?

Jason fronça les sourcils.

— Hier matin, quand tu étais à la maison. Tu étais là, tu l'as rencontré.

— Personne n'est venu pendant que j'étais là. Il n'y avait qu'Emily, toi et moi.

Avait-elle un trou de mémoire ?

— Louise, il est entré dans la cuisine, nous avons tous bavardé avec lui. Il a voulu nous recruter, Emily et moi, pour la chorale de la paroisse, et il te l'a aussi proposé. Tu lui as dit que tu habitais trop loin.

— Je regrette, dit-elle. Il a dû arriver après mon départ.

— Il faut que tu t'en souviennes ! insista-t-il. Il t'a demandé si tu aimerais te joindre à la chorale paroissiale, et tu lui as dit que tu habitais à Brighton et pas dans le village. Ça te revient, maintenant ?

— Jason, je ne vois pas de quoi tu parles, honnêtement. Tu es sûr que ça va ?

Il eut soudain très chaud. Il transpirait.

— Oui... Je... je suis..., commença-t-il, mais la tête lui tournait. Je... je suis...

— Jason ?

Sa voix lui parut lointaine, comme si elle l'appelait du fond d'un puits.

Il s'était senti comme ça, se rappela-t-il, après avoir mangé une crevette avariée dans un cocktail de fruits de mer. Intoxication alimentaire. Est-ce que le poulet n'était pas frais ? Ou le bacon ?

— Jason ? Jason ?

Il tâcha de se ressaisir et dit :

— Tout va bien, Louise. Écoute... Tu me garantis que tu ne l'as *vraiment* pas vu ?

— Non, affirma-t-elle gaiement. Je n'ai vu personne à part toi et Emily. Tu es sûr que tu ne l'as pas rêvé ?

— Comment ça ?

— Tu as une imagination débordante… Forcément, pour être capable de peindre ces tableaux géniaux.

— Merci, Louise, mais bien que j'aie une imagination débordante, je n'ai pas invoqué un pasteur entrant dans notre cuisine et essayant de tous nous recruter pour la chorale de sa paroisse.

— Je disais ça comme ça…

— Je ne comprends pas.

— Où es-tu, Jason ? demanda-t-elle.

— Je suis dans ma voiture… Mais ne t'inquiète pas, je suis garé dans un parking.

— Tu n'aurais pas un peu bu ?

— Pas du tout ! J'ai pris un Coca Light et un café.

— Veux-tu que j'appelle Emily pour lui demander de venir te chercher ?

Il avait moins chaud maintenant. Il y voyait plus clair.

— Ça va, je crois avoir compris ce qui s'est passé. Je vais bien, ne t'en fais pas.

— Tu en es sûr ?

— J'en suis sûr. Est-ce que nous te verrons avant Noël ?

— Oui, j'ai trouvé une baby-sitter. Nous pourrons dîner avec vous, Desmond et moi. Nous avons réservé une table au Ginger Fox pour le 24 décembre.

— Super, parfait. Très bien, on se verra à ce moment-là, ou peut-être avant.

— Tu es absolument certain que ça va ?

— Oui, je t'assure, merci.

Il raccrocha et resta assis derrière le volant, immobile, fixant le pare-brise que la pluie fine rendait opaque. Il se rappelait qu'Emily lui avait dit que quand Louise entrait dans une de ses transes psychiques, c'était comme si elle était sur une autre planète, et qu'ensuite elle ne se souvenait plus de rien. Ça devait être cela. Tout s'expliquait maintenant.

Mais pas vraiment.

Louise n'avait peut-être pas rencontré le révérend Fortinbrass dans leur cuisine, mais il était certain, lui, de l'avoir vu... De ses propres yeux.

49

Mardi 18 décembre

Jason fit démarrer la voiture et, rejoignant la route, il traversa le village avant de remonter la colline. Une boîte aux lettres rouge sur le bas-côté signalait l'entrée du Parc de Cold Hill. Il tourna à droite entre les piliers et continua jusqu'à l'allée du Lac.

En approchant de chez eux, il put voir à l'emplacement vide devant le garage qu'Emily n'était pas encore rentrée. Il s'amusa de voir les Penze-Weedell toujours en train de brasser de l'air dans leur jardin. Maurice était empêtré dans un enchevêtrement de guirlandes lumineuses qui avaient dû dégringoler du mur. Lui et sa femme gesticulaient, visiblement en pleine dispute. Jason agita la main dans leur direction en passant, sans qu'ils le remarquent.

Au bout de l'allée du Lac, il poursuivit son tour du lotissement, cherchant la Cadillac et le camion de déménagement qu'il avait aperçus plus tôt. Il roula le long des rues qui n'étaient plus barrées, s'engageant parfois dans des impasses où il lui fallut rebrousser chemin, vérifiant toutes les maisons les unes après les autres, certaines terminées, et d'autres encore des coquilles vides entourées de palissades. Il dépassa une voiture de police garée devant l'entrée du chantier toujours silencieux et nota la présence de plusieurs enquêteurs.

La Cadillac et le camion devaient se trouver là, quelque part. Il s'était seulement absenté une heure et demie : il était impossible que les déménageurs aient déjà fini de décharger ce mastodonte, non ?

À moins qu'il n'ait imaginé la Cadillac et le camion de déménagement. Imaginé le pasteur.

Une Cadillac dans laquelle une famille de quatre personnes avait trouvé la mort devant la maison de Cold Hill. Les O'Hare.

Mais oui, bien sûr, c'était une voiture fantôme, et un camion de déménagement fantôme. Et un pasteur fantôme.

Un quart d'heure plus tard, quand il fut convaincu d'avoir parcouru tout le lotissement, il retourna chez lui, perplexe. La fourgonnette d'Emily se trouvait maintenant devant la maison. Les portes arrière étaient ouvertes, de même que le panneau basculant du double garage. Aucune trace des Penze-Weedell ; ils avaient dû rentrer chez eux. L'escabeau et un fouillis de fils électriques gisaient sur la pelouse.

Il s'arrêta dans l'allée au moment précis où Emily surgit par la porte d'entrée. Il sortit de la voiture et l'embrassa.

— Salut, ma chérie !

— Tout est bon, avec David ? demanda-t-elle. Il va pouvoir faire les cadres ?

— Juste à temps… Il faut que je me souvienne de passer les prendre demain à midi au plus tard, avant qu'il ne ferme pour Noël. Comment se sont passées tes courses ?

Elle désigna d'un geste le fond de sa camionnette, bourré à craquer.

— Nous avons tout ce qu'il nous faut pour l'anniversaire de mariage. Il y avait une promotion incroyable sur les crevettes. Comme nous devons préparer des cocktails de crevettes pour tout le monde en entrée, ça nous fera un joli petit bénéfice.

— Génial !

— Elles ne sont pas décortiquées. Ça va être casse-pieds à faire, mais elles sont tellement meilleures que celles qu'on achète toutes préparées.

— Ma chérie, c'est parce que tu fais attention à ce genre de détails que tu es si réputée.

Elle lui sourit.

— J'aime offrir aux clients des plats que j'aurais envie de manger moi-même… À condition qu'ils soient prêts à y mettre le prix.

— Je vais te donner un coup de main.

Durant le quart d'heure qui suivit, ils s'affairèrent ensemble à décharger les sacs de la camionnette pour les ranger sur les étagères des congélateurs qui occupaient presque la totalité de la longueur du garage.

— Ces gens comptent manger tout ça ? s'étonna-t-il.

— Ce n'est pas seulement pour l'anniversaire de mariage. Nous avons aussi fait un stock de provisions de base.

Les six congélateurs de la pièce étaient tous pleins quand ils eurent fini.

— Espérons que nous n'aurons pas de coupure de courant, dit-il.

Elle blêmit.

— J'espère que ça n'arrivera pas trop souvent. Et si ça se produit, il ne faut pas qu'on ouvre les portes : tout restera congelé pendant plusieurs heures.

— Parfait.

Ils entrèrent dans la maison. L'horloge de la cuisine indiquait 14 h 55. Emily nota que le plan de travail était impeccable et l'évier vide.

— Tu n'as pas déjeuné ?

— Si. J'ai fait un tour au pub, histoire de m'intégrer.

— Tiens donc ? Tu es allé boire un coup au troquet ? le taquina-t-elle.

— J'ai pris un Coca Light. Et un sandwich tout mou.

— As-tu croisé quelqu'un ? Nos charmants voisins ?

— Juste le patron et ce vieux fermier flippant que nous avons vu dimanche.

— Veinard.

— En fait, j'étais allé au village pour voir si je pouvais bousculer un peu le pasteur.

— Le pasteur ?

— Le type qui est passé hier, Roland Fortinbrass.

— Hier ? Roland Fortinbrass ? Fortinbrass, c'est un personnage de *Hamlet*, n'est-ce pas ?

— Dans *Hamlet*, le nom ne prend qu'un « s ». Celui du pasteur en prend deux, à ce qu'il m'a dit.

— Quand l'as-tu rencontré ? Tu ne m'en as pas parlé.

— Eh, oh, Emily, réveille-toi ! s'écria Jason en la dévisageant avec insistance. Le pasteur qui est venu ici pendant que Louise était là, et nous avons parlé de la possibilité de faire venir à la maison un exorciste, ou quelque chose dans le genre.

— Qui est venu ici pendant que Louise était là ? répéta-t-elle, le visage inexpressif.

Il fut parcouru par un frisson d'appréhension.

— Oui ! dit-il. Hier matin.

— Personne n'est venu, Jason, dit-elle. Il n'y avait personne à la maison.

— Ma puce, nous avons tous bavardé avec lui. Il nous a demandé si nous aimions chanter, parce qu'il avait besoin de recrues pour la chorale de la paroisse.

Elle le dévisageait comme s'il avait perdu la tête.

— Hier matin ?

— Oui ! Au moment où Louise était en transe. On a sonné à la porte, je suis allé ouvrir et je l'ai fait entrer dans la cuisine.

— Combien de pintes as-tu descendues au pub ?

— Aucune, je te le promets ! Et qu'est-ce que vous avez bu, Louise et toi ?

— Un thé à la menthe et au gingembre.

— Et une demi-livre de cannabis ?

— Ha ha !

— Tu t'en souviens *forcément*.

— Si tu avais ramené un pasteur ici, dans cette cuisine, alors oui, je m'en souviendrais.

Il secoua la tête.

— C'est pourtant le cas.

— Était-il tout petit ? Peut-être que je ne l'ai pas remarqué ?

Il eut un bref sourire.

— Je… C'est juste que je…

— Juste que quoi ?

— Je ne comprends pas ce qui se passe, à moins que Louise et toi ne soyez en train de vous payer ma tête. Je l'ai appelée quand j'ai quitté le pub. Elle m'a dit qu'elle ne l'avait pas vu non plus.

Emily le dévisageait attentivement avec une expression qui le préoccupa.

Avait-il l'air bizarre ? Était-il en train de craquer ? Son esprit s'embrouilla, tentant de ne pas perdre la raison. Hier matin, le révérend Roland Fortinbrass avait sonné à leur porte ; Jason l'avait fait entrer, et ils avaient bavardé dans la cuisine : le pasteur, Emily, Louise et lui. Fortinbrass leur avait proposé de se joindre à la chorale paroissiale, et ils lui avaient demandé s'il pourrait contacter le ministre de délivrance du diocèse, ce qu'il avait promis de faire.

Une promesse qu'il ne risquait pas de tenir… parce qu'il était mort et enterré. Il gisait dans le cimetière derrière l'église de St Mary. Avec une pierre tombale gravée de son nom et d'une épitaphe : « Il a Aimé et Servi Cette Paroisse ».

50

Mardi 18 décembre

Jason avait vu sa tombe ; il avait parcouru sa notice nécrologique quelques heures plus tôt ; il avait rencontré l'homme qui était impliqué dans l'accident où Fortinbrass avait trouvé la mort. Il pouvait difficilement disposer de plus de preuves du décès de Fortinbrass.

Mais le pasteur était venu chez eux la veille. Il lui avait parlé. Ils lui avaient tous les trois parlé, mais ni Emily ni Louise ne voulaient le reconnaître. Pourquoi persistaient-elles à nier ? Il savait que le cerveau humain pouvait jouer de drôles de tours, parfois pour protéger les gens d'un choc ou d'un événement horrible. Il avait aussi lu un article relatant une étude effectuée sur une tribu perdue au fin fond de l'Amérique du Sud, qui vivait dans la forêt vierge et n'avait jamais été exposée au monde extérieur. On avait soumis les membres de la tribu à une expérience, en faisant voler un hélicoptère au-dessus de leur village et en leur demandant ensuite de décrire ce qu'ils venaient de voir. Ils avaient presque tous affirmé n'avoir rien vu. Ce n'était pas par réticence ou parce qu'ils manquaient d'intelligence ; simplement, l'hélicoptère dépassait tout ce qu'ils avaient jamais pu observer ou vivre, et ils ne savaient pas comment l'interpréter.

S'était-il passé le même genre de chose avec Emily et Louise ?

— Jason ? l'interpella Emily, d'une voix calme, mais tranchante.

Il la regarda. Il avait de nouveau très chaud et la tête lui tournait.

— Jason, mon chéri, tu es malade ? Veux-tu aller te coucher ? Je pense que tu souffres de surmenage… Ou de stress… Peut-être un peu des deux. Tu as travaillé sans t'arrêter toute la nuit.

— Ça va, dit-il, alors que ça n'allait pas du tout. Écoute, il y a quelque chose…

Il se tut.

— Qu'est-ce qu'il y a ?

Il devait y avoir une explication rationnelle, pensa-t-il. Forcément. Est-ce que Louise, pendant qu'elle était en transe, aurait pu les hypnotiser tous les deux ? Était-ce cela ? Elle les aurait plongés dans une transe sans qu'ils s'en rendent compte et, d'une manière ou d'une autre, fait apparaître l'esprit du pasteur défunt ?

Il s'accrocha à cette idée.

— Qu'est-ce qu'il y a ? répéta Emily.

— Non, rien, ne t'en fais pas.

— Tu es sûr ?

— Ouais. Je vais monter et m'y remettre. J'ai encore des choses à déballer. Et toi ?

— Environ deux cents cartons à trier.

— Tu veux un coup de main ?

Elle secoua la tête.

— Tu ferais mieux de te reposer avant de t'atteler à ton travail. Il ne te reste pas tellement de temps avant ton expo. Combien de peintures as-tu finies ?

— Pas beaucoup dont je sois satisfait. Mais je me sens inspiré ici, je fourmille d'idées… J'ai hâte de m'y atteler.

Il sortit son téléphone de sa poche et lui montra la photo

qu'il avait prise plus tôt du couple à l'air lugubre et aux anoraks fluo.

— J'ai le titre pour celle-ci : *Tête-à-tête romantique.*

Elle y jeta un coup d'œil.

— Oh mince ! Promets-moi – promets-moi, solennellement – que nous ne deviendrons jamais comme ça !

— Je te le promets. L'orange n'a jamais été ta couleur, de toute façon.

Elle lui flanqua un coup de coude.

— Le titre te plaît ?

— Beaucoup. Allez, va-t'en ! Va peindre !

Il se dirigea vers le vestibule et monta jusqu'à son atelier. Alors qu'il franchissait la porte, une sonnerie de SMS retentit sur son téléphone. Une rangée de lettres suivies de deux chiffres apparut sur l'écran.

Il vit une inscription identique s'afficher simultanément sur l'écran de son ordinateur.

JDEAD09

Il se dépêcha de prendre une capture d'écran. Un instant plus tard, les lettres avaient disparu.

51

Mardi 18 décembre

Matt Johns lui avait dit de prendre une capture d'écran la prochaine fois qu'une inscription énigmatique s'afficherait. Jason lui envoya par e-mail celle qu'il venait de faire. Après cela, il saisit un nouveau panneau enduit de gesso et le posa sur son chevalet. Il enfila son tablier et ses gants, puis rassembla son matériel de peinture avec quelques difficultés. Ses pensées s'éparpillaient et il avait du mal à se concentrer.

Il avança jusqu'à la fenêtre et observa quelques instants un petit groupe d'enquêteurs en combinaisons blanches : deux d'entre eux se tenaient à quatre pattes près de l'endroit où l'ouvrier était mort. Avaient-ils vraiment besoin d'être aussi méticuleux ? Mais au moins, le silence régnait sur le chantier.

Enfin, il ramassa un crayon, retourna à son chevalet et ouvrit le dossier de photos sur son téléphone, cherchant celles qu'il avait prises, au pub, du couple âgé en anoraks fluo.

Elles n'y étaient pas.

Elles devaient forcément y être ! Il les avait montrées à Emily à peine dix minutes plus tôt.

Il chercha encore. Et encore.

Son portable sonna.

— Salut, Jason.

C'était Matt Johns.

— Tu viens de m'envoyer un e-mail vide. Tu as oublié la pièce jointe ?

— Excuse-moi, c'était une capture d'écran, comme tu me l'avais demandé. J'ai vu de nouveaux chiffres apparaître, une autre série, sur mon téléphone et sur mon ordi cette fois. Je vais vérifier et je te la renvoie.

— Pas de problème, dit Johns.

Jason consulta le dossier « Éléments envoyés » dans le compte de courrier de son portable. Il y avait un e-mail adressé à Matt. Il l'ouvrit. Vide.

Il vérifia son album d'images en ligne. Toutes les captures d'écran qu'il prenait y étaient automatiquement sauvegardées. Mais, de la même manière que le vieux couple en anorak, elle semblait s'être évaporée.

— Je ne la retrouve pas, annonça-t-il piteusement en reprenant l'appel.

— As-tu le détail des chiffres ? demanda Johns. Je peux faire mes propres recherches.

— Je suis à peu près sûr que ça disait « JDEAD », suivi des chiffres zéro et neuf.

Il raccrocha, et concentra son attention sur le panneau de gesso vierge. Tant pis pour les photos, il se souvenait parfaitement du couple. C'étaient leurs attitudes qu'il devait capturer avec exactitude. La femme guindée et rigide, et l'homme assis voûté en face d'elle – vraisemblablement son mari –, abattu, vaincu par la vie. Plongé dans ses pensées déprimantes. Sa femme, coiffée de cheveux gris fer, devait le traiter comme une serpillière.

Il se mit au travail, esquissant leurs postures. L'expression moralisatrice sur le visage de la femme, sans nul doute une habituée de l'église de la paroisse. La défaite inscrite sur celui du mari, malheureux comme les pierres, qui avait trop attendu pour changer quoi que ce soit à sa vie. Coincé, jusqu'à ce que la mort les sépare, avec une compagne qu'il détestait visiblement et qui visiblement le détestait tout autant.

M. et Mme Ronchon.

Oui !

Soudain plein d'énergie, il commença à dessiner fébrilement.

52

Mercredi 19 décembre

Jason fut réveillé par un courant d'air froid sur son visage. Un claquement résonnait, en bas. Le vent soufflait par rafales. Allongé immobile dans le noir, il resta un moment désorienté, sans savoir où il se trouvait. Une angoisse montait en lui. Quelque chose clochait. Il entendit une voix d'homme toute proche. Une voix basse, gutturale, inquiétante, lugubre.

Il sentit son cœur battre la chamade. Les yeux grands ouverts, il vérifia le radio-réveil à côté de lui. Les chiffres verts clignotaient : 00 : 00. Il avait dû y avoir une panne de courant.

La voix poursuivait, monotone, comme une incantation.

— Oliver, Caro, Jade, Johnny, Rowena, Felix, Daisy, Harry…

Une voix qu'il ne reconnaissait pas. Venait-elle de l'intérieur de la maison, ou de l'extérieur, dans la rue ?

Merde.

La voix continuait.

— Brangwyn, Evelyne, Matilda…

Était-ce un cambrioleur ? Que pourrait-il utiliser comme arme ?

Son cerveau s'emballait.

Est-ce qu'on bougeait dans la chambre ? L'ombre d'un homme ? Il sentit une autre bouffée d'air glacial.

La voix psalmodiait, répétant :

— Oliver, Caro, Jade, Johnny, Rowena, Felix, Daisy, Harry, Brangwyn, Evelyne Matilda…

Juste à côté de lui.

Il retint son souffle, terrorisé.

Puis il comprit. C'était Emily qui parlait en dormant… sauf que ce n'était pas sa voix. Elle répéta les noms une nouvelle fois, en boucle.

Jason étendit le bras gauche, trouva la table de nuit et, en veillant à ne pas renverser son verre d'eau, il chercha à tâtons sa montre connectée qui reposait sur son chargeur. Il l'attrapa et la consulta : 2 h 33.

— PAR PITIÉ, DITES-MOI CE QUE VOUS VOULEZ ! cria soudain Emily d'une voix terrifiée.

— Ma chérie ! dit-il doucement.

— Oliver, Caro, Jade, Johnny, Rowena, Felix, Daisy, Harry, Brangwyn, Evelyne, Matilda…, entonna-t-elle de nouveau.

— Em, chuchota-t-il, sans vouloir la réveiller, mais désireux qu'elle s'arrête.

Elle parlait souvent dans son sommeil, et elle ne le croyait jamais quand il le lui racontait le matin suivant. Il lui vint une idée. Il prit son téléphone et la filma.

— Oliver, Caro, Jade, Johnny, Rowena, Felix, Daisy, Harry, Brangwyn, Evelyne, Matilda…, répéta-t-elle mécaniquement.

Tout à coup, à la lueur verte du réveil et du cadran de sa montre, il aperçut une silhouette qui se déplaçait dans la pièce.

Il eut la sensation d'être traversé par une décharge électrique. Il tâtonna pour trouver l'interrupteur de la lampe de chevet et alluma. La lumière inonda la pièce et le fit cligner des yeux. Il se rendit compte que le courant était revenu.

— Mmmoui ? grogna légèrement Emily.

Il n'y avait personne dans la pièce.

— Tout va bien, lui dit Jason, doucement.

— Qu'essk ? demanda-t-elle.

— Tout va bien, tu parlais en dormant.

Un ronflement rauque s'éleva. Elle dormait toujours.

Putain, sa voix lui avait collé les jetons.

Il éteignit la lampe et resta allongé sans bouger, tout son corps en éveil. Dehors, à part le vent, régnait un silence total. À Brighton, ils habitaient une rue animée où les nuits n'étaient jamais complètement silencieuses. On entendait le bruit de la circulation, ponctué de temps en temps par les hurlements stridents d'une sirène de police, de chats se bagarrant ou de renards fouillant dans les poubelles. Il ne faisait jamais non plus complètement noir, comme ici.

Il resta figé un long moment. Emily cessa de ronfler et commença à respirer régulièrement. Il ferma les yeux et essaya de se rendormir, mais son cerveau était en ébullition. Des images se succédaient. Des chiffres et des lettres sur son écran. Roland Fortinbrass. Le visage d'une femme.

Soudain, inquiet à l'idée de dormir trop longtemps et de manquer les horaires d'ouverture de l'encadreur, il s'assit et reprogramma son réveil. Il fit de même pour l'alarme de son portable. David fermerait à midi avant de prendre l'avion pour Inverness. S'il n'arrivait pas chez lui à temps, ce serait fichu. Les deux portraits de chiens ne seraient pas livrés pour Noël. Il en était très content et il était certain qu'ils plairaient à ses clients.

Il vérifia derechef les alarmes de son réveil et de son téléphone, puis il se laissa aller contre l'oreiller et sombra lentement dans le sommeil. Une voix de femme murmura sévèrement, près de son visage.

— Tu n'as pas dessiné mes yeux correctement. Ils sont bleus, pas bruns.

Jason se releva en sursaut, de nouveau parfaitement réveillé et trempé d'une sueur froide. Il alluma la lampe.

Rien.

La pièce était vide.

Emily s'agita dans son sommeil et roula sur le côté.

Il se recoucha, éteignit et ferma les paupières.

À peine quelques instants plus tard, Emily le secoua. Elle chuchotait avec insistance, d'une voix terrifiée :

— Chéri, chéri, il y a quelqu'un en haut.

Au-dessus de leurs têtes, une démarche lourde et régulière retentit.

Tap. Tap. Tap.

Le bruit de quelqu'un qui ferait les cent pas avec de grosses chaussures dans son atelier.

53

Mercredi 19 décembre

Jason écrasa l'interrupteur de sa lampe de chevet. Emily fixait le plafond, les yeux exorbités par l'angoisse.

— Ce ne sont pas les lattes du plancher qui bougent, dit-elle d'une petite voix tremblante.

Il se leva.

— Ne va pas là-haut. Il y a quelqu'un. Appelle la police.

Le martèlement reprit.

Tap. Tap. Tap. Tap.

Puis un grand fracas.

— Jason ! hurla-t-elle de terreur.

Nouveau fracas.

Emily alluma sa lampe de chevet et attrapa son portable.

— Non ! lui intima-t-il. Je vais monter.

— T'es complètement cinglé ou quoi ?

Elle composa fébrilement le 999. Une voix lointaine s'échappa du combiné.

— Services d'urgences, qui désirez-vous contacter ?

— La police, chuchota Emily.

— Chérie ! Non !

— Il y a quelqu'un en haut, merde !

— J'y vais.

— Non !

Le même tambourinement se fit entendre.

Tap. Tap. Tap. Tap.

Une autre voix féminine, amplifiée par le haut-parleur, jaillit du téléphone.

— Police du Sussex, en quoi puis-je vous aider ?

— Quelqu'un s'est introduit chez nous, à l'étage, dit Emily d'une voix presque inaudible.

— Pouvez-vous me donner votre nom et votre adresse, s'il vous plaît ?

— Emily Danes. Nous sommes au 47, allée du Lac, domaine du Parc de Cold Hill, à Cold Hill, Sussex de l'Est. Il y a quelqu'un en haut.

— Je vous envoie une voiture de patrouille. Restez en ligne.

— Merci, chuchota-t-elle.

Le bruit était encore plus fort maintenant. *Tap. Tap. Tap. Tap.*

Emily leva le téléphone vers le plafond.

— Vous entendez ? dit-elle.

— Ces coups ?

— Ce sont des bruits de pas.

— Où êtes-vous, Emily ? demanda la standardiste.

— Je suis dans la chambre avec mon mari. Il veut aller voir là-haut… Le bruit vient de son atelier, juste au-dessus.

— La voiture de patrouille sera chez vous en moins de dix minutes, je la suis sur l'écran. Dites à votre mari de ne pas chercher à faire face à l'intrus, attendez que les policiers arrivent.

— Merci, dit Emily en fondant en larmes. Par pitié, venez vite.

Les pas retentirent de nouveau.

Tap. Tap. Tap. Tap.

— Oh mon Dieu, dit-elle. Je vous en prie, dites-leur de se dépêcher.

Tap. Tap. Tap. Tap. Le plafond tremblait.

Jason sauta du lit, alla jusqu'à la porte et mit sa robe de chambre.

Tap. Tap. Tap. Tap. Le plafond vibra de plus belle.

— Ne va pas là-haut ! l'implora-t-elle.

— Ils sont à quatre minutes de route, dit la standardiste. Avez-vous des chiens dans la maison, pour que je prévienne les agents ?

— Non, répondit-elle.

— Je vais descendre pour leur ouvrir, dit Jason.

— Fais attention.

Jason quitta la chambre et dévala les escaliers jusqu'à la porte d'entrée. Il la tira d'un coup sec et sortit dans le jardin, sous la tempête. Des lumières bleues clignotantes se rapprochaient. Il s'avança dans la rue et fit de grands signes tout en retenant le pan de sa robe de chambre.

La voiture s'arrêta à ses pieds et, avant même que les roues se soient arrêtées de tourner, deux policiers, un homme et une femme, en jaillirent et coururent vers lui, munis de torches électriques et maintenant leur casquette d'une main.

— L'intrus est-il toujours dans la maison, monsieur ? interrogea la femme, une blonde menue d'une vingtaine d'années.

Son collègue, un peu plus âgé, était petit et costaud. Tous deux portaient des gilets pare-balles.

— Oui, je crois. Merci d'être venus si vite. C'est en haut, au dernier étage, dans mon atelier.

Jason les fit entrer et les laissa monter l'escalier en courant devant lui, leurs silhouettes se reflétant sur les murs couverts de miroirs.

— À l'étage supérieur, leur cria-t-il alors qu'ils atteignaient le premier.

Tandis que les agents s'engouffraient dans l'escalier en colimaçon qui menait à son atelier, Emily sortit de la chambre, vêtue de son peignoir.

— Dieu merci, dit-elle en emboîtant le pas à Jason.

Une fois sur le palier du dernier étage, il suivit les policiers à l'intérieur de son atelier en recommandant silencieusement à Emily de rester derrière eux. Les deux policiers se tenaient debout au milieu de la pièce, regardant autour d'eux, l'air perplexe.

Il n'y avait personne. Tout semblait à sa place. Le chevalet était au centre de la pièce, comme il l'avait laissé, un panneau enduit de gesso vierge dessus.

— Ce… Ce n'est pas… possible, dit-il.

— Toutes les fenêtres sont bien fermées, indiqua le policier. Vous dites que vous avez entendu quelqu'un marcher ici ?

— Oui, dit Emily. Nous avons distinctement entendu des bruits de pas.

— Est-ce que nous pouvons faire le tour du reste de la maison ? demanda le policier.

— Bien sûr… Où vous voulez.

Les policiers redescendirent. Jason et Emily les suivirent pendant qu'ils vérifiaient toutes les pièces du premier étage ainsi que toutes les penderies et armoires, les unes après les autres. Les deux agents notèrent que la fenêtre de leur chambre était à moitié ouverte. Ils inspectèrent ensuite le rez-de-chaussée et le garage. Enfin, ils sortirent dans le jardin de derrière, se séparèrent et contrôlèrent chaque côté de la maison.

Une fois qu'ils eurent terminé, ils s'assirent tous les quatre autour de la table de la cuisine. L'homme sortit sa tablette et la posa sur la table.

— Désirez-vous du thé ou du café ? proposa Emily.

— Ça va, merci.

— Il n'y a aucun signe d'effraction, résuma sa collègue. La seule fenêtre ouverte est celle de votre chambre.

— Je… Je suis certain que la fenêtre était fermée quand

nous nous sommes couchés, dit Jason. J'ai été réveillé par le sifflement du vent. J'ai remarqué que la fenêtre était rouverte et je l'ai refermée.

Il jeta un coup d'œil à Emily.

— J'ai cru voir quelqu'un dans la chambre.

Le policier retourna dehors avec sa lampe torche et revint quelques minutes plus tard.

— Je ne vois rien qui aurait pu être utilisé pour grimper jusqu'à votre chambre, monsieur, dit-il. Et pas de traces de pas dans le parterre de fleurs au-dessous de la fenêtre.

— Je vous assure qu'il y avait quelqu'un en haut, dit Emily. Nous l'avons tous les deux entendu marcher.

— Ce lotissement est tout récent, n'est-ce pas ? demanda le policier. Depuis combien de temps habitez-vous ici ?

— Nous avons emménagé depuis vendredi dernier seulement, répondit Jason.

— Nous étions là lundi, il y a eu un accident.

— J'ai vu ce qui s'est passé, dit Jason. J'ai appelé le 101 et j'ai laissé un message à la police, mais personne ne m'a recontacté pour le moment.

— Je suis sûre que quelqu'un va le faire, le rassura la jeune femme ; puis son visage se fendit d'un sourire. Je viens juste de comprendre qui vous êtes : Jason Danes, l'artiste connu pour ses peintures de chiens ?

— Oui !

— Est-ce que l'un de vous deux a remarqué si quelque chose manquait ? reprit son collègue.

Ils secouèrent la tête.

— Pas pour l'instant, en tout cas, dit Emily.

— Avez-vous des ennemis, l'un ou l'autre ? Quelqu'un que vous auriez pu contrarier ?

Emily secoua la tête.

— Pas que je sache, répondit Jason.

— Pas de concurrents ? demanda le policier. Vous êtes un

artiste qui a beaucoup de succès, localement. Cela pourrait susciter des jalousies ?

Jason haussa les épaules.

— C'est possible.

— Ce qui est étrange, c'est qu'il n'y a aucun signe d'effraction, dit sa collègue. Est-ce que la porte d'entrée était verrouillée, avec la chaîne de sécurité ?

— Oui, comme toujours.

Le policier sortit une carte où il griffonna un numéro.

— Je vous laisse mon numéro de portable. Si vous vous souvenez de quelque chose qui pourrait avoir de l'importance, appelez-moi n'importe quand. Je suis le brigadier Neil Lang. Avec ma collègue, la brigadière Christina Davies, nous sommes de garde jusqu'à 6 h 30. Si vous êtes inquiets, appelez soit le 999, soit mon numéro, et nous vous enverrons quelqu'un tout de suite.

Jason et Emily les remercièrent avant de les raccompagner jusqu'à la porte d'entrée.

Neil Lang indiqua d'un signe de tête les illuminations éblouissantes des Penze-Weedell.

— On peut dire qu'ils ont vraiment l'esprit de Noël.

— S'ils continuent comme ça, vous finirez par avoir des groupes de touristes qui feront le détour pour les voir ! s'exclama la brigadière Davies.

— C'est exactement ce qu'il nous faut, dit Jason. Vous aimez Noël ?

— J'ai tiré la courte paille cette année… Nous l'avons tirée tous les deux, en fait, dit-elle. La tournée du soir, de 16 heures à minuit. La soirée de l'année où il y a le plus d'incidents domestiques. Des familles qui ne se sont pas vues de toute l'année, qui prennent une cuite… et qui se souviennent d'un coup pourquoi elles ne se sont pas vues depuis un an.

Jason et Emily attendirent qu'ils soient partis avant de verrouiller la porte d'entrée et de remonter dans leur chambre, ébranlés. Jason ferma et verrouilla également leur fenêtre.

Finalement, il reprogramma son alarme pour 7 h 30, une heure plus tard que ce qu'il avait initialement prévu.

Mais ils eurent beaucoup de mal à trouver le sommeil.

54

Mercredi 19 décembre

Un peu avant l'aube, Jason sombra dans un sommeil agité. Il en fut tiré par la sonnerie de son réveil, après ce qui lui parut n'être que quelques secondes. Son cerveau se mit immédiatement à tourner à plein régime et il passa en revue les événements de la nuit.

Toutes les fenêtres, sauf celle de leur chambre, étaient fermées et même verrouillées. Pourtant, d'une manière ou d'une autre, quelqu'un était parvenu à rentrer. Et seulement pour arpenter son atelier de long en large ?

Allongée à côté de lui, Emily était elle aussi réveillée. Il pouvait entendre le léger bruissement de ses cils sur les draps lorsqu'elle clignait des yeux. Il roula vers elle et l'embrassa.

— Ça va ? demanda-t-il.

— Pas vraiment, non. Et toi ?

— Je ne crois pas que c'était le plancher qui craquait.

— Qu'est-ce que tu as vu ici, dans notre chambre ? demanda-t-elle.

— On aurait dit que quelqu'un traversait la pièce.

— En talons aiguilles ou en chaussures à semelle cloutée ?

— J'ai… J'ai cru voir une silhouette dans l'obscurité. (Il haussa les épaules, las.) Tu as remarqué comment les flics se sont regardés ? Ils nous ont clairement pris pour des cinglés.

— Je ne crois pas, lui dit-elle en l'enlaçant. Je crois qu'ils ont plutôt pensé : « Voilà un couple qui vient d'emménager dans une nouvelle maison, et ils ont la trouille à cause de bruits inhabituels la nuit. »

Il ne sut quoi lui répondre. Avait-elle raison ?

— Nous devons faire quelque chose, Jason. Nous ne pouvons pas vivre ici comme ça. Nous avons vu un putain de revenant, tu as rencontré le fantôme d'un pasteur qui t'a promis d'organiser un exorcisme, et tu as aperçu par la fenêtre quelqu'un mourir écrasé. Dans quoi nous sommes-nous fourrés ?

— Tu veux déménager ? Nous pourrions aller à l'hôtel en attendant de trouver un autre endroit ?

— Non. J'aime cette maison. Il y a quelque chose qui ne va pas du tout, mais allons-nous nous laisser intimider ?

— Que dit Louise ?

— Que cette maison a besoin d'une purification spirituelle, c'est tout. Nous nous trouvons sur un site historique où des morts tragiques se sont produites. Elle dit qu'il y a peut-être des esprits d'autrefois qui se promènent, des esprits qui ne comprennent pas que leurs corps ont disparu. Elle va parler à quelqu'un qu'elle connaît, un spécialiste de ce genre de truc.

— Qui pourrait demander aux fantômes d'enlever leurs chaussures avant de se balader au milieu de la nuit, par exemple ?

Elle le regarda avec calme et sourit.

— On va s'en sortir. On va tout faire pour.

— Oui, tu as raison.

55

Mercredi 19 décembre

— Qu'est-ce que tu fais ce matin, chéri ? demanda Emily.

Peu après 9 heures, Jason avait dévalé l'escalier comme une tornade et enfourné un bol de porridge instantané au micro-ondes. À présent, assis à la table de la cuisine, il survolait les pages de l'*Argus* : son rituel du petit-déjeuner consistait à parcourir le journal local, puis le *Guardian*.

Il mit un doigt sur ses lèvres.

— Moins fort : je pars en mission pour nous trouver un chasseur de fantômes, avant de faire quelques courses pour le père Noël.

— Ah oui ?

— D'après le père Noël, une dame plutôt jolie a emménagé au 47, allée du Lac, et il lui faudra beaucoup de cadeaux à ouvrir le matin de Noël.

— Vraiment ?

Il hocha la tête.

— Et le père Noël t'a choisi comme lutin ?

— J'en ai bien l'impression.

Elle lui fit un faible sourire.

— N'oublie pas l'encadreur !

— Je ne sais pas s'il va rester de la place dans ma voiture, avec tous les cadeaux que j'aurai pour toi.

— Dans ce cas, prends la camionnette…

— Je me débrouillerai pour faire de la place.

— Sérieusement, la priorité numéro un, c'est l'encadreur. Et sois prudent en conduisant ton traîneau !

— David Graham, priorité numéro un !

— Et ensuite, le *ghostbuster* ?

— Il sera dans la hotte du père Noël. Si tu entends d'autres bruits de pas, demande aux revenants d'enlever leurs chaussures.

— Je vais mettre un panneau sur la porte. « Les fantômes sont priés de se déchausser avant d'entrer. »

— Mais tu sais, ils n'y voient peut-être plus très clair. Certains doivent être carrément séniles.

— D'accord, je laisserai aussi une paire de lunettes de lecture.

— Et tant qu'à y être, quelques gousses d'ail et un miroir.

— Mais c'est pour les vampires, ça, non ?

— Deux précautions valent mieux qu'une !

56

Mercredi 19 décembre

Un quart d'heure après être parti de chez lui au volant de sa BMW, Jason remonta une rue résidentielle bordée de maisons imposantes en retrait de la route, aux fenêtres et aux porches décorés de guirlandes lumineuses. Il passa ensuite devant les murs d'enceinte de la prison de Lewes, un bâtiment austère datant de l'époque victorienne, avant de s'engager dans l'étroite rue principale du chef-lieu du Sussex de l'Est.

Il se gara et se rendit chez son encadreur. David lui remit deux paquets enveloppés de papier bulle et de ruban adhésif. Après lui avoir souhaité un joyeux Noël et de bonnes vacances, Jason retourna au parking pour placer les tableaux dans le coffre de sa voiture, avec l'intention de les déposer chez ses clients sur le chemin du retour. Il prit ensuite la direction de la bibliothèque.

Cela faisait longtemps qu'il n'était pas allé dans une bibliothèque publique, mais l'odeur était la même que dans ses souvenirs. Une odeur qu'il aurait aimé capturer en peinture : celle des livres, des papiers imprégnés de connaissances, d'informations, de plaisir. Il parcourut du doigt les rangées d'étagères et les reliures des innombrables volumes. Tellement de textes dans lesquels il aurait voulu se plonger, et dont il n'avait lu qu'une infime fraction. Et il savait que, malheureusement, cela resterait le cas.

Ces dernières années, à part une semaine de vacances en Toscane où il avait dévoré les quatre tomes du *Quatuor d'Alexandrie* – un plaisir qu'il s'était promis depuis longtemps –, il avait à peine lu ou regardé la télévision. Tous les soirs ou presque, après avoir peint jusque tard dans la nuit, il se laissait tomber sur son lit, trop épuisé pour s'emparer d'un livre. Avec tous ces ouvrages autour de lui, il sentit une pointe de culpabilité et décida de faire plus d'efforts pour trouver le temps de lire.

Il s'approcha de la femme d'âge moyen qui l'observait, assise derrière le bureau d'accueil.

— Bonjour, je voudrais consulter les archives des journaux locaux.

— Monsieur Danes, n'est-ce pas ?

Il rougit en acquiesçant. Il aimait bien être reconnu, mais cela l'embarrassait toujours un peu, parce qu'il ne savait jamais comment réagir, et que ce qu'il disait lui semblait souvent un peu nul.

Elle lui fit un sourire beaucoup moins sévère que ses lunettes.

— Je voulais juste vous dire que je suis une grande admiratrice de votre travail.

— Vraiment ? Merci beaucoup.

Nul, encore une fois, pensa-t-il.

— Nous avons deux de vos premiers tableaux chez nous. L'un fait partie de votre série « Piliers de comptoir » : mon mari est certain que c'est l'un des habitués de son pub favori ! Et l'autre est un de vos épagneuls. Le sosie de notre King Charles. Ils nous apportent beaucoup de joie.

— Eh bien… euh… merci.

— Donc, les archives des journaux locaux. Jusqu'à quand voulez-vous remonter ?

— Jusqu'à quand remontent vos archives ? demanda-t-il, soulagé de revenir au sujet de ses préoccupations, tout en étant flatté de l'enthousiasme de cette dame pour sa peinture.

— Alors, nous recevons le *Sussex Express*, l'*Argus* et le *Mid-Sussex Times*, mais nous ne gardons les versions papier que pendant un mois. Nous avons le *Sussex Express* sur microfilm, mais seulement jusqu'en 2010. La bibliothèque d'Eastbourne archive aussi le *Sussex Express* et l'*Argus* ; mais, comme chez nous, leurs microfilms ne vont que jusqu'à 2010. Ils ont également le *Eastbourne Herald*. Si vous voulez remonter encore plus loin, vous pourriez vous adresser à la British Library. Ils ont des archives de journaux exhaustives. Pratiquement tout, depuis les origines.

— Merci, dit Jason. Puis-je jeter un coup d'œil aux fichiers du *Sussex Express* ?

— Si vous recherchez quelque chose de précis, je pourrais peut-être vous aider ?

Il hésita.

— Eh bien, nous venons de nous installer dans un village des environs, Cold Hill. Je m'intéresse à tout ce que je peux trouver sur son histoire récente.

Elle réfléchit un instant.

— D'accord, je vais voir si je peux trouver quelque chose pendant que vous consultez les archives.

Cinq minutes plus tard, installé devant un lecteur de microfilms, Jason commença à faire défiler les numéros de 2015, jusqu'en septembre. Puis il ralentit.

Finalement, il atteignit son but : 28 septembre 2015. L'article consacré aux décès des Harcourt.

UNE FAMILLE DE COLD HILL FRAPPÉE PAR UNE DOUBLE TRAGÉDIE

Caroline Harcourt, une avocate de Brighton impliquée dans plusieurs organisations caritatives du Sussex, a été victime, avec sa fille Jade, élève au collège St Paul de Burgess Hill, d'un accident de la circulation sur la B2112 entre Haywards Heath et Ardingly la semaine dernière. Par un étrange rebondissement, Oliver Harcourt, son mari, a été retrouvé mort une heure plus tard à leur domicile, la maison de Cold Hill. L'inspecteur Chris Smith, de l'unité de police routière de la police du Sussex, a déclaré que, malgré les circonstances exceptionnelles, il ne semblait y avoir aucun lien entre les deux événements, qui seraient le fait d'une coïncidence tragique. Ces conclusions ont été confirmées par un communiqué de l'inspecteur Sarah Reeves de la police du Sussex, déclarant que l'autopsie de M. Harcourt avait révélé qu'il était mort d'un infarctus.

Il consulta de nouveau sur son portable la photo de leur pierre tombale dans le cimetière. Il fit ensuite une recherche d'images en ligne.

Un portrait de famille s'afficha, vraisemblablement pris par un professionnel. Il ne s'attarda pas sur l'homme à l'allure décontractée, proche de la quarantaine, ni sur l'adolescente d'une douzaine d'années, plutôt renfrognée, qui aurait visiblement préféré être ailleurs que sur une photo édulcorée de la famille modèle.

C'est la femme qui retint toute son attention.

Séduisante, aux traits un peu durs, d'environ 35 ans, cheveux bruns coupés court et impeccablement vêtue. Elle fixait des yeux l'objectif, ou le photographe, avec une expression qui disait clairement « vous feriez mieux de ne pas me raconter de conneries », et qu'il reconnut : elle l'avait sondé exactement de la même façon.

C'était elle, sans l'ombre d'un doute. La femme qu'il avait vue dans la maison. La femme qu'il avait dessinée, et qu'il avait montrée à Lester Beeson et Arthur Fears la veille.

Caroline Patricia Harcourt.

Il était allé sur sa tombe et, sur la stèle, il avait lu son nom, ses dates de naissance et de mort, tout comme pour le pasteur.

17 avril 1979 – 21 septembre 2015.

Et comme le pasteur, elle était morte et enterrée.

Il ferma les yeux et se tint la tête entre les mains pour réfléchir, essayant de trouver un sens à la situation.

Emily avait elle aussi vu la femme. Vu un fantôme. Mais pas le pasteur ?

Il avait peur, très peur. À qui pouvait-il parler de tout ça ? La personne logique serait le révérend Whitely, le recteur dont le jardinier du cimetière lui avait parlé. Mais d'après la description de ce dernier – « un bougre incapable, comme un squelette avec des dents qui s'entrechoquent » –, Whitely n'avait pas l'air d'un fin limier.

Il continua à réfléchir, des images étranges défilant dans son esprit.

Deux fantômes ?

Il se leva et se dirigea vers son admiratrice, la bibliothécaire.

— Savez-vous où habite l'évêque de Lewes ?

— Non, répondit-elle. Mais ça doit être indiqué sur son site web. Je vais regarder.

Elle tapota sur son clavier et attendit.

— Désolée, s'excusa-t-elle, nous avons encore une connexion antédiluvienne ici.

Finalement, elle annonça :

— Ça y est, je l'ai.

Elle lui lut l'adresse qu'il nota en la remerciant.

— Il faudra que je fasse une nouvelle série : « Les rats de bibliothèque », dit-il quand il eut fini d'écrire.

— Absolument ! s'exclama-t-elle.

Il promit d'y réfléchir sérieusement. Un autre thème pour sa prochaine expo ! songea-t-il.

Elle lui tendit alors un vieux volume poussiéreux, à la reliure de cuir.

— J'ai trouvé ceci ; ça me paraît être le seul livre qui mentionne Cold Hill. Il fait partie des ouvrages de référence, donc je ne devrais vraiment pas vous le prêter, mais... (Elle lui fit un clin d'œil complice.)... comme c'est vous, je vous fais confiance pour le rapporter.

— Oh, bien sûr, merci !

Le livre sentait le renfermé. Il devait fourmiller de microbes.

Le titre, en lettres embossées à la dorure fanée, annonçait : *Les Mystères du Sussex – Martin Pemberton.*

— Vous pourriez même y trouver de l'inspiration pour de prochaines peintures.

— J'en prendrai le plus grand soin.

— Il était enterré sous une pile de livres. Personne ne l'a consulté depuis douze ans, donc je pense que nous pourrons bien nous en passer quelques jours !

Il la remercia de nouveau et prit congé. En revenant au parking, il rangea le livre dans le coffre de sa voiture. Après cela, il s'aspergea les mains de gel antibactérien et les frotta longuement l'une contre l'autre.

57

Mercredi 19 décembre

La résidence de l'évêque était une bâtisse imposante en brique rouge datant des années 1920, située en bordure de la ville et donnant sur des champs. Elle ressemblait plus à la demeure d'un agent de change prospère qu'à celle d'un homme d'Église. Alors qu'il franchissait le portail et remontait l'allée de graviers en voiture, Jason fut légèrement surpris de voir une Harley-Davidson calée sur sa béquille près de l'entrée, à côté de deux modestes berlines.

En se dirigeant vers le porche, il tremblait de nervosité. Il pressa la sonnette en s'efforçant de retrouver son calme pour ne pas avoir l'air d'un parfait idiot.

Une femme d'apparence austère ouvrit la porte et le dévisagea avec méfiance.

— Puis-je vous aider ? demanda-t-elle.

Il décida de jouer la même carte qu'avec la bibliothécaire.

— Oui, je m'appelle Jason Danes.

Son regard vide indiqua que ça n'éveillait rien en elle. Ce n'était pas une admiratrice.

— Je suis un artiste local… Un peintre.

— Je vois, dit-elle, ne voyant visiblement rien.

— Je me demandais si je pouvais toucher un mot à l'évêque, à propos d'un problème que je rencontre.

— J'ai bien peur qu'il ne soit extrêmement occupé. Est-ce qu'il vous attend ? Je n'ai aucun rendez-vous noté dans son agenda, ce matin.

— Il s'agit d'une situation très urgente. Pourriez-vous me rendre un service ? J'attendrai ici. S'il vous plaît, retournez dans votre bureau et cherchez mon nom sur Google, vous verrez que je ne suis pas un cinglé. Ensuite, demandez à l'évêque s'il peut m'accorder ne serait-ce que cinq minutes. Je vous en prie. C'est vraiment important.

Quelque chose dans sa voix dut toucher une corde sensible, car elle s'adoucit un peu.

— Pourriez-vous me dire exactement pourquoi vous voulez le voir ?

— J'ai besoin de le consulter par rapport à notre maison… Nous venons d'emménager dans la région, ma femme et moi, et nous sommes sérieusement préoccupés par certains phénomènes qui s'y sont déroulés. J'aimerais seulement lui parler en personne. Cinq minutes. C'est tout. Je vous en conjure.

À son soulagement, elle l'invita à entrer.

Il la suivit dans une entrée imposante lambrissée de chêne, jusqu'à une salle qui lui évoqua la salle d'attente d'un médecin ou d'un dentiste. Une rangée de chaises dépareillées étaient disposées autour d'une table où s'empilaient des exemplaires du *Church Times*, des *Diocesan News* et autres périodiques œcuméniques. Elle le pria de s'asseoir avant de passer dans ce qui semblait être un bureau minuscule et de fermer la porte.

Il n'avait jamais rencontré d'évêque. Monseigneur Robert Parnassus allait-il être aussi guindé que son nom le laissait penser ? Allait-il le toiser avec dédain et lui citer quelques versets de la Bible avant de le congédier ? Ou bien lui tapoter la tête d'un air compatissant et lui conseiller avec condescendance de rentrer chez lui et de prendre deux comprimés d'aspirine ?

Alors qu'il envisageait ces diverses hypothèses, la porte s'ouvrit et une voix chantante, qui lui fut immédiatement sympathique, s'écria :

— Mon Dieu, pincez-moi, je rêve ! Mon peintre préféré, ici, chez moi !

Jason leva la tête et découvrit un bel homme d'une cinquantaine d'années, avec une calvitie naissante, des lunettes design et une barbe de trois jours, vêtu d'un jean, d'un pull gris ample et d'un col romain. Il se leva d'un bond.

Deux minutes plus tard, il était assis dans le modeste bureau de l'évêque sur les murs duquel il retrouva, à sa grande surprise, deux de ses paysages.

— Ça alors, vous ne plaisantiez pas ! constata-t-il.

— Ma femme et moi, nous sommes de grands admirateurs !

Jason secoua la tête, presque incrédule.

— Je pourrais peut-être faire votre portrait un de ces jours ? suggéra-t-il.

— J'en serais ravi ! Sur ma Harley peut-être ?

— C'est à vous, celle dehors ?

— Eh oui, c'est ma monture.

— Bel engin !

La femme leur apporta des tasses de café et une assiette de biscuits sur un plateau. Quand elle fut ressortie, Robert Parnassus demanda :

— Alors, quel est ce problème urgent ?

Jason lui fit un résumé rapide des événements depuis leur emménagement allée du Lac. L'évêque écouta attentivement en griffonnant de temps en temps sur un bloc-notes. Quand il eut terminé, Parnassus demeura silencieux quelques instants, la tête baissée. Enfin, il le regarda droit dans les yeux.

— Bon, vous avez l'air de quelqu'un de plutôt rationnel, Jason. Vous-même, que pensez-vous de tout ça ?

— Si vous m'aviez posé la question il y a deux semaines,

je vous aurais dit que c'était n'importe quoi – un tissu de conneries, si je puis me permettre. Mais, aujourd'hui, je suis bien obligé de le prendre au sérieux.

L'évêque croisa les doigts et se pencha en avant.

— Donc, nous avons cette femme morte, Caroline Harcourt, que vous et votre femme avez vue tous les deux. Et un pasteur défunt, Roland Fortinbrass, que vous êtes le seul à avoir vu ? Je me souviens bien de son nom, il est mort peu de temps avant que je ne sois nommé ici.

— Croyez-vous en l'existence des fantômes ? lui demanda Jason.

— En fait, c'est un peu comme si vous me demandiez si l'air ou l'eau existent. J'étais physicien avant d'entrer dans les ordres. Une des lois de base de la physique énonce que la matière peut changer de forme, mais qu'elle ne peut jamais être éliminée. Ce qui a existé existera toujours. Nous autres, humains, sommes entre autres choses une boule d'énergie. Si vous me poignardiez à mort là, maintenant – abstenez-vous-en, je vous prie –, mon énergie se disperserait dans le décor. Comme une bande-vidéo, le sol sous nos pieds, les murs et le plafond qui nous entourent sont pleins de carbone et d'autres conducteurs d'électricité. Il nous faut toujours distinguer la physique – le monde physique – du spirituel. C'est l'un des défis que l'Église moderne doit relever.

— Et la Harley-Davidson trouve sa place dans le tableau ? dit Jason.

Robert Parnassus eut l'air embarrassé.

— Nous avons tous besoin de jouets, n'est-ce pas ?

— C'est vrai.

L'évêque redevint sérieux.

— Donc, dites-moi, comment pensez-vous que je puisse vous aider ? Ou plutôt, quelle assistance attendez-vous de moi ?

— D'après ce que j'ai appris en bavardant avec les gens

du coin depuis notre emménagement, le site sur lequel le lotissement a été construit possède une histoire tragique. On a fait allusion au fait qu'il serait maudit… Et, normalement, ce n'est pas une chose à laquelle j'aurais pu croire.

— Et vous pensez que ce malheureux qui a été tué sous vos yeux sur le chantier fait partie de cette… malédiction ?

— Honnêtement ? Je ne sais plus que penser. Ce que je sais, c'est que ma femme et moi, nous avons de plus en plus peur. Et qu'un déménagement est censé être une expérience bien plus traumatisante qu'on ne l'imagine, dit Jason en haussant les épaules.

— C'est tout à fait vrai. Mais ce que vous me racontez me paraît aller plus loin. C'est vraiment très étonnant… enfin, le mot est peut-être mal choisi. Je m'intéresse à tous les phénomènes paranormaux puisque je joue aussi le rôle de ministre de délivrance diocésain.

— Est-ce un terme plus socialement acceptable qu'« exorciste » ? demanda Jason.

— Eh bien, je ne vous cache pas que ce n'est pas évident de trimballer une cloche, un livre et un cierge sur une Harley, rit l'évêque. Donc, j'aime mieux chercher des explications rationnelles aux cas apparents de manifestation de fantômes, de possession démoniaque ou d'activité de poltergeists.

Il but son café à petites gorgées.

Jason l'imita.

— Et quelle explication rationnelle proposeriez-vous dans notre cas *apparent* : un fantôme que nous avons rencontré tous les deux, ma femme et moi, et un autre que je suis le seul à avoir vu ?

Tripotant distraitement sa bague, Parnassus dit :

— Alors, avant d'examiner l'endroit où ont eu lieu les apparitions, je préfère commencer par étudier le mental des personnes qui y ont assisté.

— C'est-à-dire que si Emily et moi avons vu des fantômes, nous sommes sûrement fous ?

Parnassus sourit.

— Pas du tout, mais nous devons toujours garder à l'esprit la complexité du cerveau humain. Même au XVIe siècle, l'Église catholique en avait conscience. Le Vatican a publié un édit stipulant qu'on ne devait pas exorciser quelqu'un moins de deux ans après un deuil.

— Vraiment ?

— C'était parce qu'ils estimaient que l'équilibre mental d'une personne récemment endeuillée pouvait être perturbé, dit l'évêque. Maintenant, je vous en prie, n'interprétez pas mal ce que je vais vous dire. D'après mon expérience, la vaste majorité des phénomènes apparemment paranormaux peuvent s'expliquer par une activité cérébrale anormale chez des personnes qui ont connu un traumatisme récent dans leur vie. Un deuil reste le cas le plus fréquent, mais il peut aussi s'agir d'un déménagement, qui, comme vous l'avez souligné vous-même, est un événement bien plus traumatisant qu'on ne se l'imagine. Ces deux situations peuvent complètement chambouler l'équilibre mental. Puis-je vous demander si vous ou votre femme, Emily, avez connu un deuil récent… La perte d'un proche ?

Jason secoua la tête.

— Non, touchons du bois.

— Est-ce que vous vous intéressez l'un ou l'autre à l'occultisme ? Par exemple, avez-vous jamais essayé le Ouija ?

— Jamais, répondit-il catégoriquement. Nous ne nous sommes jamais penchés sur ce genre de chose. Bien que l'associée d'Emily, Louise Porter, soit médium… ou prétende l'être.

Une ombre passa sur le visage de l'évêque.

— Ah bon ?

— Je ne sais pas ce que vous pensez des médiums.

— On trouve un certain nombre de passages négatifs à

leur sujet dans la Bible, mais je ne les condamne pas sans raison valable. Dans certaines circonstances, ils peuvent jouer un rôle utile.

— D'accord... Eh bien, elle est venue à la maison lundi et elle est entrée en transe pour tenter de comprendre ce qui se passait. C'est là que le révérend Fortinbrass est apparu.

Parnassus l'observa d'un air étrange.

— Et il n'y a que vous qui l'avez vu, c'est bien ça ?

— Exactement.

— Qu'est-ce que l'associée de votre femme a trouvé comme explication au sujet de la personne que vous avez rencontrée tous les deux... celle que vous pensez être Caroline Harcourt ?

— Elle a dit, à peu près dans ces termes, qu'elle recevait un message qui m'était destiné de la part d'une femme. Celle-ci disait qu'elle était désolée d'avoir abîmé mon tableau, mais qu'elle était en colère parce que j'avais tourné son portrait contre le mur.

Il s'attendait à une réponse cynique, mais l'évêque lui adressa un sourire plein de sympathie.

— Vous avez vu le révérend Fortinbrass et vous avez eu avec lui une conversation dont votre femme et cette médium, Louise Porter, disent ne pas se rappeler ?

— Oui.

— Quant à Caroline Harcourt, vous et votre femme l'avez vue tous les deux, et c'est la seule qui ait fait passer un message à la médium ?

— C'est ça.

Parnassus garda le silence un moment, visiblement plongé dans ses pensées.

— Jason, les choses que vous me racontez sont habituellement, d'après mon expérience, déclenchées par le stress, une crise ou des problèmes de couple. C'est souvent le stress qui semble susciter des phénomènes étranges enracinés dans le passé. J'ai vu des couples emménager dans la maison de leurs rêves pour se séparer quelques mois plus tard. Est-ce que tout cela pourrait avoir un rapport avec ce que vous et votre femme êtes en train de vivre ?

— Je ne sais pas, répondit Jason. Je suis ouvert à toutes les hypothèses.

L'évêque fronça les sourcils.

— Le timing n'est pas idéal car nous allons entrer dans la dernière semaine avant Noël, l'une des périodes de l'année les plus chargées pour moi. Il me reste à peine une demi-heure de libre ce matin, ensuite, je n'aurai pratiquement pas une minute à moi avant le 26 décembre. Mais il y a un prêtre qui travaille avec moi, qui a une expérience pastorale considérable. Ce que je peux vous proposer, c'est de lui demander de passer vous voir, vous et votre femme, cet après-midi éventuellement ?

— Je vous en serais extrêmement reconnaissant. Sauriez-vous vers quelle heure, à peu près ?

— Je vais vérifier ses engagements de la journée. Disons 16 heures, à moins que je ne vous recontacte ?

Jason consulta sa montre. Il était presque 11 h 30.

— Parfait.

— Il s'appelle Jim Skeet, c'est un type bien. Pouvez-vous me préciser votre adresse ?

Jason la lui donna. Après l'avoir notée, Parnassus lui dit :

— Et si nous priions ensemble ?

Jason fut pris de court. Il était incapable de se souvenir de la dernière fois qu'il avait prié. Cela remontait à son enfance. En rougissant de gêne, il marmonna un assentiment et ferma les yeux pendant que l'évêque récitait le Notre Père en finissant par un « Amen » sonore.

— Amen, répéta Jason.

Parnassus lui sourit béatement et, pour la première fois,

l'évêque apparut à Jason plus comme un homme d'Église que comme un motard décontracté.

— Si vous avez encore besoin de moi, Jason, je suis toujours ici ou dans les parages. Tout va bien se passer, ne vous en faites pas. Je veillerai à ce que vous et votre femme ne manquiez pas de protection spirituelle. Et vous m'avez l'air en pleine santé… Je pense que vous allez vivre bien au-delà de 40 ans, n'en déplaise à ce vieux fermier qui n'aime pas les nouveaux venus dans son village.

Jason le remercia et prit congé. En rentrant chez lui, il se rejoua mentalement cette curieuse rencontre. Parnassus croyait-il vraiment ce qu'il lui avait dit, ou souhaitait-il simplement le rassurer ? Quoi qu'il en soit, l'évêque allait leur envoyer un pasteur. Jim Skeet. Ils arriveraient peut-être à le convaincre.

Il tourna à l'entrée du Parc de Cold Hill et remonta l'allée du Lac. La camionnette d'Emily n'était pas là. Il l'appellerait dans quelques minutes, pour s'assurer qu'elle serait de retour avant l'arrivée de Skeet. Il y avait de nouveau de l'activité chez les Penze-Weedell. La fourgonnette d'un électricien était garée devant la maison. Un homme vêtu d'une parka et d'un jean était en train d'escalader une échelle appuyée au mur, M. et Mme Penze-Weedell à ses pieds, levant anxieusement le nez en l'air. Aucune des lumières n'était allumée, la moitié des guirlandes gisaient éparpillées sur le gazon et les plates-bandes. Jason ne put retenir un sourire narquois.

Alors qu'il descendait de sa voiture, des rayons de soleil s'échappèrent de derrière un nuage et il se sentit soudain empli d'une bouffée d'optimisme. Ils auraient de l'aide cet après-midi. Il aimait l'aura de sérénité qui émanait de l'évêque. Peut-être leur visiteur apporterait-il la même sérénité dans leur maison. Tout allait bien se passer. Vraiment, tout irait bien.

58

Mercredi 19 décembre

Jason entra dans la maison et sourit en voyant le mot qu'Emily avait laissé bien en évidence sur la table de l'entrée.

JE SUIS PARTIE CHEZ LE PÈRE NOËL
VOIR CE QU'IL A BIEN PU APPORTER POUR MON MARI CHÉRI !

Il se fit un café allongé et se dépêcha de monter dans son atelier. Il s'assit à son bureau et envoya un texto à Emily.

MA PUCE, RENTRE AVANT 16 H S'IL TE PLAÎT.
L'ÉVÊQUE NOUS ENVOIE SON MEILLEUR *GHOSTBUSTER*. JE T'AIME.

Il prit une gorgée de café et laissa échapper un hoquet de surprise. Il était glacé.

Comment était-ce possible ? Il l'avait préparé moins de cinq minutes plus tôt avec leur machine Nespresso, un double café avec du lait d'avoine chaud et mousseux – meilleur pour la santé que du lait de vache, d'après Emily. Comment diable pouvait-il être froid ? Est-ce qu'en plus de tout le reste, la machine fonctionnait mal ? Pourtant, quand il l'avait goûté dans l'escalier, le liquide était brûlant au point qu'il lui avait presque cautérisé le bout de la langue.

Troublé, il sonda la pièce autour de lui. Tout était en ordre, il y régnait une chaleur agréable. Il entendit un vrombissement dehors et jeta un coup d'œil par la fenêtre.

L'activité avait repris sur le chantier, maintenant que la police était partie.

Il consulta sa liste de contacts dans son téléphone pour chercher celui de l'agent immobilier, puis il composa son numéro direct.

Paul Jordan répondit instantanément, toujours jovial.

— Monsieur Danes, ravi de vous entendre, j'espère que vous et votre charmante épouse profitez bien de votre belle maison ! Que me vaut ce plaisir ?

— Eh bien, nous avons encore quelques problèmes, comme je l'ai mentionné la dernière fois que nous nous sommes parlé… Mais sinon oui, nous nous y plaisons beaucoup. Simplement, je me demandais… Hier, j'ai vu une famille s'installer dans le lotissement. Si vous pouviez me donner leurs noms, j'ai pensé que je pourrais passer les voir pour leur souhaiter la bienvenue.

— Hier ?

Jordan semblait surpris.

— Je ne crois pas. Personne n'a emménagé hier. Pas que je sache. Et comme nous sommes les agents en exclusivité, je le saurais !

— Ils sont arrivés dans une grande Cadillac décapotable vintage, et un camion de déménagement les suivait.

— Je pense que vous devez faire erreur, monsieur Danes. Ça ne me dit rien du tout. Je n'ai aucune remise de clés de notée pour cette semaine. J'ai plusieurs signatures de contrat prévues pour janvier et quelques visites programmées, mais plus personne ne va s'installer avant Noël.

— Je les ai vus arriver, dit Jason.

— Savez-vous de quelle maison il s'agit ?

— Non, pas du tout.

Est-ce qu'il les avait rêvés ? se demanda soudain Jason. La Cadillac et le camion de déménagement ?

C'était impossible. Ils avaient l'air bien réels. Pourquoi l'agent immobilier refusait-il de l'admettre ? Il avait vu le conducteur, un gros cigare à la bouche. Un homme vêtu de façon voyante. Une jolie femme assise à côté de lui. Deux enfants qui trépignaient à l'arrière.

Impossible qu'il ait imaginé tout ça.

À moins que… ?

— D'accord, j'ai dû me tromper. Ils se rendaient probablement ailleurs.

— Oui, sûrement ! Et si nous ne nous reparlons pas d'ici là, je vous souhaite à vous et à Mme Danes un très joyeux Noël.

— Vous de même.

Après avoir raccroché, il fit les cent pas dans la pièce.

Est-ce que je suis en train de perdre les pédales ? La nouvelle maison ? Mon équilibre est perturbé ?

Il enfila son tablier et ses gants, prit un crayon et se dirigea vers son chevalet. Il commença à esquisser le prochain tableau pour son exposition. *Le Tire-au-flanc.*

Durant l'heure qui suivit, il se perdit dans cet univers créatif où il se sentait si bien. Il travaillait à partir des photos qu'il avait prises pour capturer avec exactitude l'homme – aujourd'hui décédé. L'air fuyant, tapi derrière une pile de gravats, les doigts serrant la cigarette roulée qu'il s'apprêtait à allumer.

Il hésita. Pouvait-il vraiment peindre un mort ?

Mais la peinture avait pris naissance dans son esprit avant que la situation ne devienne tragique. Et ce n'était pas un portrait de l'homme, c'était un instantané qui figeait une minute dans le temps. Ayant ainsi apaisé sa culpabilité, il alla à sa table de travail et rassembla ses couleurs et ses pinceaux.

À ce moment précis, une voix taquine s'écria derrière lui :

— Et moi qui pensais que la pièce serait pleine à craquer de mes cadeaux de Noël !

Il se tourna vers Emily.

— Ce n'est pas la taille qui compte, répliqua-t-il. Un sachet de diamants bruts ne prend pas tellement de place.

Elle lui sourit et l'embrassa.

— Alors, nous allons avoir la visite d'un *ghostbuster* ? Dis-moi tout.

Il lui raconta sa visite à l'évêque de Lewes et tout ce que Parnassus lui avait dit.

— Jim Skeet ? répéta-t-elle, une fois qu'il eut terminé.

Il acquiesça.

— Je suis vraiment curieuse de voir à quoi ressemble un chasseur de fantômes !

— Un barbu rondouillard avec une hotte remplie de gadgets.

— En costume rouge, avec des rennes stationnés à l'extérieur ?

59

Mercredi 19 décembre

La réponse à leurs questions s'avéra être un petit homme mince portant un trench-coat beige, une chemise à col romain, un pantalon gris et un grand attaché-case usé. Il semblait avoir 12 ans, bien qu'il ait certainement dépassé la quarantaine. Ses yeux étaient vifs et méfiants comme ceux d'une gerbille et ses cheveux roux coiffés vers l'avant évoquaient une tonsure de moine. Le révérend Jim Skeet était accompagné d'un homme plein d'assurance, affichant dix ans et cinquante kilos de plus, doté d'un triple menton et d'une crinière d'un noir de jais artificiel. En jean et parka, il portait lui aussi une chemise à col romain.

— Mon collègue, dit Jim Skeet, en guise de présentation. Le révérend Gordon Orlebar.

Jason et Emily escortèrent cet étrange duo jusqu'à la cuisine, les firent s'asseoir et leur offrirent du thé et des biscuits. Une fois qu'ils furent tous installés, Skeet, qui parlait d'une curieuse voix haut perchée, demanda :

— Où, exactement, cette manifestation… ou plutôt, ces manifestations… se sont-elles produites, monsieur et madame Danes ?

— Ici, dans cette pièce, répondit Emily.

— Et dans mon atelier, ajouta Jason.

— Et dans notre salle de bains, renchérit Emily.

D'une voix nettement plus grave et posée, Gordon Orlebar expliqua :

— Nous avons fait autant de recherches que possible, étant donné le manque de temps. Une situation plutôt intéressante.

Puis il se tut.

Ils attendirent patiemment qu'il continue, mais il saisit un biscuit et l'étudia attentivement avec un léger froncement de sourcils, comme s'il venait de faire une découverte.

— Ces sablés..., fit-il. Vraiment irrésistibles, n'est-ce pas ?

— En effet, dit Emily, désarçonnée par ce changement abrupt de sujet.

— Les biscuits les plus simples sont les meilleurs, à mon avis.

— Et donc, qu'avez-vous trouvé de plutôt intéressant ? reprit Jason avec une pointe d'impatience.

Le révérend Orlebar continua à examiner le sablé tout en parlant, tandis que Skeet fourrageait dans sa mallette d'un air préoccupé.

— Pas mal d'activité historiquement documentée, déclara-t-il d'un ton calme, avec un sourire détendu.

Il posa le biscuit sur sa soucoupe.

— Cet endroit, le terrain où votre maison a été bâtie, a une histoire très troublée.

— Nous en connaissons une partie, répondit Jason. Et quand vous rencontrez les gens du coin, ils ne se font pas prier pour vous en parler. Je crois que la construction de ce lotissement les contrarie. Et qu'ils s'attachent à nous effrayer.

— Les gens de la campagne n'aiment pas le changement, dit Skeet.

— Je ne vous le fais pas dire, approuva Jason.

— Les esprits tourmentés apportent une énergie négative, poursuivit Orlebar. Il faut apaiser tout ça, et ensuite espérons que tout ira bien et que vous pourrez tous les deux profiter de votre nouvelle maison.

— Et comment allez-vous vous y prendre ? demanda Jason.

— Avec le révérend Skeet, nous allons célébrer un office, si vous n'y voyez pas d'inconvénient.

L'homme les regarda tous les deux, l'un après l'autre.

— Cela consiste en quoi ? s'enquit Jason.

— Une célébration de l'eucharistie, au cours de laquelle nous rendrons solennellement le repos aux esprits tourmentés. Pour commencer, je voudrais que vous nous racontiez tous les deux toutes les choses sortant de l'ordinaire qui se sont passées depuis votre emménagement… qui est tout récent, si j'ai bien compris.

— Mince, par où commencer ?

— Racontez-nous tout, monsieur et madame Danes, tout ce qui vous a perturbés.

— Eh bien, dit Jason en désignant de la tête le boîtier débranché de la commande vocale. Au début, il s'est passé des choses bizarres avec cet appareil. Mais il aurait pu s'agir de problèmes d'installation.

— Ensuite, des bruits de pas, dit Emily en pointant le doigt vers le plafond.

Ils racontèrent aux deux ecclésiastiques leur nuit agitée et la visite de la police. Ils avaient assisté tous les deux à l'apparition d'une femme, identifiée comme étant Caroline Harcourt. Quant au pasteur défunt, Roland Fortinbrass, seul Jason l'avait vu.

Les deux hommes écoutaient attentivement en posant de temps en temps des questions. Quand Jason et Emily eurent fini leur récit, Orlebar expliqua la procédure qu'ils envisageaient, et leur demanda :

— Êtes-vous tous les deux d'accord pour que nous commencions ? Bien sûr, si vous préférez que nous nous abstenions, nous pouvons simplement bavarder. Mais si j'ai bien compris, d'après votre visite chez l'évêque ce matin, monsieur

Danes, vous êtes tous deux très préoccupés et bouleversés par ce qui se passe ici ?

— Absolument, dit Emily.

— Qu'est-ce que cela implique ?... Y a-t-il des honoraires à régler ? demanda Jason.

— Nos services sont entièrement gratuits. Nous sommes ici au nom de l'Église, seulement pour vous aider.

Jason et Emily échangèrent un regard, puis ils approuvèrent d'un signe de tête.

— C'est peut-être une question idiote, reprit Jason, mais y a-t-il la moindre chance que cet office que vous allez célébrer aggrave la situation ?

— Non, répondit Orlebar avec emphase, en lançant un coup d'œil à son collègue.

Skeet renchérit avec la même emphase :

— Absolument pas.

— Et si notre... nos fantômes... ne sont pas croyants ? s'enquit Emily.

Si leur problème n'avait pas été si sérieux, Jason aurait éclaté de rire. Il en aima d'autant plus sa femme pour avoir posé cette question.

Orlebar resta impassible.

— Les fantômes ne sont ni croyants ni incroyants, madame Danes. La plupart des chrétiens pensent que le meilleur moment pour choisir de suivre le Christ – pour être croyant – ou non, c'est lorsqu'on est vivant sur cette terre. Par la suite, nous sommes tous entre les mains de Dieu. C'est lui qui sépare les brebis des boucs et le bon grain de l'ivraie, qui prend les décisions sans appel.

Skeet ajouta, de sa voix haut perchée :

— De plus, les religieux comme nous pensent que Dieu exerce un contrôle total sur les vivants et les morts... Donc cela ne ferait aucune différence que les défunts aujourd'hui des fantômes aient été croyants ou non.

— C'est exact, confirma Orlebar. La prière est plus puissante que n'importe quel fantôme. Le Saint-Esprit est plus puissant que n'importe quel esprit humain. Nous, chrétiens, pensons que Jésus a triomphé de la mort et de l'Enfer grâce à sa mort sur la croix et à sa résurrection d'entre les morts. Il règne tout-puissant sur l'ensemble de l'univers. Rappelez-vous ce verset du Credo : *Il reviendra dans la gloire pour juger les vivants et les morts.*

Il leur fit un sourire réconfortant.

— Que les fantômes soient croyants ou non n'a aucune importance. Dieu exerce son autorité sur eux.

— Parfait, dit Emily. Merci.

— Et s'il s'agit d'une autre foi que le christianisme ? renchérit Jason.

— Nous croyons en un seul et même Dieu pour toutes les religions, répondit Orlebar.

— Je suis content que ce contentieux soit enfin réglé, plaisanta Jason.

Il se tut soudainement lorsque, au-dessus de leurs têtes, des pas lourds se firent distinctement entendre.

Tap. Tap. Tap. Tap.

Skeet leva les yeux vers le plafond avec circonspection.

— Quelqu'un n'est pas content, dit Orlebar, avec un sourire bienveillant. Eh oui, comme les gens du coin vous l'ont dit, personne n'aime le changement !

60

Mercredi 19 décembre

Au cours des dix minutes qui suivirent, les deux ecclésiastiques recouvrirent la table de la cuisine d'une nappe d'autel en lin blanc sur laquelle ils étendirent le corporal. Ils enfilèrent ensuite des aubes blanches. Orlebar sortit de son sac un calice en argent et le posa sur le linge consacré. Il le remplit de vin rouge tout en récitant une prière. Skeet plaça solennellement à côté du calice une patène en argent, sur laquelle il disposa quatre hosties rondes.

Orlebar exhiba alors un encensoir d'argent suspendu à des chaînes et contenant du charbon de bois qu'il alluma. Des volutes de fumée grise s'en échappèrent, emplissant rapidement la cuisine de l'odeur entêtante de l'encens. Psalmodiant à mi-voix, il balança l'encensoir et, faisant le tour de la pièce, il répandit de la fumée dans toutes les directions, tandis que Jason et Emily, toujours assis, l'observaient en silence.

Orlebar revint vers la table et Skeet leur fit signe de se lever.

Ils obéirent. Les deux religieux se tenaient debout de l'autre côté de l'autel improvisé, derrière les saintes espèces, et ils fermèrent tous deux les yeux pour prier en silence. Puis ils les rouvrirent en même temps sur Jason et Emily.

Skeet commença la liturgie eucharistique. Presque simultanément, ils entendirent clairement des pas qui faisaient vibrer le plafond.

Tap. Tap. Tap. Tap.

Orlebar poursuivit, ignorant le bruit.

Tap. Tap. Tap. Tap.

Skeet prit le relais.

Le piétinement se fit insistant et furieux. Jason et Emily n'osaient pas détacher leur regard des deux hommes.

Comme dans un duo de musiciens parfaitement rodé, ce fut de nouveau le tour d'Orlebar. Il pria d'une voix sonore et bien articulée. Les bruits de pas cessèrent enfin.

Orlebar prononça de manière appuyée à l'intention de Jason et Emily :

— Que la paix du Seigneur soit toujours avec vous.

Skeet souffla la réponse au couple. Ils répondirent à l'unisson, avec une légère hésitation :

— Et avec votre esprit.

Les prières se poursuivirent pendant quelques minutes, s'achevant par le Notre Père. Skeet et Orlebar communièrent alors. Ils laissèrent les hosties fondre dans leur bouche et prirent une gorgée de vin. Skeet adressa ensuite un signe de tête à Orlebar qui s'apprêta à poursuivre la célébration.

Le piétinement reprit de plus belle, de plus en plus fort, noyant sa voix.

Skeet fit signe aux Danes de s'approcher. Jason et Emily communièrent à tour de rôle, puis reculèrent de quelques pas. À ce moment-là, Jason remarqua que les deux religieux fixaient quelque chose derrière eux, fascinés, avec une expression étrange. Il se sentit profondément mal à l'aise.

Il se retourna et Emily l'imita.

Caroline Harcourt se tenait juste derrière eux.

61

Mercredi 19 décembre

La femme avait l'air tellement réelle et elle était si proche, que Jason aurait pu tendre la main et la toucher. Comme lors de ses apparitions précédentes, elle avait des cheveux bruns et courts, un tailleur noir sobre et élégant, un chemisier blanc et des escarpins. Elle le regardait droit dans les yeux – sans cordialité, ni hostilité.

Jason sentit les poils se hérisser sur sa nuque. De même que les autres fois, un souffle d'air glacial émanait d'elle.

Il lança un coup d'œil à Emily. Livide de terreur, elle était clouée sur place.

Pendant un instant, le temps parut s'être arrêté. Comme si quelqu'un avait appuyé sur la touche « Pause ». Jason aurait désespérément voulu dire quelque chose, mais il ne parvenait pas à ouvrir la bouche. Il était incapable de bouger un seul membre. Il luttait pour retrouver sa respiration. On aurait dit que tout l'oxygène avait été aspiré hors de la pièce.

— Vous pouvez partir, maintenant, dit Orlebar de sa voix onctueuse et posée.

Caroline Harcourt sourit ironiquement en guise de réponse.

Un instant plus tard, comme s'il assistait à un tour de magie, Jason vit la femme commencer à s'évaporer. La couleur laissa la place au noir et blanc. Elle continua à s'estomper progressivement jusqu'à n'être plus qu'une silhouette dessinée par un essaim de points lumineux.

Puis, comme des grains de sable s'écoulant dans un sablier, ces lueurs furent peu à peu attirées dans le sol.

Quelques secondes plus tard, elles avaient disparu.

Jason se rendit compte que le piétinement au-dessus de leur tête avait cessé.

L'atmosphère de la maison semblait soudain différente. Apaisée. Comme si une charge électrique s'était dissipée.

Il devina qu'Emily ressentait la même chose. Ses lèvres esquissaient un petit sourire nerveux. Elle avait l'air libérée.

Ils s'assirent tous les quatre. Skeet et Orlebar paraissaient épuisés.

— Vous l'avez vue ? demanda Skeet.

Jason et Emily acquiescèrent.

— Elle avait besoin de passer de l'autre côté, dit Orlebar. Je crois qu'elle essayait d'attirer l'attention... C'est ce qui a provoqué tous ces problèmes. Je ne pense pas que vous connaîtrez d'autres perturbations, dorénavant.

— C'était..., commença Emily, puis elle secoua la tête. Je... Est-ce que je... Qu'est-ce que j'ai vu ?

— Ça va aller, dit Skeet.

Les deux religieux commencèrent à remballer leurs affaires.

Jason se leva.

— Nous vous sommes très reconnaissants.

— Espérons que cela va mettre un terme à ce que vous avez vécu tous les deux, dit Orlebar en souriant. Et maintenant, vous pouvez profiter de votre nouvelle maison et passer un joyeux Noël.

Emily et Jason restèrent sur le pas de la porte pendant qu'ils rejoignaient leur drôle de voiture qui semblait sortie d'un dessin animé et démarraient.

— J'aurais dû les prendre en photo, dit-il. Ils auraient fait un tableau génial.

— Laurel et Hardy ?

Il rit. Une fois à l'intérieur, après avoir refermé et verrouillé la porte d'entrée, il leva les yeux vers le plafond avec circonspection.

— Alors ? dit Emily. Qu'en penses-tu ?

— Je pense que j'ai besoin d'un verre.

— Moi aussi… Un verre bien tassé.

En retournant dans la cuisine, Jason dit :

— C'était tordu. Flippant ! Super-flippant.

Emily ouvrit le réfrigérateur et sortir une bouteille de vin blanc.

— Qu'est-ce qu'Orlebar a raconté ?… À propos de l'histoire troublée, des esprits tourmentés… De l'énergie négative ? C'était quoi, ces bruits de pas ?

— De l'autosuggestion ? hasarda-t-il.

— Ces tambourinements n'étaient pas *de l'autosuggestion*. Ils étaient réels. Nous les avons entendus tous les deux.

— Ou bien nous avons imaginé les entendre ?

— Nous les avons entendus, répliqua-t-elle platement. Ne dis pas le contraire.

Jason déboucha la bouteille.

— Je ne sais pas ce que les flics ont pu penser, la nuit dernière.

— Moi je sais, dit-elle. Ils nous ont pris pour deux barjots.

— Merde ! s'exclama-t-il soudain. Merde, merde, merde !

— Quoi ? demanda-t-elle, en le dévisageant avec inquiétude.

— Mon putain de cerveau est complètement brouillé. J'ai toujours les tableaux dans ma voiture… J'allais les déposer chez mes clients en rentrant à la maison, et j'ai été tellement distrait par l'évêque que j'ai oublié.

— Nous serons jeudi, demain, il reste encore cinq jours avant Noël. Tes clients peuvent bien attendre une nuit de plus, non ? Ne les dépose pas ce soir. Bois un verre et détends-toi.

Il acquiesça.

— Mais il vaut peut-être mieux que tu ne les laisses pas dehors cette nuit.

— Je vais aller les chercher. Imagine que la voiture soit forcée ou volée.

— Par nos fantômes ?

Il reposa la bouteille, attrapa les clés de sa voiture et sortit dans l'obscurité. À l'extérieur de la maison des Penze-Weedell, les lumières de Noël brillaient de nouveau de mille feux. Il lui sembla même qu'il y en avait encore plus qu'avant. Il ne chercha pas à voir s'il y avait des visages aux fenêtres : il était trop préoccupé par ses tableaux.

Il ouvrit le coffre de sa BMW et regarda à l'intérieur.

Il éprouva soudain une terrible sensation de panique.

Le coffre était vide.

62

Mercredi 19 décembre

— Non. Non, putain, NON.

Jason contempla avec horreur le coffre vide et la couverture écossaise qui traînait au fond.

Ce cauchemar allait-il jamais cesser ?

Disparus. La peinture et le dessin, tous deux disparus. Volés. Comment allait-il l'annoncer à ses clients ?

Puis il eut une illumination et reprit soudain espoir. *Quel idiot !*

Il souleva un coin de la couverture et fut envahi par une vague de soulagement. Les deux tableaux reposaient là, empaquetés dans des couches de papier bulle et de papier kraft, tels que David les lui avait remis le matin.

Il ferma les yeux avec reconnaissance. Il se rendit compte qu'il était vraiment dans tous ses états. Il attrapa le premier tableau, et l'adossa au flanc de la voiture. En soulevant le second, il aperçut le livre que la bibliothécaire lui avait prêté et qui lui était complètement sorti de la tête.

Les Mystères du Sussex, par Martin Pemberton.

Il le prit, referma le coffre et verrouilla la voiture, puis il rentra dans la maison avec le livre et les tableaux qu'il posa sur la table de la cuisine.

— Qu'est-ce que c'est, ce livre ? demanda Emily en relevant la tête de la betterave qu'elle était en train d'émincer.

— La bibliothécaire me l'a prêté. Apparemment, il parle du village de Cold Hill.

— Intéressant. Est-ce que David a bien réussi les cadres ?

— En fait, je n'ai même pas vérifié. Il me les a donnés comme ça… Il était à la bourre, il se dépêchait de tout finir avant de partir.

— Tu ne crois pas que tu devrais y jeter un coup d'œil ?

— Je ne comptais pas le faire. J'ai entièrement confiance en son travail.

— C'est quand les gens sont pressés qu'ils font des erreurs.

— Pas David. Nous travaillons ensemble depuis trop longtemps.

Elle lui jeta un regard circonspect.

— Ce sont deux clients importants, chéri, est-ce que ça ne vaudrait pas la peine de vérifier ? De toute façon, j'aimerais bien les voir. Tu ne me les as pas montrés une fois terminés.

Il haussa les épaules.

— D'accord.

Sortant un couteau cranté d'un tiroir, il fendit avec précaution le ruban adhésif du premier paquet et fit lentement glisser le panneau enduit de gesso.

— Voilà la peinture des labradoodles, et…

Alors qu'il dévoilait progressivement le panneau, sa voix s'éteignit.

— Qu'est-ce que… ? dit-il

Emily s'approcha de lui. Il finit d'extraire le panneau de son emballage.

Il n'y avait rien dessus.

Ils le contemplèrent tous les deux avec incrédulité.

Il était vierge. Un panneau enduit de gesso vierge, encadré avec un goût parfait.

Jason secoua la tête, désemparé et au bord des larmes.

— Qu'est-ce que… Qu'est-ce que c'est que ça ? bégaya-t-il. Qu'est-ce qu'il a fait ?

Il le retourna comme s'il espérait que par miracle, sa peinture apparaîtrait sur l'envers. Mais il n'y avait rien, à part l'étiquette de l'encadreur.

— Ce n'est pas possible, fit-il. Ce n'est pas... Qu'est-ce que cet imbécile a fabriqué ? Qu'est-ce qu'il a fichu ? Merde, il est devenu fou ?

— Ils sont peut-être tous les deux dans l'autre paquet ? suggéra Emily, sans conviction.

Une sensation de malaise au creux de l'estomac, il fendit le deuxième paquet et l'ouvrit. Sous le regard d'Emily, il en fit sortir le panneau qu'il renfermait, lentement, avec appréhension. Il ferma les yeux, finit de dégager le panneau de son emballage et le souleva.

La panique perçait dans sa voix.

— Em, dis-moi qu'il y a un dessin dessus. Dis-le-moi, par pitié dis-le-moi.

Emily resta muette. Elle fixait le panneau sans savoir quoi dire.

Le panneau était également encadré avec un goût parfait. Et il était également vierge.

63

Mercredi 19 décembre

Jason prit le verre de vin qu'Emily lui avait versé et en avala la moitié d'un trait.

— Peux-tu joindre David ? demanda-t-elle.

— Ouais, tu parles, dit-il d'un ton sarcastique. Il est au fin fond des Highlands. Je n'ai qu'à appeler Charleston House, la maison d'hôtes de Gairloch où il séjourne chaque année pour le Hogmanay. Je suis sûr qu'il sera enchanté de prendre l'avion pour revenir. Il ne capte même pas de réseau téléphonique, là-bas.

— Ce n'est pas drôle, Jason.

— Non ? Tu ne trouves pas ? Moi je trouve ça tordant.

— Ne nous disputons pas.

— Ce n'est pas le cas, je… je suis juste…

Il contempla de nouveau les panneaux vierges, en se concentrant comme s'il s'agissait d'une illusion d'optique et en espérant que s'il les fixait suffisamment longtemps, les représentations des chiens apparaîtraient comme par magie.

— Dis-moi que tu peux voir les labradoodles et l'épagneul. Dis-le-moi. Je t'en prie, dis-le-moi.

— Chéri, calme-toi.

— JE. SUIS. CALME. BORDEL.

Il hurla chaque mot de plus en plus fort.

Ils se fusillèrent du regard en silence, puis Jason s'assit et enfouit son visage dans ses mains.

— Comment a-t-il pu faire ça ? Me laisser tomber comme ça ? demanda-t-il.

— Ce n'est peut-être pas ce que tu crois. Et s'il avait bien emballé les tableaux, et qu'il s'était passé quelque chose ?

— Les fantômes les ont effacés, c'est ça, Em ? demanda-t-il ironiquement.

— Tu as une meilleure idée ?

— Oui, il a foiré. Son cerveau était en mode vacances, il rêvait de kayaks, de langoustines et de whisky pur malt. Il a carrément foiré. Et il m'a laissé dans la merde jusqu'au cou. Deux clients importants qui attendent tous les deux que je leur livre de beaux cadeaux de Noël pour leur épouse, et qui ne vont plus jamais rien me commander. Et leurs amis non plus. Et les amis de leurs amis non plus. C'est un putain de désastre.

Elle secoua la tête.

— Non, ce n'est pas un désastre. En cuisine aussi, il m'est déjà arrivé que ça tourne mal. Il faut juste faire avec.

— Et je m'y prends comment ?

— Tu respires un bon coup, tu retournes dans ton atelier avec les deux panneaux vierges, tu peins les labradoodles sur l'un, et tu dessines le King Charles sur l'autre. D'accord, ils sont encadrés. Mais débrouille-toi. Tu en es capable.

Il contempla les deux panneaux en secouant la tête.

— J'avais tellement bien bossé.

— Alors, reproduis-les. Il te reste encore quelques jours. Jusqu'à la veille de Noël, à la limite, dit-elle.

Puis son visage s'éclaira.

— Il y a même un bonus.

— Il y a un bonus ?

— Tu refais les tableaux et tu les livres. Et, quand David reviendra, tu auras deux tableaux qui t'attendront dans son atelier, et tu pourras t'en servir pour ton expo. Ça te fera deux peintures de moins à faire.

Il finit son verre.

— Ouais, c'est une possibilité. Que David aille se faire foutre. Je vais me démerder.

— Bien sûr, tu vas t'en sortir !

Elle alla au réfrigérateur, sortit la bouteille et le resservit.

— Détends-toi ce soir, nous avons tous les deux eu assez de stress pour aujourd'hui. Je vais te préparer un bon dîner et nous pourrons regarder quelque chose à la télé. Tu t'y mettras demain matin.

Il leva son verre, immensément soulagé.

— Je bois à tout ça.

Ils trinquèrent.

— Je n'en croyais pas mes yeux, dit-elle. Cette femme derrière nous, elle paraissait tellement réelle. On aurait dit un hologramme. Si réelle que j'avais l'impression qu'il me suffirait de tendre la main pour la toucher.

Emily frissonna.

— Quand… *elle* a souri, c'était tellement étrange, Em. Tu crois qu'elle est partie ?

— Qu'en penses-tu ?

— La maison semble… comment dire… allégée.

— C'est vrai, dit-elle.

— Et ils étaient sacrément bizarres, ces deux-là.

— Laurel et Hardy ?

Il sourit.

— Blague à part, qu'est-ce que tu penses de tout ça ? dit-elle. Était-ce bien réel, ou un genre de tour de magie ? Un truquage très malin qu'ils auraient élaboré ?

— Impossible. Cela dit, honnêtement, je n'ai plus d'avis tranché. Ça me rappelle ce vieux film, *Matrix*. Avec tout ce qui s'est passé depuis que nous avons emménagé ici, j'ai l'impression de vivre dans un genre de réalité simulée.

— Mais l'atmosphère paraît allégée, n'est-ce pas ? Ils ont fait *quelque chose*, non ? insista Emily.

Jason tapota sa tempe.

— Un truc psychologique ?

— Ou bien ils ont réellement évacué quelque chose de négatif.

— Je n'en sais rien. Je ne suis plus certain de savoir ce que je crois.

Elle se pencha pour saisir *Les Mystères du Sussex*.

— Ça parle du village de Cold Hill ?

— C'est ce qu'a dit la bibliothécaire. D'ailleurs, je ne te l'ai pas raconté, c'est une de mes fans : elle et son mari possèdent deux de mes peintures !

— Vraiment ?

— Et l'évêque en avait deux aussi dans son bureau !

— C'est une blague ? Tu ne m'avais rien dit.

— Non, ce n'est pas une blague.

— L'évêque a tes tableaux dans son bureau ?

— Oui, je t'assure.

— C'est génial, j'adore. Tu vois, chéri, ça y est, ta carrière décolle vraiment, et tu le mérites tellement !

— Nous verrons comment se passe la prochaine expo… Si jamais je parviens à finir toutes les peintures à temps.

— Tu y arriveras.

Emily commença à parcourir le livre pendant que Jason buvait quelques gorgées de vin.

— Putain, quelle journée. Nous avons peut-être fait une grosse erreur en déménageant ici. Nous étions heureux à Brighton.

Il se leva et se dirigea vers l'évier.

— Oui, mais c'était notre rêve à tous les deux de vivre à la campagne. (Elle feuilletait le livre, page après page.) Ne l'oublie pas. Nous allons être heureux ici, c'est sûr.

Il ouvrit le robinet et se savonna les mains. Cela le calmait. Il les rinça et recommença l'opération.

— J'ai l'impression que tout est ma faute. C'est moi qui ai suggéré de déménager, au départ.

— Quelle était cette phrase que tu as citée, comme quoi l'amour, c'est ne jamais avoir à dire qu'on est désolé ?

— Touché.

Emily s'arrêta soudain sur une page.

— Je l'ai ! dit-elle.

— Tu as quoi ?

Elle suspendit une main en l'air.

— Attends une seconde.

Il se rinça les mains avant de les savonner de nouveau.

Elle lut avidement le court paragraphe, puis elle leva les yeux vers son mari.

— C'est très intéressant.

— Quoi ?

— Tu te souviens quand l'agent immobilier nous a dit que cette maison – toute cette partie du lotissement en fait – était construite à l'emplacement du manoir d'origine, la maison de Cold Hill ?

Il hocha la tête tout en se lavant les mains, encore une fois.

— Oui.

— Il y a un passage ici qui parle de l'ancienne maison !

Elle commença à lire à voix haute.

— « La maison de Cold Hill fut construite dans les années 1750 à la demande de Sir Brangwyn De Glossope, sur les vestiges d'un monastère. Sa première épouse, Matilda, héritière d'une riche famille de propriétaires terriens du Sussex, les Warre-Spence, disparut sans avoir eu d'enfant un an après leur installation dans la propriété. C'est son argent qui permit de financer la construction de la maison, De Glossope étant sans le sou au moment de leur mariage. »

— Intéressant, dit-il.

Emily poursuivit.

— « Selon la rumeur, De Glossope l'aurait assassinée et se serait débarrassé de son corps afin d'être libre de voyager à l'étranger avec sa maîtresse, Evelyne Tyler, ancienne domestique dans leur précédente demeure, avec laquelle il eut ensuite trois enfants, tous décédés en bas âge. Evelyne, quant à elle, trouva la mort en chutant du toit de la maison. Est-elle tombée ou l'a-t-on poussée ? Nous ne le saurons jamais. De Glossope périt sous les sabots de son cheval quelques semaines plus tard. »

— Est-ce qu'on précise l'âge de De Glossope ? demanda Jason, qui entreprenait enfin de se sécher les mains avec un torchon.

— Son *âge* ?

— Oui. Est-ce qu'on dit à quel âge il est mort ?

Elle reprit sa lecture.

— Oui, ici... On dit qu'il a été tué lors d'une partie de chasse, la veille de son quarantième anniversaire.

64

Mercredi 19 décembre

— Super ! dit Jason d'un air sombre.

Il traversa la pièce pour prendre le livre et étudia lui-même le paragraphe, conscient qu'Emily le surveillait de près. En lisant, il repensait à sa conversation du dimanche précédent avec l'horrible Arthur Fears.

— *Trente-neuf ans, vraiment ? Et c'est bientôt votre anniversaire ?*

— *Vous comptez m'apporter un cadeau ?*

Le sourire goguenard sur le visage du vieil homme : *Je ne suis pas sûr d'en avoir besoin. Personne n'a jamais dépassé les 40 ans, dans la grande maison.* Il avait levé sa chope : *À votre santé et à celle de votre jolie femme. Santé et longévité, hein ?*

Mais Jason songea aussi à quelque chose de beaucoup plus récent. À l'enregistrement d'Emily en train de parler dans son sommeil, la nuit précédente. Il sortit son portable et le lança, en mettant le volume à fond.

Une voix masculine commença à réciter des noms.

— *Oliver, Caro, Jade, Johnny, Rowena, Felix, Daisy, Harry, Brangwyn, Evelyne, Matilda.*

Emily le regarda avec stupéfaction.

— Qu'est-ce que c'est que ça ?

— Tu reconnais certains noms ?

Elle écouta attentivement pendant que la litanie continuait.

— *Brangwyn, Evelyne, Matilda.*

— Qui parle, Jason ? C'est la voix de qui ?

Il cliqua sur « Pause ».

— C'était ce matin, à 2 h 33. Tu parlais en dormant, mais ce n'était pas ta voix.

— Ce n'est pas moi, rétorqua-t-elle. C'est absolument impossible que ce soit moi.

— C'était bien toi qui parlais.

Il tourna l'écran vers elle et relança la vidéo.

Hypnotisée, elle contempla son image en train de réciter les noms. Le film était sombre et flou, mais, indéniablement, c'était elle qui parlait : elle pouvait voir ses lèvres bouger.

Sauf que c'était la voix d'un étranger qui en sortait. Celle d'un homme.

L'enregistrement lui colla les jetons. Elle baissa les yeux sur les pages du livre.

— Sir Brangwyn De Glossope, Matilda Warre-Spencer, Evelyne Tyler… Je n'avais jamais entendu ces noms de ma vie, avant de les lire à l'instant. Jason, je ne les connaissais pas la nuit dernière. C'est impossible.

Elle se mit à trembler.

— Comment ? se mit-elle à hurler. Je… je… Mon Dieu, comment ? Comment me sont-ils entrés dans la tête ? J'ai dû faire un rêve… Un cauchemar. Comment ai-je pu dire ces noms ? Qu'est-ce qui s'est passé ? Est-ce que quelqu'un a parlé *à travers* moi ?

Il attrapa un stylo et le bloc-notes de la cuisine, puis il remit l'enregistrement depuis le début, en l'arrêtant après chaque nom pour tous les recopier.

Après cela, il lui demanda :

— Reconnais-tu d'autres noms ?

Elle désigna le livre, l'air bouleversé.

— Il y a ceux mentionnés ici. Brangwyn, Matilda, Evelyne.

Elle hésita un instant.

— Caro… C'est le diminutif de Caroline. Caroline Harcourt ?

— C'est possible.

— Et les autres ?

Il se demanda s'il devait tout dire ou non. Valait-il mieux garder pour lui ce qu'il avait découvert dans le cimetière, le jour précédent ? Cela ne ferait que la bouleverser davantage. Et pourtant, il se sentait malhonnête de le lui cacher. Ils s'étaient promis de toujours se dire la vérité afin de pouvoir affronter les problèmes ensemble.

Il prit une grande inspiration.

— Les autres noms figurent tous sur des tombes dans le cimetière du village.

Il lui montra les photos qu'il avait prises. Profondément choquée, Emily murmura :

— Et je les ai tous énumérés en dormant ?

— Oui.

Elle blêmit.

— Je récite les noms de personnes mortes que je ne connais pas, dans mon sommeil ? Pourquoi ? Qu'est-ce que ça veut dire ? Pourquoi ne l'as-tu pas raconté à Laurel et Hardy lorsqu'ils étaient là ?

— Parce que…

Il essaya de remettre de l'ordre dans ses idées. Pourquoi ne le leur avait-il pas raconté ? Soudain, il comprit.

— Parce que je n'avais pas encore lu ce livre. D'accord ?

— Non, pas d'accord. Quand je récitais ces noms, je n'avais pas non plus ouvert ce livre. Alors comment se fait-il que je les aie connus ? Comment, dis-moi ? Qui me les a mis dans la tête ?

— Honnêtement, Em, je ne sais pas. Écoute, c'est sacrément bizarre, carrément flippant même, et la seule explication que je puisse te proposer, c'est que peut-être, à un moment donné, tu as lu quelque part quelque chose sur l'histoire de cet endroit et que tu l'as complètement oublié.

— C'est assez bancal, comme explication.

— Tu es certaine de ne jamais avoir fait de recherche sur Google ?

— Non, mais c'est ce que je vais faire maintenant, dit-elle.

— J'ai déjà trouvé un certain nombre de choses sur ces noms... Je sais comment ces familles sont mortes. Mais je ferai un tour sur internet pour voir ce que je peux déterrer de plus.

Il s'approcha d'elle et posa les mains sur ses épaules.

— Toi et moi, nous sommes des personnes optimistes, non ?

Elle répondit, incertaine :

— Oui, et alors ?

— Il nous est arrivé plein de trucs étranges depuis que nous avons emménagé. Mais, aujourd'hui, nous avons fait exorciser la maison – ou délivrer, quel que soit le mot. Et nous sommes d'accord que l'atmosphère paraît plus légère.

— J'en étais convaincue avant de lire ce fichu livre.

— Notre revenante est partie. Nous l'avons tous les deux vue partir. Voyons les côtés positifs de la situation. Nous nous sentons mieux, non ?

Emily hocha la tête, avec réticence.

— Je vais refaire les tableaux. Nous allons profiter de Noël dans notre belle maison. Nous allons oublier tout ce merdier. C'est terminé, nous avons réglé le problème, point final.

— Point final, répéta-t-elle, sans conviction. Espérons.

— Dieu est dans notre camp, il suffit de lui passer un coup de fil.

Il tapota la carte de visite portant l'inscription *Révérend Gordon Orlebar* que le ministre de délivrance avait laissée sur la table.

Emily sourit, prit sa main et entrelaça ses doigts dans les siens.

— Tout cela est plutôt ridicule, n'est-ce pas, compte tenu du fait que nous ne sommes même pas croyants ?

— C'est vrai.

Il lui embrassa l'oreille et murmura :

— Au cas où ça t'intéresserait, je suis plutôt excité, actuellement.

Elle leva les yeux vers lui.

— Eh bien, monsieur Danes, il va falloir que nous fassions quelque chose à ce sujet.

— Pourquoi pas… tout de suite ? suggéra-t-il.

— Oui, tout de suite, ça me paraît très bien.

Il suivit sa femme jusqu'à la chambre. À peine eurent-ils franchi le seuil qu'elle commença à arracher ses habits. Comme si elle était possédée, songea-t-il, en lui rendant la pareille. Mais possédée dans le bon sens du terme.

Peu après, blottis l'un contre l'autre, ils sombraient petit à petit dans le sommeil, lorsque Jason entendit son téléphone vibrer.

Il roula sur le côté et jeta un œil sur l'écran.

JD192
EAD192

Il se sentit soudainement complètement réveillé et son cerveau se mit à tourner à plein régime. *JD* Jason Danes. *EAD*. Le deuxième prénom d'Emily était Anne. Emily Anne Danes ?

Le message s'effaça.

Il se redressa pour s'assoir. Pourquoi Emily ? Pourquoi son nom était-il apparu ? Que signifiait 192 ?

Qui êtes-vous ? Que voulez-vous ?

Il resta plongé dans l'obscurité, submergé par la peur.

Pourquoi nous ? Pourquoi nous, putain ?

65

Lundi 24 décembre

Des décorations de Noël étaient accrochées aux poutres en chêne du Ginger Fox, et des bûches crépitaient dans l'âtre près du bar. L'intérieur du pub exhalait une odeur festive de feu de bois et de viande rôtie.

Après avoir travaillé une grande partie de la nuit, Jason avait livré plus tôt dans la matinée, et juste à temps, la peinture des deux labradoodles et le dessin de l'épagneul King Charles qu'il avait dû laborieusement refaire. Soulagé de pouvoir maintenant se détendre, il était attablé avec Emily face à Louise et son mari, Des, un homme aussi efflanqué que sa femme était rondelette. À peine installés, ils avaient ouvert les papillotes surprises disposées sur leur table et, après avoir lu à haute voix les blagues nulles qui se trouvaient à l'intérieur, ils s'étaient coiffés de leur couronne en papier.

— À la vôtre ! dit Des. Joyeux Noël !

Il leva son verre de mousseux Ridgeview, imité par les trois autres, et ils trinquèrent puis burent une gorgée.

— Espérons que les fantômes prendront aussi un ou deux jours de congé à Noël, dit Jason, en riant de bon cœur.

Les deux femmes se regardèrent avec une certaine gêne.

— Les Frenchies peuvent garder leur champagne, dit Des. Ce vin leur en boucherait un coin.

— Il est excellent ! dit Emily.

— Il me plaît beaucoup, renchérit Jason. À mon avis, il est aussi complexe qu'un champagne français de grande marque.

— Ça dépend de quelle maison tu parles, répliqua Des.

Jason savait que celui-ci avait travaillé pendant vingt ans dans le secteur des vins et spiritueux avant d'être licencié. Il vendait maintenant des contrats d'assurance santé. Jason ne pouvait s'empêcher d'y trouver une certaine ironie.

— Tu as sûrement raison.

— Tu devrais essayer un Taittinger 2000.

— C'est le prix ou bien l'année ? s'enquit Jason.

Des sourit.

— Très drôle. Le prix reste encore bien inférieur à l'année… pour le moment en tout cas.

— Et à part ça, tout roule, Des ? demanda Jason.

— Super. J'ai fait un birdie au treizième trou la semaine dernière !

— Vraiment ?

Il hocha la tête fièrement. Aussi fièrement que s'il s'agissait d'une prouesse exceptionnelle.

— Bravo.

Des leva ses deux index tendus, et les écarta de cinq centimètres.

— Et il ne me manquait que ça pour réussir un trou en un coup, sur le huitième trou.

— Pas de bol.

— Ça, tu peux le dire.

Jason n'avait jamais éprouvé le moindre intérêt pour le golf, mais il avait tellement d'amis passionnés qu'il avait fini par apprendre les règles de base en se disant qu'un jour il peindrait une série sur le golf. C'étaient surtout les habits des golfeurs qui l'intéressaient : plus ils étaient ridicules, mieux c'était.

— Vous faites quoi demain, pour Noël ?

— Nous avons une journée plutôt tranquille. Mes

beaux-parents viennent déjeuner. La maison n'est pas encore suffisamment aménagée pour prévoir une grande réunion de famille. Et vous ?

— Nous aurons nos parents, avec la sœur de Louise et ses quatre enfants. Tout sauf tranquille.

Emily et Louise étaient plongées dans une conversation sur les deux enfants de cette dernière, âgés de 5 et 7 ans. Ils furent tous quatre interrompus par l'arrivée d'une serveuse qui énuméra les plats du jour et leur demanda s'ils étaient prêts à passer leur commande. Ils opinèrent.

Une fois qu'ils eurent choisi, sautant sur l'occasion, Jason se tourna vers Louise :

— Il faut que je te demande quelque chose.

— Oui, quoi ?

— Quand tu étais chez nous la semaine dernière, nous avons parlé de la notion de temps dans le monde des esprits.

— Et alors ?

— Est-ce que les failles spatio-temporelles existent ?

Elle fronça les sourcils et but un peu de mousseux.

— Les *failles spatio-temporelles* ?

— Oui. Tu sais, quand le temps se désynchronise ?...

— Que veux-tu dire par là ?

— Eh bien, par exemple, quand deux personnes qui se trouvent dans la même pièce voient des choses complètement différentes. L'une voit quelqu'un que l'autre ne voit pas. Ou bien, tu fais quelque chose – par exemple, tu discutes avec quelqu'un –, mais, plus tard, tu t'aperçois que c'était impossible parce que cette personne n'était pas là.

Il joignit les mains et tâcha de s'exprimer plus clairement.

— C'est comme si tu avais imaginé une situation, mais que tu sais, tu en es absolument certain, que tu ne l'as pas inventée, que c'était réel.

Elle hocha la tête.

— Je vois ce que tu veux dire. Comme je crois avoir essayé

de vous l'expliquer la semaine dernière, le temps tel que nous le connaissons n'existe pas dans le monde des esprits. Le temps linéaire est une invention humaine. Pour un esprit, tout ce qui a existé existe toujours, depuis la nuit des temps, et jusqu'à la fin des temps, quelle qu'elle soit.

— Tu veux parler du futur ?

— Le passé, le présent et le futur se confondent dans le domaine des esprits.

— Donc, quand nous voyons un esprit… un fantôme… il ne s'agit pas nécessairement d'un revenant du passé ? Il peut s'agir d'un fantôme du futur ?

— C'est possible.

Il prit quelques gorgées de son verre.

— Est-ce qu'un revenant aura toujours la même apparence, qu'il portera toujours les mêmes habits que quand il était vivant, ou à sa mort ?

— Pendant un temps, oui, jusqu'à ce qu'il quitte la dimension terrestre.

— Pour aller où ?

— Dans les dimensions astrales. Tant qu'il reste une âme en peine, il demeure aux premiers paliers et possède une forme humaine reconnaissable. Puis, au fur et à mesure qu'il s'élève, il perd progressivement ses attributs terrestres.

— Jusqu'où cela va-t-il ?

— Un jour, j'ai été en contact avec un adolescent qui avait été tué en faisant du vélo, et pendant plusieurs années, sa famille a participé à une séance hebdomadaire pour communiquer avec lui. À mesure que ses proches étaient de plus en plus réconfortés, il a pu nous décrire comment il avançait à travers les différents niveaux astraux.

Jason la regarda. Il trouvait cela difficile à croire, et pourtant, il ne pouvait mettre en doute sa sincérité.

— Quel était son but ?

— Il m'a dit que c'était de parvenir à se défaire de tout

son être, de toute son individualité, pour se fondre dans la lumière qui est au cœur de toute existence.

— Atteindre le nirvana ?

— Exactement. Un état de grâce permanent, libéré de toutes les considérations et de tous les soucis terrestres.

— D'être humain, il se transformerait en arbre, par exemple ?

Elle sourit.

— Ce n'est pas une mauvaise comparaison. Il m'expliquait comment il allait faire partie de l'énergie qui est à la source de toute vie.

À côté de lui, il entendit Des raconter à Emily son fantastique birdie au treizième trou. Jason l'ignora.

— Est-ce que ça signifie que tu n'as pas peur de la mort ?

— Je n'ai pas du tout peur de la mort. Elle est le début de notre voyage vers l'illumination.

— Tout ça me paraît très bouddhiste.

— Oui, peut-être, sauf que les bouddhistes croient en la réincarnation. Je n'adhère pas à cette idée, je pense que nous passons à autre chose.

— Et tu trouves cela réconfortant ?

— Très.

Louise leva son verre, et Jason l'imita pour trinquer avec elle.

— À la tienne.

Puis, s'adressant à tous :

— Joyeux Noël à nous qui sommes encore tous dans le monde terrestre.

Ils trinquèrent de nouveau avant de boire.

Son téléphone – qu'il avait laissé en mode silencieux – vibra dans sa poche. Jason le sortit et scruta l'écran.

Malgré ce que Matt lui avait affirmé quelques jours plus tôt – qu'il pensait avoir réglé le problème – il vit s'afficher une série de chiffres. Cette fois, sur une seule rangée. On aurait dit qu'un compte à rebours était en cours.

278 137... 278 136... 278 135... 278 134...

Qu'est-ce que ça signifie ? se demanda-t-il.

Le nombre diminuait d'une unité à ce qui semblait être des intervalles d'exactement une seconde. Y avait-il un rapport avec les messages qu'il avait vus précédemment ?

Puis, à nouveau, les chiffres disparurent.

La prochaine fois que des chiffres apparaîtraient, il essaierait de les écrire avant qu'ils ne s'effacent, pour voir s'il pouvait y trouver une logique – bien qu'il ait toujours été nul en maths.

— Tu es toujours avec nous, Jason ? demanda Des.

Il sursauta et leva la tête. Emily, Louise et Des avaient tous les yeux fixés sur lui.

— Désolé, dit-il. Juste un texto d'un client.

Il rangea son portable dans sa poche. L'esprit ailleurs. Perdu.

66

Mercredi 26 décembre

— Puis-je vous offrir un verre de *prosecco* ? demanda Claudette Penze-Weedell.

— Eh bien…, hésita Jason, assis à côté d'Emily sur un canapé de velours blanc.

Il aurait préféré un grand gin tonic, ou un whisky, ou n'importe quoi d'autre. Mais l'insupportable bonne femme s'avançait déjà vers eux en leur tendant deux flûtes rose irisé et aux pieds dorés, remplies de liquide pétillant.

— Ce mousseux était vraiment une affaire, dit-elle. En offre spéciale. Non pas que Maurice et moi fassions attention au prix, mais il est absolument délicieux.

Elle leur jeta une œillade complice.

— Cela vaut largement n'importe quel champagne, vous ne trouvez pas ?

Jason prit une gorgée. Le prosecco lui parut particulièrement acide et fade.

— Absolument, dit-il.

Emily but et renchérit à son tour. Il pouvait presque l'entendre grincer des dents.

Des débris de Noël gisaient autour d'eux. Des boules de papier d'emballage froissé et deux cadeaux oubliés au pied du sapin artificiel. Au-dessus d'une flambée tout aussi artificielle, le manteau de la cheminée exhibait une rangée de cartes de vœux. D'autres cartes étaient alignées sur des étagères et accrochées à une ficelle le long du mur du fond.

— Lâchez-vous ! les encouragea Maurice. Vous n'aurez pas beaucoup de route à faire pour rentrer chez vous, n'est-ce pas ? Ha ha !

— Alors, vous avez passé une bonne journée, hier ? s'enquit Emily.

— Oh oui, répondit Claudette. Nous étions seize pour le déjeuner de Noël. Mais je suppose que comme vous êtes traiteur, Emily, ça ne vous ferait ni chaud ni froid.

Elle sortit de la pièce en hâte.

Maurice se pencha en avant d'un air de conspirateur.

— Le Haut Commandement a trouvé le moyen d'incinérer la dinde. Elle l'a laissée au four trop longtemps. La peau était carbonisée. Un vrai désastre, en fait. Et vous, avez-vous passé un agréable Noël ?

— Nous avions mes beaux-parents, dit Jason.

— Les beaux-parents, ah ! J'avais aussi les miens. Ils sont partis quelques minutes avant que nous ne les poignardions, ha ha !

Maurice se tourna vers Emily.

— Je parie que vous êtes une merveilleuse cuisinière.

— Tout à fait, dit Jason.

— J'en mettrais ma main à couper !

Emily contemplait quelque chose à l'autre bout de la pièce et ne parut pas les entendre.

— Je vous parie autre chose… Que votre dinde était parfaite, hein ? insista Maurice. Pas carbonisée ?

Jason répondit pour elle.

— En effet. Mais, maintenant, elle stresse parce qu'elle va s'occuper de la restauration pour un anniversaire de mariage dans deux jours. Quatre-vingts personnes. Ils veulent des cocktails de crevettes en entrée. Vous imaginez, préparer quatre-vingts cocktails de crevettes ? Le plus incroyable, c'est qu'elle ne se laisse jamais démonter.

— Je pourrais manger le tout ! affirma Maurice Penze-Weedell. J'adore les cocktails de crevettes. Vous savez ce qu'on dit au sujet de la femme parfaite ? demanda-t-il à Jason.

— Je crois le savoir… Et mieux vaut vous abstenir de le répéter.

— Maurice, tu n'as pas intérêt !

Claudette lui cloua le bec en revenant avec un plateau chargé d'assiettes de feuilletés aux saucisses, de *mince pies*, de chips et de mini-brochettes de fromage et d'ananas. Elle le posa sur la table.

Maurice tendit la main et enfourna un feuilleté dans sa bouche.

— Veuillez excuser mon mari, c'est un tel glouton ! dit-elle en postillonnant des miettes de la tartelette qu'elle venait d'engloutir.

— Je voulais vous demander quelque chose, dit Maurice en dévisageant ses invités. Vous êtes là depuis quinze jours, et nous, quelques semaines de plus. N'avez-vous rien remarqué d'étrange ? Vous savez, quelque chose qui sorte de l'ordinaire ?

— Maurice ! le rabroua de nouveau sa femme d'un ton sec.

— Étrange ? s'enquit Jason.

— Un type qui se balade dans la rue la nuit en fumant le cigare ?

— C'est n'importe quoi ! dit Claudette en s'asseyant à côté de son mari sur le canapé d'en face, lui aussi en velours blanc.

Elle s'empara d'un autre *mince pie* comme si elle craignait qu'ils ne s'évaporent.

— Mon mari a inventé ça de toutes pièces pour justifier

pourquoi il empeste le tabac tous les soirs en rentrant de la promenade de santé que lui a prescrite le médecin.

— *N'importe quoi*, ma douce ? Tu n'oublies pas quelque chose ? Il y a une semaine, tu t'es enfuie de la maison en courant parce que tu pensais avoir vu quelqu'un fumer un cigare en haut !

Il s'adressa à Jason et Emily.

— Je l'ai trouvée en train de se geler dehors.

— Je ne veux pas en entendre parler, dit Claudette. Passons à quelque chose de plus gai. Que faites-vous tous les deux le 31 décembre ? Nous pourrions peut-être réveillonner ensemble ?

Jason lança un avertissement silencieux à Emily.

— J'ai bien peur que nous ne soyons déjà pris.

— Ma douce, je ne crois pas que nous devrions ignorer le fait qu'il se passe quelque chose de bizarre, dit Maurice.

Il observa Jason puis Emily, d'un air interrogateur.

— La seule chose que j'ai remarquée, ce sont des gens dans la maison à côté de la vôtre, le n° 34, répondit Jason.

— Oh, nous les avons vus aussi, dit Claudette. La sœur et le beau-frère du couple qui a été tué de manière si tragique. Maurice et moi avons bavardé avec eux, c'est une famille très sympathique. Ils sont exécuteurs testamentaires et s'occupent de régler la succession.

— Ah, d'accord, dit Jason, qui se sentit soudain extrêmement soulagé. Mais je crains de ne pas avoir rencontré l'homme au cigare.

— Évidemment pas, dit Claudette.

Elle pivota vers son mari et le foudroya du regard.

— Je regrette, mon amour, ton petit mensonge a été découvert.

— Il est là tous les soirs, se défendit son mari.

— C'est cela, oui. C'est très pratique, il tombe à pic pour te permettre de fumer une petite cigarette. Et ne me dis pas que tu n'en as pas : je vérifie les poches de ton manteau tous les jours, et tous les jours il y a une cigarette de moins dans le paquet.

Elle se tourna vers les Danes, tout sucre et tout miel.

— Oh, vos verres ont l'air presque vides. Encore quelques bulles ?

Jason baissa les yeux et constata avec surprise que son verre et celui d'Emily étaient en effet vides. Emily, distraite, fixait toujours quelque chose de l'autre côté de la pièce. Avant qu'ils n'aient pu refuser, Claudette les resservit à ras bord et s'empressa d'aller chercher une autre bouteille.

— Il est là, répéta Maurice. Chaque fois que je sors, je le vois de l'autre côté de la rue, debout sous un réverbère. Mais quand j'essaie de lui parler, il disparaît. Vous êtes certains de ne pas l'avoir vu ?

Jason secoua la tête.

— Claudette est convaincue que je l'invente, mais ce n'est pas vrai.

Il haussa les épaules.

— Un drôle de type, c'est moi qui vous le dis. Vraiment impoli. J'ai tout de suite pensé qu'il venait de l'une de ces *maisons à prix modéré* dans une autre zone du lotissement, mais elles n'ont pas encore été construites.

Jason leva son verre d'un air gêné.

— Eh bien, à votre santé, joyeux Noël !

— Joyeux Noël à nos célèbres voisins, dit Claudette, en revenant avec une bouteille fraîchement débouchée. Je crois que nous allons être très bons amis. Juste avant que vous n'arriviez, Maurice et moi, nous disions que nous avions beaucoup de chance d'avoir des voisins aussi sympathiques.

— Buvons à cela, dit poliment Jason en levant son verre. Il s'aperçut qu'encore une fois, il était vide. De même que celui d'Emily. Ils furent de nouveau resservis.

Emily pointa quelque chose de l'autre côté de la pièce.

— Quel joli bibelot !

Jason suivit son doigt du regard, de même que leurs voisins. Elle désignait une vitrine en noyer qui abritait plusieurs figurines de Capodimonte : un couple de danseurs en costumes Régence, un cordonnier en maillot de corps réparant une paire de chaussures et un clochard en chapeau mou assis sur un banc, une bouteille à la main. Sur une étagère à part, un âne occupait la place d'honneur, coiffé d'un sombrero en paille, une horloge à quartz encastrée dans la panse.

— Les porcelaines de Capodimonte ! s'exclama Claudette. Maurice et moi les collectionnons, vous savez, ajouta-t-elle fièrement.

— Quel goût vraiment exquis, dit Emily, avec une dérision tellement mal dissimulée que Jason faillit lui donner un coup de coude ; elle avait visiblement trop bu.

— Je suis tellement contente qu'elles vous plaisent.

— J'aime particulièrement l'âne, insista Emily.

— Imaginez-vous que Maurice et moi étions devant *Affaire conclue* il y a peu, et ils ont montré un bibelot pratiquement identique, évalué à vingt mille livres. Incroyable, non ?

— Ma douce, rectifia son mari, il s'agissait d'un *étalon* victorien, pas d'un âne.

— Et alors ? Où veux-tu en venir ? le rembarra-t-elle.

— Ce sont deux objets sensiblement différents.

— Ce que je veux dire, moi, c'est que notre âne est exactement du même style, mon chéri.

— Peut-être, dit Maurice d'un air dubitatif. Mais si tu consultes n'importe quel guide des antiquités, tu t'apercevras que les horloges à quartz n'avaient pas encore été inventées à l'ère victorienne.

— Où avez-vous trouvé ce bibelot si charmant ? s'enquit Emily.

— Vous n'allez pas le croire ! fanfaronna Claudette. Nous

l'avons acheté dans une boutique solidaire de Brighton. Une sacrée trouvaille, n'est-ce pas ?

— Oh oui, renchérit Emily. Une sacrée trouvaille. Vous avez eu du nez !

— Dites-le à Maurice ! Je l'ai acheté dix livres et il m'a reproché de jeter l'argent par les fenêtres. Quel culot ! C'était un des cadeaux que je me suis offerts pour mes 50 ans.

— Non, dit Emily. Je ne vous crois pas.

— Vos *50* ans ? dit Jason qui cachait bien son ironie.

Cette femme lui paraissait plus proche de 60.

— Je n'arrive pas à imaginer que vous ayez 50 ans !

— C'est difficile à croire, n'est-ce pas ? se rengorgea Claudette. Maurice me dit que j'ai l'air d'en avoir à peine 35.

— À peine ! dit Jason.

— J'aurai 55 ans à mon prochain anniversaire, se vanta Maurice, à son tour.

Il en paraissait plutôt 70, pensa Jason.

— Profiter de tout avec modération ! dit Maurice. Voilà le secret !

Deux verres plus tard, Jason et Emily parvinrent enfin à s'échapper. Ils traversèrent la rue en titubant légèrement. Ils n'osèrent pas se dire un mot avant d'être rentrés chez eux et absolument certains d'être hors de portée d'oreilles indiscrètes.

67

Mercredi 26 décembre

— Je n'arrive pas à y croire, dit Emily avec un gloussement.

— À croire à quoi ? Au mousseux merdique ?

— Il était merdique.

Elle secoua la tête et se dirigea vers la cuisine.

— Bon Dieu, j'ai besoin de boire un truc correct.

Elle ouvrit la porte du réfrigérateur et en sortit une bouteille qu'ils avaient entamée la veille au soir. Elle remplit deux verres, en tendit un à Jason et s'assit.

Son visage se fendit d'un large sourire narquois.

— Qu'est-ce qu'il y a ? dit Jason.

— L'âne !

— L'âne... Et alors ?

— Tu ne l'as pas reconnu ?

— J'aurais dû ?

— Allô, réveille-toi ! Le cadeau de mariage que nous a offert ta tante Minette et que tu détestais ?

La mémoire lui revint.

— Ah, oui !

— Tu as été d'accord pour que nous nous en débarrassions, avec d'autres cadeaux qui ne nous plaisaient pas, alors j'ai tout emporté à la boutique solidaire. C'était lui, là-bas, dans son vaisselier... Et elle pense qu'il vaut vingt mille livres parce qu'elle a regardé *Affaire conclue* !

— Ça devait en être un qui lui ressemblait, suggéra-t-il.

Elle secoua la tête.

— Non, je me suis rapprochée et je l'ai examiné attentivement. Claudette a ouvert la vitrine et m'a laissée le prendre. Il y avait une ébréchure en forme de L, d'un centimètre environ sur la base. C'est arrivé quand je l'avais fait tomber. Je m'en souviens, j'ai cru qu'il allait finir en mille morceaux.

— C'est dingue ! dit-il.

— Alors, tu as toujours des remords de t'en être débarrassé ?

— Plus maintenant. Je suis heureux qu'il ait atterri chez des gens qui en retirent tellement de plaisir.

— Et tu seras aussi content le jour où tu le verras dans *Affaire conclue*, évalué à vingt mille livres ?

— C'est ça, à côté d'une poule qui sourit de toutes ses dents ?

Elle rit.

— Quand même, quelle coïncidence incroyable.

— Ouais, c'est très curieux. Et autre chose de très intéressant : elle a 50 ans et lui presque 55. Alors, toutes ces conneries comme quoi personne ici ne dépasserait 40 ans… Mon œil !

— Ce sont peut-être des fantômes.

— Des fantômes ?

— Oui, oui ! dit-elle, les yeux brillants de malice. Peut-être qu'ils sont morts et que nous ne nous en sommes pas rendu compte.

— Est-ce que des fantômes seraient aussi épouvantables ?

— Pas faux. Nous avons des fantômes beaucoup plus classe de ce côté-ci de la rue.

— Je bois à leur santé !

Alors qu'ils trinquaient, un fracas semblable à une détonation les fit sursauter.

— Qu'est-ce que c'était ? demanda Emily avec nervosité.

Jason se précipita dans l'entrée. Il regarda autour de lui, puis ses yeux se fixèrent sur le miroir qui recouvrait le mur de droite de l'escalier. Une fêlure était apparue, rappelant le symbole d'une ligne à haute tension. Un zigzag fait de deux grandes dents de scie.

Emily le rejoignit et le remarqua à son tour.

— Comment… Comment est-ce que… Comment ?

Un autre craquement retentit et une fêlure identique apparut sur le miroir de gauche.

Elle se cramponna à Jason, terrifiée.

— Jason ? chuchota-t-elle. Jason, qu'est-ce qu'il… ?

Elle se tut. Une fissure zébra la fenêtre à côté de la porte d'entrée, derrière eux.

Emily hurla.

Une nouvelle lézarde.

Suivie d'une autre.

Puis d'une autre.

— Jason ! cria-t-elle.

Encore une autre.

Et une autre.

— Jason !

Emily agrippa le bras de son mari de toutes ses forces.

Une fissure se dessina au-dessus de leurs têtes.

Puis une deuxième.

Crac.

— Appelle la police, chuchota-t-elle.

Crac.

— Appelle-les !

Crac.

Un long silence s'ensuivit.

— Appelle la police, chéri, appelle la police !

— Tu as vu leur réaction quand ils sont venus la semaine dernière. Ils ne vont pas se déranger pour quelques vitres fêlées.

— Qui a fait ça ? Ce sont peut-être des enfants avec des lance-pierres ou des pistolets à air comprimé ? dit Emily, qui ne croyait visiblement pas à ses propres suggestions.

Talonné par sa femme, Jason monta en courant jusqu'à son atelier. Il entra sans l'attendre, alluma toutes les lumières et examina l'état de la pièce.

— Putain.

Des fêlures identiques à celles d'en bas zigzaguaient en plein milieu de chaque fenêtre.

— Qu'est-ce que ça veut dire, Jason ? dit Emily d'une voix à peine audible. Qu'est-ce que c'est ? Que se passe-t-il ?

Sans un mot, il redescendit au premier étage et vérifia toutes les pièces en finissant par leur chambre, avant de retourner en bas et d'inspecter la cuisine dans un silence pesant.

Chaque miroir et chaque fenêtre de la maison présentaient une fissure identique. Une ligne brisée par deux grandes dents de scie.

— Qu'est-ce que c'est ? Qui a fait ça ? répéta Emily en tremblant.

Un autre craquement, beaucoup plus fort, se fit entendre en haut.

Ils levèrent les yeux, terrifiés.

Une nouvelle crevasse zébrait le plafond de la cuisine, juste au-dessus d'eux. Des fragments de plâtre aussi minuscules que des grains de poussière flottèrent jusqu'au sol.

68

Mercredi 26 décembre

Jason et Emily se précipitèrent dans l'entrée, puis dans le salon, pour vérifier le plafond de la pièce.

— De l'affaissement, murmura-t-il comme pour lui-même.

— Quoi ?

— C'est de l'affaissement, il y a quelque chose qui cloche dans les fondations. Les ouvriers ont merdé. Il y a vraiment quelque chose qui déconne.

— Non, ce n'est pas de l'affaissement, Jason. Tu le sais très bien. Ce n'est *pas* de l'affaissement.

Il fixait toujours le plafond des yeux. D'une voix tremblante, il dit :

— Je ne crois pas que les fantômes cassent les fenêtres ou provoquent des fissures sur les plafonds.

— Ou qu'ils fument le cigare dans la rue ? Ou qu'ils se pointent déguisés en pasteurs ?

Une voix de femme, aiguë et malveillante, s'échappa de la cuisine.

— Ou qu'ils parlent par l'intermédiaire d'une commande vocale débranchée !

Ils se figèrent.

Emily se tourna vers Jason, le visage livide.

— Ce… c'était quoi, ça ?

En lui faisant signe de ne pas bouger, il retourna dans la

cuisine. En entrant, il entendit un homme s'exclamer avec un accent du Nord :

— Il n'est pas débranché, Lulu, espèce de connasse !

À sa grande surprise, la télévision était allumée. Dans une cuisine ultramoderne, un jeune couple examinait un boîtier de commande vocale identique au leur.

— J'ai débranché ce fichu truc, Ray, pour empêcher l'alarme de nous réveiller tous les matins. Je suis certaine de l'avoir fait.

— À quelle heure désirez-vous votre réveil ? interrogea l'appareil d'une voix de femme autoritaire.

— Je ne veux pas de putain de réveil !

— Je suis désolée, je ne comprends pas votre demande.

Sur l'écran, l'homme regarda la femme avec exaspération. Un gros plan montra le boîtier, manifestement branché.

— Je ne comprends pas, dit-elle. Je l'ai déconnecté !

— Ouais, c'est ça, il s'est rebranché tout seul, alors ?

Jason sentit les bras d'Emily autour de lui.

— Au moins, nous avons une explication rationnelle, dit-elle.

— Sauf que je n'ai pas allumé la télévision, et toi non plus.

— Peut-être que nous avons touché la télécommande par mégarde, toi ou moi ?

— Je m'en contenterai pour le moment.

Jason contempla le boîtier, visiblement déconnecté, sur la table.

— Moi aussi.

Emily lança un nouveau coup d'œil au plafond.

Il prit la télécommande et éteignit la télévision.

— Je vais appeler Paul Jordan à la première heure. Il faut qu'un architecte vienne faire une inspection le plus vite possible.

— Où allons-nous en trouver un la semaine de Noël ? Et l'agence est probablement fermée jusqu'à la fin des vacances.

— J'ai son numéro de portable.

— Ah bon ? Alors, appelle-le tout de suite, non ? Je ne pense pas que nous devrions rester ici cette nuit.

— Em, cette maison a été construite par un des promoteurs immobiliers les plus connus du pays. Ils doivent savoir ce qu'ils font. Elle s'affaisse un peu, mais elle ne s'écroule pas.

— Absolument, ils savent ce qu'ils font... Comme tuer un de leurs ouvriers, par exemple ?

— C'était un accident tragique.

— Je ne veux pas être un autre accident tragique, d'accord ? Appelle-le maintenant.

À contrecœur, Jason fit défiler la liste de ses contacts et appuya sur le nom de l'agent immobilier.

Jordan répondit à la quatrième sonnerie. Il avait l'air complètement beurré.

— Jason, mon ami ! Joyeux Noël, à vous et votre charmante épouse ! Je suis sûr que le père Noël vous a gâtés tous les deux... Il a peut-être eu du mal à vous trouver dans le nouveau lotissement, à moins qu'il n'ait un GPS dernière génération !

Jason entendit un bébé qui hurlait, dans le fond.

— J'espère que vous avez aussi passé un bon Noël, dit-il poliment.

— Oh oui, et ce n'est pas fini ! Vous ne savez pas à quel point... à quel point...

Sa voix se tut.

— Allô ? dit Jason, qui se demandait s'ils avaient été coupés.

— Vous l'avez vu ? C'est génial, vraiment génial.

— Pardon ?

— *Piège de cristal.* Bruce Willis. Un film incroyable !

— Paul, nous avons un problème. Un sérieux problème.

— Bruce Willis aussi... Des terroristes, mais en fait ce sont des cambrioleurs... C'est absolument génial.

— Peut-être pourrait-il régler notre problème, Paul, s'il est tellement génial ?

— Je vous l'envoie, mon pote ! Je peux faire autre chose pour vous ?

— En fait, oui. Je crois que notre maison est en train de s'écrouler.

— Est-ce que ça peut attendre demain ?

Jason couvrit le micro de son téléphone et jeta un regard d'impuissance à Emily.

— Il est complètement bourré.

— Il faut qu'il fasse quelque chose.

— Il va nous envoyer Bruce Willis.

— Ce n'est pas drôle.

Jason leva les yeux vers le plafond.

— Paul, nous avons un problème très sérieux et nous avons besoin d'aide de toute urgence.

Pas de réponse.

— Paul ! cria-t-il. Paul !

Une voix lointaine dit :

— J'ai fait tomber mon portable. Quelqu'un l'a vu ?

Frustré et en colère, Jason raccrocha.

— On ne pourra rien en tirer.

— Nous devrions peut-être laisser tomber et passer la nuit à l'hôtel ? suggéra Emily.

— On a tous les deux trop bu pour conduire.

— Nous pourrions appeler un taxi.

— C'est la nuit du 26 décembre, Em. Il ne doit pas y avoir une seule chambre d'hôtel libre dans tout le comté.

— Et si nous allions chez mes parents ?

— Heureusement que ça n'est pas arrivé hier, quand tes parents étaient là. Je vois d'ici ce que ton père aurait dit.

— Papa ne nous aurait pas laissés passer une nuit de plus ici avant que tout soit réglé. Il aurait insisté pour que nous allions chez eux.

— Et il aurait tout déformé de façon que ce soit ma faute si la maison n'a pas été contrôlée correctement, ou quelque chose dans ce genre. Tu sais bien qu'il saisit toutes les occasions de m'enfoncer.

— Jason, ce n'est vraiment pas juste. Nous avons passé une très bonne journée avec eux.

Ce dernier ne répondit pas.

— Écoute, c'est vrai !

— Est-ce que nous étions dans la même maison, hier ? Ton père a critiqué le champagne, en disant qu'il était trop jeune et que je devrais savoir qu'il faut le garder au moins deux ans avant de l'ouvrir. Ensuite, il m'a engueulé parce que je n'avais pas laissé le papier doré sur le col de la bouteille de bourgogne blanc pour qu'elle ait l'air plus chic. Et après cela, il m'a dit que je n'avais pas servi le bon vin rouge avec la dinde et que je n'aurais pas dû décanter la bouteille, parce qu'elle n'était pas assez vieille ou d'assez bonne qualité pour que ce soit nécessaire. Oh, et quand je lui ai coupé un morceau de cheddar, il m'a passé un savon parce que j'avais entamé la pointe, ce qui allait évidemment foutre en l'air le Noël de tout le monde.

— Il est très difficile en matière de vin, tu le sais bien.

— J'ai fait ce que j'ai pu. La prochaine fois, je lui servirai le prosecco en promotion de Mme P-W. Est-ce que j'arriverai un jour à faire quelque chose qui lui convienne ?

— Il n'a pas de mauvaises intentions. Je te l'ai déjà dit, il est très direct.

Jason respira profondément en essayant de se maîtriser.

— Écoute, ma puce, je suis désolé. Nous sommes tous les deux secoués. Calmons-nous. La maison n'est *pas* en train de s'écrouler. Nous avons un problème d'affaissement. Il y a quelques fissures au plafond et des fenêtres fêlées.

— *Quelques* ? Tous les plafonds, fenêtres et miroirs de la maison. Pourquoi ne veux-tu pas regarder les choses en face ?

— Je ne pense pas que ce soit dangereux, insista-t-il. Et je ne crois pas que ce soit l'œuvre d'un fantôme. Les fantômes nous flanquent peut-être la chair de poule, mais je doute fort qu'ils puissent déclencher des affaissements !

— Donc, tout va bien, si je comprends bien ?

— Je n'ai pas dit ça. Je sais que ça fout les jetons, mais il doit y avoir une explication. La maison a été conçue par un architecte et c'est une construction haut de gamme.

— Ah, d'accord, c'est pour ça qu'elle est en train de s'écrouler ?

— Elle n'est pas en train de s'écrouler. Les bâtiments neufs peuvent souvent bouger à cause d'un affaissement – d'un tassement du terrain. Cela crée une légère déformation et les murs se désalignent de façon imperceptible. Le mouvement le plus infime suffit à engendrer des fissures. Tout a légèrement dévié, ce qui a entraîné des fêlures dans les fenêtres et les miroirs fixés aux murs. Ça ne veut pas dire que la maison s'effondre.

— C'est ce que tu continueras à me raconter quand nous nous réveillerons écrasés et enterrés sous les gravats ? *Si* nous nous réveillons ?

69

Jeudi 27 décembre

Malgré son anxiété, Emily s'endormit profondément quelques minutes après s'être couchée. Jason, lui, resta longtemps éveillé. Il essaya de lire un policier de Linwood Barclay qu'elle lui avait offert à Noël, mais il était incapable de se concentrer. Il surveillait régulièrement la mince crevasse en dents de scie qui traversait le plafond pour voir si elle s'aggravait.

Finalement, peu après 1 heure du matin, il posa son livre et éteignit. Il se redressa en sursaut un moment plus tard. Le réveil indiquait 2 h 24. Emily dormait à poings fermés et respirait calmement. Ne voulant pas la déranger, il tendit la main, attrapa son téléphone sur la table de nuit, alluma la lampe torche électronique et la dirigea vers le plafond. Autant qu'il puisse en juger, la fissure ne s'était pas agrandie. En fait, dans le faible faisceau de lumière, elle avait presque l'air de s'être atténuée.

Il se glissa hors du lit, monta dans son atelier et inspecta le plafond. Là non plus, la situation n'avait pas empiré. Il vérifia toutes les autres pièces de la maison. Finalement, soulagé de constater qu'il n'y avait aucune raison de s'alarmer, il retourna s'allonger. Il ferma les yeux et s'assoupit en quelques instants.

Quand il émergea de nouveau, il vit qu'il était 7 h 42.

La chambre était baignée d'une lueur diffuse. Emily dormait toujours. Il alluma sa lampe de chevet et scruta le plafond. Il fronça les sourcils.

La fissure avait disparu. Le plafond avait l'air normal.

Il se leva lentement, mit sa robe de chambre et sortit sur le palier. Les murs recouverts de miroirs de part et d'autre de l'escalier ne présentaient plus de fêlures. Il monta en courant l'escalier en colimaçon jusqu'à son atelier. Il n'y avait plus de lézarde au plafond, ni sur les vitres.

Suis-je en train de rêver ?

Il redescendit pour vérifier les pièces vides du premier étage. Les fissures qui zébraient les plafonds et les fenêtres avaient disparu. Même chose en bas. Il n'y avait plus rien.

Debout dans la cuisine, il contempla le plafond et les fenêtres – intacts. Intacts. Il examina la surface de la grande table où des flocons de plâtre avaient atterri la veille. Il n'en trouva pas un seul. Comment était-ce possible ?

Il mit en route la machine Nespresso, attendit que la lumière verte cesse de clignoter et inséra une capsule.

Est-ce que je deviens fou ? se demanda-t-il en vérifiant encore une fois le plafond et les fenêtres.

Tout avait l'air complètement normal. Tandis que le café s'écoulait, il alla jusqu'à la fenêtre qui, le soir précédent, présentait une grande fêlure en dents de scie. Il n'en vit plus aucune trace.

— Bonjour, mon chéri !

Il se retourna. Emily le rejoignit, l'air endormi, pieds nus et enveloppée dans un grand peignoir en tissu éponge blanc.

Il s'approcha d'elle et l'embrassa.

— Bien dormi ?

— Comme un loir ! J'étais complètement K-O. Tant mieux, car j'ai une tonne de choses à faire aujourd'hui. Et toi ?

Il désigna la fenêtre d'un doigt.

— Tu ne remarques rien de bizarre ?

Elle alla vers l'évier et observa l'extérieur.

— Il y a un nouveau groupe de canards sur le lac, tu as vu ? Ils ont dû voler jusqu'ici ! Il faut que nous pensions à acheter un bidon à lait en métal pour y stocker la nourriture. La ferme de Wishing Wells à Hickstead vend ce genre de trucs. Nous devrions y faire un tour quand nous ne serons pas trop occupés.

— D'accord. Mais je voulais parler de la fenêtre.

— La fenêtre ?

Il pointa vers le haut.

— Et le plafond.

Elle lui jeta un regard étrange.

— Je ne te suis pas.

— Les fissures ! dit-il. Elles ont disparu !

— Les fissures ? demanda-t-elle, l'air perplexe.

Il agita une main devant son visage.

— L'affaissement… Nous avons même parlé d'évacuer la maison la nuit dernière, à cause de toutes les lézardes. Elles… elles ont disparu.

Emily le dévisagea.

— Chéri, je suis désolée, je ne vois absolument pas de quoi tu parles.

— La nuit dernière…

Il se tut un instant. Elle le fixait bizarrement.

— La nuit dernière, la maison se fissurait de tous les côtés, n'est-ce pas ?

— Que veux-tu dire ?

— Les miroirs dans l'escalier. Toutes les fenêtres et les plafonds ?

De nouveau, le même regard étrange.

— Est-ce que tu as fait un cauchemar ?

Il pencha de nouveau la tête vers le plafond. La peinture blanche intacte, les spots. Aucun signe de craquelures… Pas plus que sur les vitres des fenêtres.

— Tu… Tu m'as proposé de partir pour aller chez tes parents, dit-il.

— Tu as dû faire un cauchemar.

— Tu ne te rappelles rien ?

— J'ai un peu mal à la tête. Je me souviens seulement de cet horrible mousseux que les P-W nous ont forcés à ingurgiter. Ça ne m'étonne pas que tu aies fait des rêves aussi flippants !

Songeur, Jason remplit sa tasse de café fumant.

— En veux-tu un aussi ?

— Je vais me faire du thé.

— Je te mets de l'eau à bouillir.

Il vida la bouilloire, la remplit d'eau fraîche et l'actionna.

— Je…, commença-t-il, puis il se tut.

— « Tu » quoi ?

Il s'assit à la table de la cuisine avec son café.

— La nuit dernière, nous sommes rentrés après nous être échappés de chez les Penze-Weedell, et nous avons entendu du bruit, non ?

Elle secoua la tête.

— Non.

— Tu devais être vraiment bourrée.

— Pas plus que toi !

— D'abord, les miroirs près de l'escalier, puis toutes les fenêtres, puis les plafonds de chaque étage. Tu voulais que nous allions chez tes parents parce que tu pensais que la maison s'écroulait, et nous nous sommes un peu disputés. Tu dois forcément t'en souvenir.

— Chéri, dit-elle, nous sommes rentrés de chez les Penzizi et tu étais complètement beurré, et crevé. Voilà ce dont je me souviens.

Il la dévisagea sans trop savoir où il en était. Et si c'était l'explication ? Il but quelques gorgées de café.

Et si tout ça n'avait été qu'un rêve ? La maison était aussi impeccable que quand ils avaient emménagé.

C'était sûrement l'explication. Il n'en trouvait aucune autre plausible.

— Tu n'as pas la gueule de bois ? demanda-t-elle.

— Non.

— Tu l'aurais bien méritée.

Il se sentit inondé par une vague de soulagement. Il avait dû rêver. Et pourtant… il aurait juré que non. C'était peut-être Emily qui ne tournait pas rond, pensa-t-il, soudain inquiet. Elle ne se rappelait pas la visite du révérend Fortinbrass la semaine précédente. Et, maintenant, les fissures qui s'étaient produites durant la nuit.

Il tenta de rassembler ses idées. Louise, l'associée d'Emily, ne se souvenait pas non plus du pasteur Fortinbrass.

Emily l'entoura de ses bras.

— Tu es très stressé à cause de ta prochaine expo, mon amour. Tu devrais peut-être retourner voir le docteur Dixon pour qu'il t'aide à te détendre ?

— Peut-être, acquiesça-t-il avec hésitation.

Elle avait probablement raison. Quelque chose ne collait pas en ce moment. Il sonda de nouveau le plafond, qui ne présentait toujours aucune trace de fissure.

Troublé, il l'embrassa.

— Quel est ton programme de la journée ?

— Plutôt chargé. Je dois m'occuper de toute la préparation pour le dîner d'anniversaire de demain. Louise vient de m'appeler, elle a la grippe. Elle va rester au lit aujourd'hui et essayer de récupérer pour pouvoir être là pour l'événement, quoi qu'il arrive. Super, n'est-ce pas ?

— Est-ce que je peux te donner un coup de main ?

— Il faut que tu avances pour ton expo. Je me débrouillerai. Je vais me régaler à peler sept cents crevettes pour faire quatre-vingts cocktails. Je les ai sorties des congélateurs et laissées dans les réfrigérateurs la nuit dernière.

— Je ne m'en souviens pas.

— Je ne crois pas que tu te souviennes de grand-chose après avoir quitté nos charmants voisins, dit-elle avec un sourire taquin. Tu n'as pas oublié l'âne en porcelaine, quand même ?

— Vingt mille livres dans *Affaire conclue*.

— Tu m'en bouches un coin. Tu n'étais donc pas complètement beurré.

— Je serai dans mon atelier ce matin. Appelle-moi si tu as besoin de quoi que ce soit.

— Ça ira.

— Je t'adore.

Elle l'embrassa.

70

Jeudi 27 décembre

Jason finit son café et décida de partir se promener à vélo. La matinée était glaciale et ensoleillée. À son retour une heure plus tard, il ramassa les journaux sur le paillasson, se prépara un bol de céréales avec des fruits frais et parcourut l'*Argus* et le *Guardian* en prenant son petit-déjeuner.

Ensuite, il se doucha pendant une demi-heure. Cela faisait longtemps qu'il ne s'était pas autant attardé sous la douche. Avec tout le stress des derniers jours, il était même surpris de ne pas avoir eu de rechute. Il se savonna et se rinça plusieurs fois avant d'enfiler un jean et un pull. Il monta dans son atelier et s'assura qu'il n'y avait aucune trace de la femme brune, avant de refermer la porte derrière lui.

Il avait du mal à oublier tout ce qui s'était passé la nuit précédente. Il devait s'agir d'un rêve, n'était-ce pas la seule explication plausible ?

Il s'assit à son bureau et consulta successivement ses e-mails et ses réseaux sociaux. Tout avait l'air normal. Il répondit à quelques messages et se déconnecta, déterminé à s'atteler au travail.

Il plaça un panneau enduit de gesso vierge sur le chevalet, enfila son tablier et ses gants, et commença à mélanger ses couleurs. Mais il restait distrait, l'esprit ailleurs.

Je n'ai rien imaginé la nuit dernière. Ce n'était pas un rêve.

Il contempla le chantier par la fenêtre. En revoyant l'endroit où s'était produit l'accident, il se rendit compte que la police ne l'avait toujours pas recontacté. Il hésita à appeler le brigadier directement plutôt que d'être mis en attente indéfiniment en composant le 101. Il fouilla dans la petite boîte posée sur son bureau, où il entassait les cartes de visite de toutes les personnes qu'il rencontrait. Il cherchait celle de Neil Lang. Le brigadier avait inscrit son numéro de ligne directe sur la carte en la lui laissant.

Impossible de mettre la main dessus. L'avait-il oubliée quelque part dans la cuisine ?

Il descendit en courant. La porte menant au garage attenant était ouverte. Il inspecta la table de la cuisine et quelques tiroirs, mais la carte n'y était pas. Il passa la tête à côté.

Vêtue d'un tablier, les mains protégées par des gants et les cheveux cachés sous une charlotte stérile, Emily se tenait devant une longue table à tréteaux couverte d'une nappe blanche. Elle alignait des rangées de petits bols en verre.

— Em, dit-il, où as-tu mis la carte de visite de ce brigadier, Neil Lang ?

— Qui ça ?

— Un des deux policiers qui sont venus la semaine dernière... mercredi soir.

Elle répondit sans lever les yeux :

— Quels policiers ? Je ne me rappelle pas qu'on ait reçu des policiers, mercredi dernier.

Il recula d'un pas, pris de vertige. Les avait-il imaginés, eux aussi ?

— Est-ce qu'ils accompagnaient le pasteur invisible ? plaisanta-t-elle.

Il dévisagea sa femme. Il éprouvait la sensation étrange d'être dans une réalité alternative.

— Tu ne t'en souviens pas ?

— Je pense que si des flics étaient venus à la maison, je m'en souviendrais.

Elle poursuivit sa tâche.

— Nous avons eu une conversation à leur sujet.

— Quand ça ? lui lança-t-elle d'un air neutre, avant de secouer la tête.

Il remonta en courant dans son atelier, s'assit à son bureau et composa le numéro de la police réservé aux incidents non urgents.

À sa grande surprise, il n'attendit que le temps de deux sonneries.

— Police du Sussex, que puis-je vous faire pour vous ?

— Je voudrais parler au brigadier Neil Lang, s'il vous plaît.

— Un instant, je vous prie.

Par la fenêtre à sa droite, il vit les Penze-Weedell qui sortaient de chez eux. Claudette tenait dans sa main un objet qu'elle pressa d'un doigt ganté. Une clé électronique. Quelques secondes plus tard, alors qu'il patientait toujours, il vit leur porte de garage s'ouvrir. La petite voiture violette en sortit à reculons et s'arrêta sagement devant eux. Ils s'y installèrent, Claudette au volant, et démarrèrent en trombe.

— Monsieur, je regrette mais nous n'avons aucune trace d'un brigadier Neil Lang.

— Vous êtes sûre ?

Il épela le nom.

— Il ne fait pas partie de la police du Sussex. J'ai bien vérifié, lui dit la standardiste d'un ton amical.

— Mais il est venu chez nous mercredi dernier, le 19 décembre. Il était accompagné d'une collègue, une certaine Christina Davies.

— Je vais regarder cela : pouvez-vous patienter encore un instant ? Et puis-je prendre votre nom, s'il vous plaît ?

— Jason Danes.

— Danes.

Il lui épela en utilisant l'alphabet phonétique.

— Juliette, Alpha, Sierra, Oscar, Novembre, ensuite, Delta, Alpha, Novembre, Echo, Sierra.

— Monsieur Jason Danes ? répéta-t-elle, d'un ton qui indiquait qu'elle n'avait jamais entendu son nom.

— Oui.

— D'accord, je reviens dès que possible.

Une voiture attira son attention. Elle remontait l'allée du Lac avec lenteur, comme si elle cherchait une adresse. Il cligna des yeux plusieurs fois. C'était la grosse Cadillac rouge et blanche des années 1960 qu'il avait aperçue l'autre jour. Le conducteur, assis du côté gauche, fumait un cigare. Une femme l'accompagnait et deux enfants se trémoussaient à l'arrière. Exactement comme la dernière fois.

La voiture s'éloigna. La standardiste reprit l'appel.

— Je suis désolée, nous n'avons pas non plus de brigadière Christina Davies. Êtes-vous certain qu'ils font partie de la police du Sussex, monsieur ?

— Je pensais que oui.

— Voulez-vous faire un rapport de tentative de fraude, monsieur ? demanda-t-elle, soupçonneuse. Localement, nous avons eu des cas d'escrocs qui se faisaient passer pour des policiers.

— Non… non, je ne crois pas qu'ils voulaient nous soutirer de l'argent. Écoutez, peut-être pourriez-vous m'aider pour autre chose. Nous habitons le domaine du Parc de Cold Hill. Lundi dernier, le 17 décembre, j'ai été témoin d'un accident mortel sur le chantier de construction. J'ai appelé ce numéro et j'ai expliqué à l'un de vos collègues que j'avais vu ce qui s'était passé.

— De quoi s'agissait-il exactement, monsieur ?

— De l'ouvrier qui a été tué par une pelleteuse. J'ai dit que j'avais assisté à toute la scène, et je suis un peu surpris que personne ne m'ait recontacté pour prendre ma déposition.

— Oui, en effet, cela paraît bizarre, monsieur. Un ouvrier tué sur un chantier. Vous ne vous rappelez pas le nom de la personne qui vous a répondu, par hasard ?

— Non, je regrette. Mais je lui ai donné mon nom et mon numéro de téléphone.

— Votre numéro apparaît sur mon écran, monsieur. Laissez-moi vérifier. Puis-je vous remettre en attente ?

— Pas de problème.

En reprenant la communication après plusieurs minutes, elle s'excusa de nouveau, mais cette fois, sa patience semblait s'amenuiser.

— Monsieur Danes, vous dites que vous avez signalé un accident mortel auquel vous avez assisté, sur un chantier, le lundi 17 décembre ?

— C'est exact.

— Écoutez, je suis vraiment désolée, mais j'ai soigneusement épluché nos dossiers et je n'ai trouvé aucune mention d'un accident au Parc de Cold Hill à cette date.

Jason n'en croyait pas ses oreilles.

— Je l'ai vu ! J'ai tout vu depuis la fenêtre de mon atelier. Le pauvre type a été décapité par les dents de la pelleteuse. Des policiers sont même restés sur place pendant plusieurs jours, bon sang !

Elle changea de ton, comme pour s'adresser à un enfant.

— Monsieur Danes, je regrette, mais aucun décès n'a été enregistré près de chez vous. J'ai demandé à un de mes collègues de consulter les journaux locaux, et il n'en a trouvé aucune mention. Vous venez de me demander de vous passer deux policiers qui n'existent pas, et maintenant vous prétendez avoir été témoin d'un accident qui ne s'est pas produit. Je suis vraiment navrée, monsieur Danes, mais je ne peux pas vous aider… À moins que vous ne souhaitiez signaler une tentative de fraude ?

— Non… Eh bien… merci, dit-il sans conviction.

Alors qu'il raccrochait, le cerveau en ébullition, il entendit Emily hurler.

— Jason ! À l'aide ! JASON ! OH MON DIEU, VIENS VITE !

71

Jeudi 27 décembre

Il dévala les deux étages, traversa la cuisine et déboula dans le garage. Le choc le cloua sur place. Une puanteur aigre lui sauta au visage avant qu'il ait le temps de comprendre toute l'horreur de la situation.

Des cafards.

Partout.

Les portes des deux grands réfrigérateurs industriels étaient ouvertes, révélant une marée brune et grouillante d'insectes. Ils voletaient dans toute la pièce et le sol en était recouvert comme d'un tapis.

Debout, pétrifiée au milieu de la pièce, Emily sanglotait. Des cafards rampaient dans ses cheveux et l'un se posa sur sa joue. Jason en écarta un de son propre visage, recula d'un pas et sentit un craquement sous ses chaussures. Il chassa un autre cafard, puis un troisième, avant de faire volte-face pour claquer la porte et les empêcher de rentrer dans la maison.

— Aide-moi, par pitié, Jason, aide-moi ! hurla-t-elle.

Où que son regard se posât, les insectes pullulaient. Sur les murs, le sol, le plafond. Bourdonnant autour d'eux.

Il plongea vers elle, ses chaussures crissant et craquant sur le tapis mouvant. Deux cafards atterrirent sur son visage et elle les délogea d'une tape.

— Aide-moi !

Un insecte heurta la joue droite de Jason et il l'écarta d'un revers de main. Un autre fonça droit dans son œil gauche.

— Casse-toi, putain !

Il saisit la main d'Emily et l'attira vers lui en piétinant quelques dizaines de répugnantes bestioles. Il rouvrit la porte, la poussa dans la cuisine et referma en hâte le battant derrière eux. Malgré ses efforts, plusieurs cafards avaient pénétré dans la maison. Ils rampaient par terre ou bourdonnaient lourdement autour d'eux.

Emily sanglotait.

— Em, bon sang, que s'est-il passé ?

Un insecte s'était agrippé à ses cheveux. Il le fit tomber d'une chiquenaude.

— Mon Dieu, dit-elle en tremblant de tout son corps. Oh mon Dieu, oh mon Dieu.

— D'où sortent-ils ? demanda-t-il doucement.

— Mon Dieu, mon Dieu, répéta-t-elle.

Il haussa le ton.

— Em, D'OÙ SORTENT-ILS ?

Elle cria d'un ton suraigu :

— Des putains de congélateurs. Les crevettes en promotion. Tu sais, Louise avait trouvé cette affaire incroyable.

Un cafard se posa sur sa poitrine. Il le chassa d'une tape.

— Ça n'est pas possible, dit-elle. Dis-moi que ça n'est pas possible.

— Et où avait-elle déniché cette *affaire incroyable* ? Nous allons nous en débarrasser.

— Mon Dieu, mon Dieu, oh mon Dieu.

— Calme-toi, Em, nous allons les exterminer.

— Je dois préparer quatre-vingts cocktails de crevettes ainsi qu'un plat principal et les livrer avant 18 heures demain, alors ne me dis pas de me calmer !

— Une crise de nerfs n'avancera à rien. Ça va s'arranger. Nous allons régler tout ça.

— Louise est au lit avec la grippe et ma cuisine est pleine de cafards. Mon pire cauchemar.

— On va s'en sortir. D'où viennent-ils ? Quelle est l'ordure qui vous a vendu sept cents cafards ?

— C'est Louise, je t'ai dit qu'elle avait profité d'un prix défiant toute concurrence chez le grossiste.

— Votre grossiste habituel ?

— Non, un autre.

— Tu comprends pourquoi le prix défiait toute concurrence. Vous vous êtes fait avoir.

— Tu penses que nous avons acheté des cafards ?

— C'est évident.

— Impossible. C'étaient des crevettes, dit-elle catégoriquement. Tu crois que je ne verrais pas la différence entre une crevette et un cafard ? C'étaient bien des crevettes que j'ai rangées dans les congélateurs. Des crevettes surgelées.

— Et elles se sont métamorphosées en cafards, comme par magie ? C'est bien ce que tu veux dire ?

— Tu as une meilleure explication, Jason ?

— Oui. Des sacs de surgelés emballés dans de la glace se ressemblent tous. Tu les as vraiment examinés de près ?

— Je suis traiteur, je sais les distinguer, d'accord ? J'ai mis des crevettes à décongeler au frigo, pas des cafards.

— J'ai lu quelque part que les cafards sont aussi riches en protéines que les crevettes.

— Parfait, alors pourquoi ne pas leur servir quatre-vingts cocktails de cafards ? Ça sera génial pour ma réputation.

— Arrose-les de sauce cocktail et ils n'y verront que du feu, plaisanta-t-il pour essayer de la dérider.

— Tu as raison, personne ne se rendra compte de rien. Jusqu'à ce que la maîtresse de maison me poursuive pour fraude, et que soixante-dix-neuf autres personnes m'attaquent pour intoxication alimentaire. Ce n'est pas le moment de blaguer, Jason.

Un cafard détala sur le sol juste à côté d'elle. Elle l'écrasa de sa chaussure.

— Berk.

— À propos de cafards, dit Jason, il paraîtrait qu'ils ont arrêté d'évoluer il y a des milliers d'années. Ce serait l'une des rares espèces qui pourraient survivre à une catastrophe nucléaire.

Elle le toisa.

— Tu crois vraiment que j'ai besoin de savoir ça, là, maintenant ?

— Je disais ça comme ça.

— Et *voilà* ce que je dis, moi, répliqua-t-elle avant de se taire.

— Quoi ? demanda-t-il.

— Il me faut sept cents crevettes, tout de suite.

Elle se réfugia dans ses bras en sanglotant.

— Tu as récupéré des tableaux vierges, et moi, j'ai des cafards au lieu de crevettes. Pourquoi avons-nous déménagé ici ? Cette maison nous déteste.

— Ma puce, ne sois pas ridicule. Bien sûr que non.

— Non ? Eh bien, elle a une drôle de manière de nous prouver son affection.

— Tu penses que notre fantôme a transformé les crevettes en cafards ? demanda-t-il avec incrédulité.

Avant qu'elle ait eu le temps de réagir, son portable sonna. L'écran affichait *Paul Jordan*. Il décrocha.

— Monsieur Danes, je voudrais vous présenter mes excuses. Je crois que vous m'avez appelé la nuit dernière et j'étais un peu… comment dirai-je… hors service ?

— Ça, vous pouvez le dire.

— Était-ce quelque chose d'urgent ?

— Eh bien, ça l'était. Mais…

Il repoussa un autre cafard et jeta un œil vers Emily.

— Écoutez, cette urgence-là est réglée. Mais nous avons

un autre problème. Comme vous avez beaucoup de relations, vous pourriez peut-être nous aider ?

— De quoi avez-vous besoin ?

— Nous sommes infestés de cafards, et ma femme doit préparer un grand dîner pour demain… Pour quatre-vingts personnes. Il nous faudrait au plus tôt un service d'extermination, pour nous débarrasser des cafards, et quelqu'un d'autre pour faire le ménage. Nous devons aussi trouver sept cents grosses crevettes aujourd'hui… Ce matin, même. Auriez-vous, par hasard, le contact d'un fournisseur de fruits de mer ?

— Des cafards et des crevettes ? Faites attention à ne pas les mélanger, ha ha !

— Je ne plaisante pas.

— Sept cents grosses crevettes ? répéta Jordan avec un sifflement appréciateur. Eh bien, il se trouve que je peux vous aider dans les deux cas. Springs, à Edburton, est le plus gros fournisseur de poissons et fruits de mer surgelés du comté. Ils sont tout près de chez vous. Je connais le propriétaire et je peux lui passer un coup de fil. J'aurais un autre fournisseur du côté du port de Shoreham à vous indiquer, si Springs n'a pas ce qu'il vous faut. Et j'ai le contact de quelqu'un chez Go Pest, une entreprise d'extermination, que je pourrais aussi appeler.

— Nous vous en serions extrêmement reconnaissants.

— Je m'en occupe.

Jason et Emily retournèrent dans le garage, et, armés de manches à balai, commencèrent à s'attaquer aux insectes. Jordan les rappela dix minutes plus tard.

— Tout est arrangé ! Go Pest est en route, et Springs a plus de huit cents grosses crevettes surgelées en stock. Ils sont fermés pour les vacances de Noël, mais le propriétaire dit qu'il peut vous donner rendez-vous dans une heure.

— Vous êtes une perle rare ! dit Jason.

— À l'agence Richwards, nous fournissons un service

complet ! certifia Jordan. Puis-je vous être utile pour autre chose ?

Jason hésita.

— À vrai dire, oui. Au risque de vous paraître un peu bizarre, est-ce que d'autres résidents du Parc de Cold Hill vous auraient parlé d'événements étranges qui leur seraient arrivés ? Sortant de l'ordinaire ?

— Comme quoi, par exemple ? demanda Jordan.

— Une rencontre avec des fantômes ?

Jordan resta silencieux un peu trop longtemps. Sa voix, quand il finit par répondre, sonnait une octave trop haute.

— Des fantômes ? Non, absolument rien de ce genre, je vous assure, monsieur Danes. Ce sont de beaux pavillons neufs… J'imagine que les spectres préfèrent les vieilles maisons croulantes, ha ha !

— Il y avait autrefois une vieille maison croulante à cet endroit.

— C'est vrai, en effet. Mais, si vous voulez mon avis, à la place d'un fantôme, je ne traînerais pas longtemps à côté d'un chantier bruyant.

— Alors, s'enquit Jason, si vous en étiez un, et que vous hantiez un vieux manoir jusqu'à ce qu'on le démolisse, que feriez-vous ?

De nouveau, un bref silence.

— Eh bien, je ne crois pas que j'irais hanter une maison toute neuve, ça c'est sûr !

La voix de l'agent immobilier semblait tendue et peu naturelle, mais Jason ne releva pas. Il le remercia, nota les coordonnées où passer récupérer les crevettes et raccrocha.

Un peu plus tard, habillé des pieds à la tête d'une tenue de protection, l'employé de Go Pest arriva pour désinfecter le garage et éradiquer les cafards, y compris ceux qui s'étaient infiltrés dans la maison.

Jason aida Emily à rentrer tous les bols en verre dans la

cuisine, puis ferma la porte du garage pour laisser l'exterminateur faire son travail.

— Quel cauchemar, dit-elle sombrement.

— Je vais t'accompagner pour aller chercher les crevettes, dit-il.

— Non, ça ira. Il faut que tu te remettes au travail.

— Je viens avec toi. Donne-moi juste cinq minutes pour reboucher tous les tubes de peinture que j'ai laissés ouverts, d'accord ?

— D'accord.

Il monta en courant dans son atelier. En entrant dans la pièce, il se sentit soudain l'esprit brumeux et confus. Sa vision se brouilla. Tout lui paraissait flou. Sa tête lui brûlait. Au lieu de reboucher ses tubes, il recommença à chercher le numéro du policier, Neil Lang.

En bas, il entendit un moteur démarrer. Il jeta un œil par la fenêtre et, à sa grande surprise, il aperçut la camionnette d'Emily qui sortait de l'allée en marche arrière.

— Emily ! Attends ! cria-t-il en martelant la vitre.

Elle s'éloigna rapidement, plus vite qu'à son habitude. Trop vite… Elle qui conduisait avec prudence d'ordinaire. Pourquoi était-elle partie sans lui ?

Il suivit la camionnette du regard jusqu'à ce qu'elle disparaisse, et il retourna à son chevalet. Mais il ne pouvait s'empêcher de repenser au brigadier Lang… Qui, selon la standardiste de la police du Sussex, n'existait pas.

Désorienté et un peu étourdi, il s'assit à son bureau et entreprit de chercher la carte de visite du révérend Orlebar. Il était certain de l'avoir laissée bien en évidence. Il parcourut une pile de papiers, sans succès. Où était-elle passée ? Il trouva sur internet le numéro de téléphone de l'évêque de Lewes et le composa.

Une voix de femme brusque et professionnelle lui répondit. La secrétaire à qui il avait eu affaire la semaine précédente.

— Bonjour, dit-il. C'est Jason Danes.

Il s'attendait à être reconnu, mais elle s'adressa à lui sans réagir à l'annonce de son nom.

— Pardon, avez-vous dit Jason Names ?

— Jason *Danes*.

— En quoi puis-je vous aider, monsieur Danes ?

— Je suis passé voir l'évêque mercredi dernier.

— Mercredi dernier ? fit-elle d'un ton sceptique.

— Oui. Le... 19 décembre.

— Vous êtes venu le voir le 19 décembre ? Ici, à Lewes ?

— Oui... Je suis le peintre.

— Je ne crois pas que nous ayons fait des travaux de peinture la semaine dernière.

— Non, dit-il gauchement. Je suis Jason Danes... l'artiste.

— Et vous êtes passé voir l'évêque ?

— Robert Parnassus, oui.

— Mercredi dernier ? Ici, chez lui ?

— C'est exact.

— Je pense que vous devez faire erreur.

— Non, j'en suis sûr, je l'ai rencontré mercredi en milieu de matinée.

— Je suis désolée, monsieur Danes, mais c'est tout à fait impossible.

— Vous devez faire erreur, dit-il. Je l'ai bien rencontré.

— Non, je pense que c'est *vous* qui faites erreur, monsieur Danes. L'évêque était à l'étranger mercredi dernier.

72

Jeudi 27 décembre

Jason ouvrit le calendrier de son ordinateur pour vérifier. C'était sans aucun doute le 19 décembre qu'il avait rendu visite à l'évêque.

— Je ne comprends pas, dit-il. Nous parlons bien de la même personne, monseigneur Robert Parnassus, évêque de Lewes ?

— Tout à fait.

Le ton de la secrétaire de l'évêque se refroidissait de plus en plus.

Il y eut un bref silence, durant lequel Jason consulta de nouveau son calendrier.

— Eh bien, je suis venu chez lui mercredi dernier dans la matinée et nous avons discuté. J'ai été enchanté de voir qu'il avait deux de mes tableaux dans son bureau.

— Deux de vos tableaux dans son bureau ?

— Oui.

— L'évêque n'a aucun tableau dans son bureau. Il a quelques photos de sa famille, mais je peux vous assurer catégoriquement qu'il n'a ni tableau, ni aucune autre œuvre d'art dans son bureau. Je ne veux pas me montrer impolie, mais je pense que vous confondez l'évêque avec quelqu'un d'autre.

Jason commençait sérieusement à se demander si elle avait raison.

— Je ne comprends pas. Je suis sûr de m'être entretenu avec lui.

— Je le saurais, rétorqua-t-elle. Je n'ai rien dans mon agenda.

— Ah, dit-il, reprenant espoir. C'est que, vous voyez, je n'avais pas de rendez-vous. N'êtes-vous pas la dame que j'ai rencontrée ? A-t-il une autre assistante ?

— Non, absolument pas, assena-t-elle fermement. Et quel était le sujet de la conversation que vous dites avoir eue, monsieur Danes ?

— Nous venons d'emménager dans une nouvelle maison avec ma femme, et des choses très étranges se sont produites. Des phénomènes bizarres qui nous ont profondément perturbés. J'ai demandé à l'évêque s'il pouvait nous venir en aide.

— Monsieur Danes, ce n'est vraiment pas possible, rétorqua-t-elle, sa courtoisie s'effritant de plus en plus. J'ai son agenda en face de moi. Mercredi dernier, le 19 décembre, l'évêque participait à une retraite dans le township de Soweto, en Afrique du Sud. Il est revenu en Angleterre le 22 décembre, à temps pour s'acquitter de ses obligations de Noël.

Jason l'écoutait avec une profonde perplexité.

— Je suis désolé, vous devez me prendre pour un fou, mais je l'ai bien rencontré ce jour-là. Il a tout organisé pour que le révérend Gordon Orlebar et le révérend Jim Skeet viennent chez nous… Et ils sont venus l'après-midi même.

— Pourriez-vous répéter ces noms ? demanda-t-elle avec une irritation palpable.

— Le révérend Orlebar et le révérend Skeet.

— Vous dites qu'ils sont venus chez vous ? Le mercredi 19 décembre ?

— Oui. Ils ont célébré l'Eucharistie pour aider un esprit à passer de l'autre côté, si j'ai bien compris.

— Monsieur Danes, j'ai énormément de mal à comprendre ce que vous me racontez. Je vous en prie, ne croyez pas que je ne veuille pas vous aider, mais ce que vous affirmez est tout simplement invraisemblable.

— Qu'est-ce qui vous fait dire ça ?

— Eh bien… Gordon Orlebar et Jim Skeet travaillaient en effet tous les deux pour le diocèse. Ils jouaient bien le rôle que vous leur attribuez. Mais ils se sont tragiquement noyés lors d'un accident de bateau au large du Sénégal. Ils étaient en mission pour l'organisation caritative dont l'évêque s'occupe là-bas. C'est arrivé il y a plusieurs années. D'ailleurs, cela fera exactement cinq ans cette semaine.

73

Jeudi 27 décembre

Jason raccrocha, en état de choc. Il resta prostré devant son bureau, le regard dans le vide.

Quelle avait été la part de la réalité depuis qu'ils avaient emménagé ici ? Peut-être qu'Emily avait raison et qu'il devrait retourner voir le docteur Dixon.

Caroline Patricia Harcourt. La femme qu'il avait dessinée. Le portrait d'un fantôme.

Et le révérend Fortinbrass ?

Ou Orlebar et Skeet, qui étaient venus chez eux à peine une semaine plus tôt, mais qui étaient morts depuis cinq ans ?

Je suis complètement dingue.

Je ne suis absolument pas *dingue.*

Il retourna à son panneau de gesso vierge et étudia les photos de l'ouvrier mort, le tire-au-flanc, alignées sur son chevalet. Il essaya de se concentrer pour retrouver un semblant de calme. Il réfléchissait souvent avec plus de clarté quand il était absorbé dans son travail.

Il commença à esquisser l'homme appuyé sur un tas de gravats, en train de rouler une cigarette avec nonchalance.

Son esprit revenait sans cesse à son étrange conversation avec la secrétaire de l'évêque. Ce n'était pas possible. Cela *ne pouvait pas* être possible.

Et *pourtant*.

Au bout d'une heure, il fit une pause, descendit et se prépara un mug de café. N'ayant pas assez d'appétit pour déjeuner, il dénicha une barre de céréales et remonta le tout dans son atelier. Il se rassit brièvement à son bureau pour grignoter. À travers la fenêtre, il aperçut la petite voiture violette des Penze-Weedell, de retour d'une de leurs expéditions. Elle freina devant leur porte d'entrée.

Le couple se mit à décharger leurs achats empilés à l'arrière de la voiture. Des soldes imbattables, à n'en pas douter. Ils étaient visiblement très contents d'eux. Maurice, chargé de paquets, alla déverrouiller la porte d'entrée pendant que sa femme continuait à extraire une quantité invraisemblable de boîtes et de sacs de la petite voiture dont la capacité paraissait inépuisable.

Claudette fit un nouveau plongeon à l'intérieur pour en extirper deux grands cartons.

Encore combien ? se demanda Jason.

Il s'avéra qu'il en restait beaucoup. Les cartons avaient l'air lourds. *Du prosecco à prix cassé ?* songea-t-il, malicieusement.

Quand elle eut enfin terminé, plusieurs piles de cartons s'alignaient sur le trottoir. Pendant que Maurice faisait la navette pour les évacuer, Claudette se planta devant le garage, la mine impérieuse, en brandissant ce qui paraissait être la clé électronique. La porte basculante commença à se relever. La voiture violette entreprit d'elle-même de décrire un arc de cercle pour regagner son box.

Maurice souleva un autre carton et tituba jusqu'à la maison. Sa femme se retourna et eut l'air d'aboyer un ordre. Avec son chapeau à visière et ses habits matelassés, elle évoqua à Jason un manchot empereur. Il sourit intérieurement en l'imaginant dans un zoo.

Soudain, il se figea.

La voiture s'était arrêtée à mi-parcours, et commençait à faire marche arrière en accélérant de façon inquiétante.

Sans se rendre compte de rien, Claudette gesticulait en glapissant quelque chose à son mari qui se trouvait quelque part dans la maison.

La voiture reculait droit sur elle.

Jason essaya de crier un avertissement à travers ses fenêtres à triple vitrage.

La voiture se rapprochait.

Il martela frénétiquement la vitre en tirant sur le verrou. Totalement impuissant, il vit la voiture percuter Claudette à mi-corps. Elle fut projetée, puis écrasée contre le mur à côté du porche. Son chapeau s'envola. Du sang rouge vif éclaboussa les briques de part et d'autre de son corps.

Par miracle, elle était encore en vie. Sa tête tournait d'un côté et de l'autre, sa bouche s'ouvrait et se fermait. Maurice sortit précipitamment de la maison et paniqua en découvrant sa femme. Il courut vers la voiture et sauta au volant pour la libérer.

Jason parvint finalement à ouvrir la fenêtre, à temps pour entendre les cris d'agonie de Claudette.

Mais au lieu d'avancer d'un mètre ou deux, la voiture bondit au milieu de la route, hors de contrôle. Maurice, en état de choc, semblait en être le passager plutôt que le conducteur. Sa portière ouverte oscillait d'avant en arrière. La voiture continua à accélérer en zigzaguant en travers de la route.

À ce moment précis, Jason reconnut avec horreur la camionnette d'Emily qui remontait l'allée du Lac dans la direction opposée.

— Non ! hurla-t-il, toujours aussi impuissant.

Il remarqua qu'il y avait deux personnes dans la camionnette. Paralysé par l'horreur et l'incrédulité, il vit la voiture des Penze-Weedell leur foncer droit dessus.

Emily était assise au volant. Et c'était lui qui occupait le siège à côté d'elle.

Impossible. Non. Impossible.

Mon Dieu.

La voiture violette heurta la camionnette de plein fouet. L'explosion libéra un épais nuage de fumée, de fragments de métal et d'éclats de verre. Catapultée en arrière, sur le flanc, la camionnette fit plusieurs tonneaux. Le bruit des impacts sur la carrosserie lui donna la nausée. La voiture des Penze-Weedell poursuivit sa route à vive allure, le capot défoncé. Elle percuta de front un tracteur équipé d'un godet de bulldozer qui dévalait la rue à tombeau ouvert, en venant de la même direction qu'Emily.

La pelle sectionna nettement le toit de la voiture. Poussant l'épave devant lui, l'énorme véhicule s'arrêta quelques mètres plus loin. Jason aperçut le conducteur dans la cabine qui souriait avec une satisfaction sinistre. Il ressemblait à Arthur Fears.

C'était Arthur Fears.

Seigneur, non. Non.

Le torse décapité de Maurice Penze-Weedell était assis derrière le volant de la petite voiture privée de son toit. Un moignon de colonne vertébrale dépassait de son anorak et de son écharpe trempés de sang. Le klaxon de la voiture retentit, monotone, continu.

Comme en transe, Jason composa le 999 sur son téléphone et bafouilla quelque chose. Il se rua ensuite dans l'escalier et sortit dans la rue, les yeux ruisselants de larmes.

74

Jeudi 27 décembre

Jason demeura immobile quelques instants, essayant d'évaluer la situation. Il ne vit aucune trace de la camionnette d'Emily. Elle n'était tout simplement pas là.

Il courut vers l'épave déchiquetée de la voiture violette et scruta l'allée du Lac. Pas de camionnette. L'avait-il imaginée ? C'était sûrement ça. Il n'y avait absolument aucune trace d'Emily.

Il se retourna et se précipita vers Claudette Penze-Weedell qui gisait par terre devant sa maison, immobile et désarticulée. Son corps avait laissé une horrible empreinte sanglante sur le mur de briques. Ses intestins s'échappaient de son abdomen sur l'allée pavée, à côté d'un élégant sac à main en crocodile. Une flaque de sang s'élargissait autour d'elle.

Le klaxon de la voiture résonnait toujours.

Jason la contempla, engourdi par le choc. Ses yeux étaient vitreux et sa bouche béante, comme interrompue au milieu d'une phrase. Pouvait-il faire quoi que ce soit pour elle ? Il se creusa la tête pour tenter de se rappeler le cours de secourisme auquel il avait assisté avec Emily, dans le cadre de sa formation de traiteur. À en juger par son état, il ne pensait pas que Claudette puisse être encore en vie. Il s'agenouilla quand même pour chercher maladroitement son pouls.

Il mit deux doigts sur son poignet en repoussant légèrement le bracelet de sa montre Rolex. Il ne sentit rien.

Un portable se mit à sonner. Il réalisa que le bruit provenait du sac à main de Claudette.

Une ombre fondit sur lui. Il fit volte-face et reconnut Arthur Fears, debout derrière lui.

— Il a foncé droit sur moi, dit Fears, presque fièrement.

— Oui, j'ai vu, répondit Jason mécaniquement, comme dans un rêve.

Dans le lointain, on entendait la plainte d'une sirène de plus en plus forte.

— Droit sur moi, répéta Fears.

Il ne semblait pas avoir remarqué le corps de Claudette Penze-Weedell.

— J'ai rien pu faire, continua Fears. Quel connard. Vous l'avez vu ? Vous êtes d'accord, hein ?

— Oui, dit Jason à contrecœur, peu disposé à lui faire la moindre concession.

Soudain pris de nausée, il se retourna et vomit sans pouvoir se contenir.

La sirène se rapprochait à vive allure, suivie à distance par une deuxième, puis une troisième.

— Vous avez l'estomac délicat, jeune homme ? dit Fears d'un ton sarcastique.

Jason dut se retenir pour ne pas coller son poing sur le visage goguenard du fermier.

Pendant l'heure qui suivit, l'allée du Lac, bloquée par des rubans bleu et blanc, fut embouteillée par les véhicules des services d'urgence. Trois voitures de police, une fourgonnette de l'Unité d'enquête sur les collisions, deux ambulances, un camion de pompiers et une foule de policiers et d'auxiliaires, certains revêtus de combinaisons de protection blanches.

Jason fut raccompagné chez lui par une policière. Elle prit

sa déposition en tant que témoin sur une tablette. Quand il eut fini, il lui demanda si, par hasard, elle était venue sur les lieux la semaine précédente, après le décès d'un ouvrier sur le chantier. La jeune femme lui dit que non et qu'elle n'en avait pas entendu parler.

— Trois morts en une semaine ? s'étonna-t-elle. Quelle malheureuse coïncidence !

— En effet.

— J'ai souvent constaté que les faits se produisaient en série, dit-elle. On dit d'ailleurs que jamais deux sans trois, n'est-ce pas ?

— C'est vrai, confirma-t-il sombrement.

— Eh bien, malgré tous ces événements tragiques, espérons que vous et votre femme pourrez désormais profiter de votre maison en paix.

— Merci, répondit-il sans conviction.

La policière rougit légèrement.

— Je voudrais juste vous dire que je suis une grande admiratrice de vos œuvres.

— Vraiment ? Je vous remercie !

— Veuillez m'excuser, je viens à peine de vous reconnaître.

— Je vous en prie.

— Nous avons un épagneul King Charles, et je songe à vous commander un portrait de notre Sally comme cadeau d'anniversaire pour mon mari… Si j'en ai les moyens.

— J'en serais enchanté, et je suis sûr que je pourrais offrir une réduction à une policière !

— Pas question, monsieur, mais c'est tout à fait aimable de votre part.

Il aperçut par la fenêtre deux personnes poussant un chariot où reposait un sac en plastique noir. Le sac avait une forme humaine.

Il sentit son estomac se retourner, et son sang se glaça. Il se remémora la scène à laquelle il assistait un peu plus tôt : les Penze-Weedell occupés à décharger triomphalement leur butin des soldes de Noël. Morts tous les deux quelques minutes plus tard.

S'agissait-il simplement d'une malheureuse série, comme l'avait suggéré la policière ?

Ou bien de quelque chose de plus sinistre ? Emily et lui avaient-ils emménagé dans l'antichambre de l'Enfer ?

Il s'était vu, piégé avec elle, dans la camionnette qui faisait des tonneaux.

Il fut tiré de ses pensées par la sonnerie de son portable. C'était Emily.

— Que se passe-t-il ? demanda-t-elle avec anxiété. La police a bloqué la rue et ils ne veulent pas me laisser passer. J'ai les crevettes et il faut que je les rapporte à la maison pour les mettre à décongeler d'urgence.

— Dieu merci, tu vas bien, tu es indemne.

— Je vais bien, oui. Et toi, ça va ?

— J'arrive.

75

Jeudi 27 décembre

Jason pressa le pas en détournant les yeux devant la voiture violette atrocement mutilée. Des pompiers et des policiers en masquaient partiellement la vue. Il se fraya un passage parmi les véhicules et échangea quelques mots avec le policier de garde près du ruban qui barrait la rue. Il put enfin courir vers la camionnette d'Emily, garée devant une maison en construction. Elle attendait à l'extérieur, le visage blême.

— Que s'est-il passé ? demanda-t-elle. Tu vas bien ?

— Ça va.

— La police n'a rien voulu me dire. Ils ont simplement parlé d'un accident. J'ai eu peur qu'il te soit arrivé quelque chose.

— Nos voisins, dit-il en frissonnant. Claudette et Maurice. C'était horrible. Leur voiture s'est emballée… Ça a très mal tourné. Ils sont morts tous les deux.

— Ils sont quoi ?

— Morts.

— Non !

Une autre sirène hurla, toute proche.

Jason serra Emily dans ses bras. Elle se laissa aller comme une poupée de chiffon.

— C'était terrifiant.

— Dis-moi que ce n'est pas vrai. Dis-moi que tu plaisantes.

— J'ai tout vu par la fenêtre de mon atelier.

— Qu'est-ce que tu as vu ?

— Allons récupérer tes crevettes. Ils m'ont dit qu'ils nous laisseraient aller et venir. Mais ne regarde pas la voiture au passage.

— À ce point ?

— Oui, Em, je t'assure.

Cinq minutes plus tard, les sacs en plastique lourds de crevettes déposés chez eux, Jason claqua la porte pour les isoler de la scène d'horreur et du bruit du klaxon qui résonnait toujours. La maison sentait à plein nez les produits chimiques utilisés pour la fumigation. Il fut surpris de constater que l'employé de Go Pest était déjà parti, en laissant des instructions à leur intention.

— J'ai regardé, dit Emily. Je n'ai pas pu m'en empêcher.

Elle se réfugia contre lui en sanglotant.

— Morts ? Ce n'est pas possible.

— J'en ai bien peur. C'était un brave type. Je n'arrive pas à croire que nous ayons bu un verre avec eux hier à peine.

— Moi non plus, dit-elle. Ça ne peut pas être vrai.

— Ça va aller.

— Non, ça ne va pas aller. Rien ne va. Nous vivons un putain de cauchemar.

Soudain, le klaxon s'interrompit.

— Dis-moi que nous sommes en train d'imaginer tout ça, Jason. Dis-moi que ça n'est pas réel.

Pendant quelques instants, Jason ne trouva rien à répondre. Il ne savait plus distinguer la réalité du reste.

— C'est un terrible accident. Quelque chose s'est déréglé dans leur voiture… Je ne sais pas quoi. Je… Ça va te paraître bizarre… Mais j'ai cru…, commença-t-il en laissant sa phrase en suspens.

— Cru quoi ?

— J'ai cru voir ta camionnette arriver. Que Maurice te fonçait droit dessus. J'ai cru…

Il se tut de nouveau. Il ne savait pas quoi dire d'autre.

De manière automatique, absent, il l'aida à mettre tous les sacs de crevettes dans les deux bacs de l'évier et à les arroser d'eau froide avant de les étaler sur des plateaux de décongélation.

— Je t'aiderai à les peler quand elles seront prêtes, dit-il.

Des larmes ruisselaient sur les joues d'Emily.

— Quand cela va-t-il s'arrêter ?

— C'est fini.

— Vraiment ? Ou bien ce n'est que le début ?

— Comment ça ?

— Ça ne finira que quand nous aurons tous disparu, n'est-ce pas ?

— Que veux-tu dire ?

— Tu sais ce que je veux dire. Jusqu'à ce que tout le monde soit mort.

— Allons, Em, nous avons toujours affronté les problèmes sans nous laisser décourager. Il faut que nous restions forts. Continue tes préparatifs pour demain, et appelle-moi si tu veux un coup de main. Pendant ce temps, je retourne dans mon atelier. Essaie d'ignorer – d'oublier même – ce qui se passe dehors, d'accord ?

Elle hocha la tête.

— Attends une seconde.

Elle prit un rouleau de papier absorbant et en déchira une feuille qu'elle mouilla sous le robinet pour essuyer les traces de vomi autour de sa bouche.

— Je t'aime, chuchota-t-elle d'une voix à peine audible.

— Moi aussi.

Il remonta jusqu'à son atelier en s'efforçant de chasser de son esprit l'horreur des derniers événements. Il travailla intensément cinq heures d'affilée en faisant abstraction des policiers qui s'activaient en bas. Finalement, il recula de quelques pas pour étudier *Le Tire-au-flanc* posé sur son chevalet. Il en était content. Il trouva qu'il avait bien saisi le caractère de l'homme, furtif et paresseux, avec en toile de fond l'effervescence du chantier.

Il n'y manquait plus qu'une touche finale, pensa-t-il en trempant la pointe de son pinceau le plus fin dans de la peinture blanche.

76

Jeudi 27 décembre

Sa cuisine professionnelle aménagée dans le garage étant inutilisable, Emily avait transporté dans celle de la maison tout le matériel dont elle avait besoin pour la réception du lendemain. Elle s'affairait à mettre de côté dans des boîtes en plastique les feuilles de laitue qu'elle venait de laver, ainsi que les tranches de tomates et de concombres pour les cocktails de crevette, prêts à être assemblés le jour suivant. Elle s'interrompait de temps à autre pour boire une gorgée d'un grand verre de vin blanc.

Une fois cette tâche terminée, elle prépara la sauce cocktail en y ajoutant sa touche personnelle : paprika, tabasco et raifort. Les crevettes de certains plateaux seraient bientôt suffisamment décongelées pour être pelées. Emily avait prévu d'en finir avec elles dans la soirée et de les garder au réfrigérateur en attendant de les transporter.

Ensuite, elle mettrait le tagine d'agneau qu'elle avait assaisonné à l'avance dans le four, pour le laisser cuire à feu doux toute la nuit. Demain, quand – il fallait l'espérer – Louise se sentirait assez bien pour l'aider, elles feraient précuire les légumes ainsi que les six saumons en croûte commandés pour les pescétariens, et deux plats végans. Les canapés sélectionnés par leur client étaient déjà dressés, chez Louise.

Elles étaient dans les temps, se dit-elle avec soulagement.

En rabattant la vitre du four, elle eut la sensation d'une présence dans son dos. Elle se retourna.

Il n'y avait personne.

La cuisine lui sembla soudain aussi glaciale qu'une chambre froide. Son haleine se transformait en vapeur.

Elle frissonna. La température avait l'air d'avoir radicalement chuté. Elle referma la porte de l'entrée, mais la pièce lui parut encore plus froide.

Elle perçut de nouveau une présence dans son dos. Puis elle entendit comme un déclic, et ressentit une brusque décharge d'électricité statique dans l'épaule.

Elle fit volte-face.

Et se trouva nez à nez avec un visage flétri et furieux.

77

Jeudi 27 décembre

Enfin satisfait, Jason déposa avec précaution *Le Tire-au-flanc* contre le mur. Il le remplaça sur le chevalet par un nouveau panneau enduit de gesso et rangea les photos de l'ouvrier. Il repensa au vieux couple morose assis dans le pub. Il revoyait leur posture, mais pourrait-il se remémorer leur visage assez nettement pour les peindre de façon détaillée ? C'était vraiment casse-pieds que leur photo se soit volatilisée.

Il avait imaginé le vieil homme en train de dire : « J'aurais dû te quitter il y a vingt ans, mais maintenant je suis coincé avec toi jusqu'à ce que la mort nous sépare. » Et la femme qui rétorquait : « Je ne t'aime pas, mais je n'ai rien trouvé de mieux. »

Il cliqua sur l'album photo de son téléphone sans grand espoir. À sa stupéfaction, la photo s'afficha. Avait-elle jamais disparu, ou l'avait-il tout simplement classée ailleurs par erreur ?

Dans l'allée, tout se calmait peu à peu. Des projecteurs puissants avaient été installés dans la rue. Il jeta un coup d'œil par la fenêtre. Plusieurs personnes habillées de combinaisons blanches, à quatre pattes, passaient au peigne fin la zone condamnée. Un autre groupe pareillement vêtu filmait ou prenait des photos.

Il avait faim. Il pourrait peut-être manger un morceau avant de continuer, se faire un café fort et travailler tard dans la nuit. Il se rendit compte qu'il se nourrissait presque exclusivement de café et qu'il faudrait qu'il essaie de réduire sa consommation après son exposition, quand les choses se tasseraient.

La porte s'ouvrit brutalement dans son dos.

78

Jeudi 27 décembre

Emily se tenait sur le seuil, hors d'haleine, au bord de la crise de nerfs. Sa toque de cuisinier de travers, elle avait une mine épouvantable.

— Jason ! cria-t-elle.

— Quoi ?

— Il y avait quelqu'un derrière moi dans la cuisine.

— Comment ça ?

— Une femme.

Elle hocha la tête comme s'il était censé savoir de qui il s'agissait.

— Une femme ? Que veux-tu dire ? Qui ça ?

Elle se mit à trembler tellement fort qu'elle eut du mal à parler pendant quelques secondes. Finalement, elle lâcha :

— Furieuse. Elle avait l'air folle furieuse. Enragée. Oh mon Dieu, elle était hideuse.

— De quelle femme parles-tu ?

— Dans la cuisine.

— Mais comment ? Avais-tu ouvert la porte du garage ? Paul, de Go Pest, nous a bien dit de ne l'ouvrir sous aucun prétexte avant qu'il nous donne le feu vert. Tu n'as pas oublié ?

— Je. N'ai. Pas. Ouvert. La. Porte, martela-t-elle avec véhémence.

Son ton eut pour effet d'arracher Jason à sa stupeur.

— Elle était debout derrière moi. Elle était là, et pouf, elle a disparu. Je l'ai vue. Et elle s'est volatilisée.

— Peux-tu la décrire ?

— Elle était horrible. Horrible. Elle portait un genre de longue robe bleue démodée, avec des chaussures jaunes et un visage tout ridé… Ratatiné… Une vieillarde. Elle m'a parlé.

— Qu'est-ce qu'elle a dit ?

— Sa voix était éraillée et désagréable, vraiment méchante. Diabolique.

— Qu'est-ce qu'elle a dit, Em ?

— Elle a dit : « Personne ne quitte jamais cette maison. » Et puis quelque chose comme : « Vous viendrez bientôt me retrouver, vous et votre mari. C'est ce qui finit par arriver à tout le monde. Ne vous fatiguez pas à lui acheter des cadeaux d'anniversaire. Il n'en aura pas besoin, ici. »

Jason l'entoura de ses bras et s'aperçut qu'il portait toujours ses gants chirurgicaux. Emily tremblait convulsivement.

— Ma puce, ça va s'arranger.

— Je l'ai vue. Je l'ai *vue.* Elle m'a touchée. Je l'ai entendue parler. Ah oui, et elle a aussi… Elle m'a ordonné de te répéter qu'elle s'appelait *Matilda.*

— Matilda ? Ça me dit quelque chose.

— Oui, et je vais t'expliquer pourquoi. Tu te souviens de ce livre d'histoire que tu as rapporté de la bibliothèque ?

— Oui, il est sur mon bureau.

— Je t'ai lu un passage la semaine dernière.

Elle alla prendre l'ouvrage et le feuilleta. Elle se mit à lire à voix haute.

— « La maison de Cold Hill fut construite dans les années 1750 à la demande de Sir Brangwyn De Glossope, sur les vestiges d'un monastère. Sa première épouse, Matilda, héritière d'une riche famille de propriétaires terriens du Sussex, les Warre-Spence, disparut sans avoir eu d'enfant un an après leur installation dans la propriété. C'est son argent qui permit de financer la construction de la maison, De Glossope étant sans le sou au moment de leur mariage. Selon la rumeur, De Glossope l'aurait assassinée et se serait débarrassé de son corps afin d'être libre de voyager à l'étranger avec sa maîtresse, Evelyne Tyler. »

— La femme que tu as vue dans la cuisine serait Matilda De Glossope ?

— À toi de me le dire.

Un grand fracas retentit au-dessus de leurs têtes.

La pièce fut plongée dans l'obscurité.

79

Jeudi 27 décembre

Suivi de près par Emily, Jason descendit au rez-de-chaussée en s'éclairant avec la lampe torche de son téléphone. Il traversa la cuisine et pénétra dans la buanderie. Il trouva l'armoire électrique, ouvrit la porte et remarqua aussitôt que le disjoncteur principal était baissé. Il le releva et l'électricité revint.

— Le disjoncteur n'a pas sauté tout seul, dit Emily.

— Ces trucs-là sont très sensibles. Une ampoule grillée peut suffire à les déclencher.

— Ou un fantôme ?

Il esquissait un sourire quand les plombs sautèrent de nouveau avec un bruit sec semblable à un coup de feu. Les lumières s'éteignirent.

Juste derrière eux, ils entendirent un ricanement affreux.

Jason se figea, avant de faire volte-face en déchirant l'obscurité du faisceau de sa torche. Il éclaira la machine à laver, le sèche-linge et une pile de repassage, ainsi que le visage terrifié d'Emily.

Nouveau ricanement.

Il braqua sa torche sur l'armoire et releva la manette.

Cette fois-ci, les lumières restèrent allumées quelques secondes… Avant de s'éteindre.

Obscurité totale.

Ricanement sinistre.

— Nous ne pouvons pas rester ici, dit Emily. Il faut que nous partions tout de suite.

Une voix malveillante résonna.

— Personne ne quitte jamais cette maison.

Emily s'accrocha à Jason alors qu'une rafale de vent balayait la pièce. La porte se ferma en claquant derrière eux.

Une plainte retentit.

Un bébé pleura.

Le vent souffla encore plus fort.

Jason enclencha le disjoncteur.

La manette s'abaissa aussitôt avec un déclic.

Un enfant hurla. Un autre lui fit écho. Des hurlements de terreur.

Puis un fracas, un grondement, comme si des murs s'écroulaient.

— Jason ! cria Emily, terrifiée, en s'agrippant à son mari.

— Il ne faut pas paniquer, Em.

— IL. FAUT. PANIQUER. MERDE !

Emily se cramponna encore plus à lui.

Ils restèrent quelques instants pétrifiés.

Enfin, tout se calma. Les lumières revinrent avec un déclic.

Jason examina le disjoncteur. La manette qui avait sauté était de nouveau relevée.

Leurs yeux se rencontrèrent. Des yeux exorbités, essayant de comprendre ce qui venait de se passer. Chacun scrutant le visage de l'autre pour tenter d'y trouver un semblant d'explication ou un peu de réconfort.

Jason pensa à quelque chose.

— Viens avec moi.

Il traversa la cuisine en courant et s'arrêta devant le boîtier de la commande vocale. Il était rebranché et la télévision était en marche. Un gloussement désagréable se fit entendre. La caméra zooma sur un jeune couple pétrifié de terreur. Une vieille femme au visage affreusement ridé, vêtue d'une robe bleue et de chaussures jaunes, s'avançait vers eux en flottant comme une apparition.

Un enfant hurla, et un autre lui fit écho. Le bruit d'un mur qui s'écroulait s'échappa de la télévision.

Sur l'écran, le couple fit demi-tour et s'enfuit. La vieille femme les pourchassa en ricanant.

— Personne ne quitte jamais cette maison !

Le couple parvint à la porte d'entrée, qui refusa de s'ouvrir.

Le bruit d'éboulement s'intensifia, jusqu'à en devenir assourdissant. Cloués sur place, l'homme et la femme lançaient des regards désespérés autour d'eux.

Quelques secondes plus tard, ils furent ensevelis sous une avalanche de gravats.

Emily se tourna vers Jason.

— C'était cette femme.

— Celle que tu as vue ?

Elle acquiesça machinalement.

— A-t-elle rallumé la commande vocale ? Branché la prise ?

Jason ne sut pas quoi répondre.

— Peut-être l'un de nous deux l'a-t-il fait… sans s'en rendre compte ?

— Mais bien sûr, j'ai souvent des absences comme celles-ci, pas toi ? Allons, regarde les choses en face. Ni toi ni moi ne l'avons rebranchée.

— Alors, c'est la femme de la télévision qui l'a fait ?

— Elle se tenait derrière moi. Peut-être qu'elle l'a fait.

Jason dévisagea sa femme. Elle prétendait ne pas avoir vu le révérend Fortinbrass. Elle n'avait aucun souvenir de la visite des policiers. Est-ce qu'elle ne tournait pas rond ? Pouvait-il s'agir d'une tumeur au cerveau ? Cela expliquerait-il pourquoi elle se comportait bizarrement, ayant des hallucinations et oubliant des événements ?

Ou bien c'était lui ? Était-il en train de devenir fou ? Était-ce lui qui imaginait des événements ? L'accident sur le chantier ? Sa rencontre avec l'évêque ?

Ils avaient tous les deux vu le fantôme de Caroline Harcourt, cela ne faisait aucun doute. Mais qu'en était-il de ce qu'Emily disait ne pas se rappeler ? Avait-elle tripoté la boîte à fusibles dans le noir ? Avait-elle réactivé la commande vocale ?

Il écarta immédiatement cette supposition aberrante. Et pourtant, pouvait-il entièrement exclure la possibilité qu'Emily soit mentalement perturbée ? Assez pour ne pas avoir remarqué qu'elle remplissait les congélateurs de cafards ?

Il n'envisageait pas cette hypothèse de gaieté de cœur, mais quelle autre explication pouvait-il trouver ?

— Jason, dit-elle calmement, avec douceur. Nous ne pouvons pas rester ici cette nuit.

— Em, écoute, il y a quelque chose qui cloche avec l'installation électrique. Une surtension, ou autre… Je ne m'y connais pas trop en électricité. Il faut que je continue à peindre, et toi tu dois finir de t'organiser pour demain.

— Tu crois vraiment que tu vas arriver à te concentrer sur ta peinture ce soir ? Et que je vais cuisiner avec une mégère qui lorgne par-dessus mon épaule ? Il n'y a rien qui cloche avec l'installation électrique. Ça n'a rien à voir avec l'électricité. C'est cette maison qui a un problème. Nous devons partir. Tu le sais, mais tu ne veux pas l'admettre.

— D'accord, et pour aller où ?

— N'importe où plutôt que de croupir ici. Chez mes parents ?

— Je n'irai pas chez tes parents.

— Et pourquoi pas ?

Parce que je préfère affronter une vieille harpie en robe bleue que d'avoir à supporter le mépris de ton père, aurait-il voulu répondre.

— Nous pourrons revenir demain matin à la première heure pour nous y remettre, implora-t-elle. J'ai peur. J'ai vraiment peur. Nous avons fait une terrible erreur en nous installant ici, tu le sais bien.

— Écoute, ma puce. Là-dessus, je suis d'accord avec l'évêque. Tout le stress que nous traversons fait resurgir des échos du passé… Cela me paraît logique.

Il n'osa pas ajouter que, d'après la secrétaire de l'évêque, leur rencontre n'avait jamais eu lieu.

Elle le dévisagea.

— Tu es déterminé à trouver des explications *logiques* à tout prix, n'est-ce pas ?

— Comment ça ?

— Tu refuses d'accepter la réalité. Nous avons emménagé dans une maison hantée et pleine de dangers. Une maison qui ne veut pas de nous. Tu stagnes dans le déni le plus total.

— Je ne suis pas dans le déni. J'ai toujours gardé l'esprit ouvert. Nous savons que cet endroit a une histoire macabre. Je reconnais que les fantômes existent. Nous en avons vu au moins un tous les deux, putain. Mais je refuse d'accepter qu'ils puissent nous faire du mal.

— Tu n'as pas vu la mégère qui se tenait dans mon dos.

— Tu n'as pas vu le pasteur.

Elle le sonda et secoua la tête.

— Est-ce qu'on va continuer à se disputer ? Écoute, nous sommes tous les deux adultes. Ne jouons pas à qui a vu quoi.

— Je ne suis pas en train de jouer, c'est bien la dernière chose que j'ai en tête, d'accord ?

— D'accord. Mais moi, la dernière chose dont j'ai envie, c'est de passer la nuit ici. Tu peux t'éterniser ici, si tu veux. Moi, je me casse. Je pars chez mes parents.

Jason vit la détermination dans le regard de sa femme. Il se rendit compte que l'idée de rester ici tout seul le mettait, lui aussi, carrément mal à l'aise.

80
Jeudi 27 décembre

Dix minutes plus tard, ayant rassemblé à la hâte ce dont ils avaient besoin pour la nuit, ils enfilèrent leurs manteaux et sortirent de la maison. À la stupéfaction de Jason, la rue était déserte. Il n'y avait plus trace des voitures et fourgonnettes de police, du tracteur ni de l'épave de la voiture, pas plus que des policiers et des techniciens. La camionnette d'Emily était de nouveau garée dans l'allée.

Comme si rien ne s'était passé.

— Incroyable ! Ils ont tout dégagé en quatrième vitesse, dit Jason. Qui a déplacé ta camionnette ?

— La police m'a demandé de leur laisser la clé au cas où ils auraient besoin de la bouger, répondit-elle.

— C'est très correct de leur part.

De l'autre côté de la rue, la maison des Penze-Weedell était plongée dans l'obscurité. Ils avancèrent vers la BMW de Jason. Au moment où ils l'atteignaient, ils entendirent le vrombissement d'une voiture qui remontait à vive allure l'allée du Lac.

C'était une grosse Cadillac décapotable. L'homme assis au volant fumait un cigare dont l'extrémité rougeoyait dans l'ombre. À la lueur du réverbère, Jason put discerner une femme du côté passager et les silhouettes de deux enfants à l'arrière.

Quelques instants plus tard, les feux arrière de la voiture avaient disparu au coin de la rue. Mais l'odeur de cigare s'attarda.

— J'ai aperçu cette voiture plusieurs fois, dit Jason. L'agent immobilier prétend que ça ne lui dit rien, mais je l'ai vue arriver la semaine dernière, suivie d'un camion de déménagement. Je suis sûr qu'ils habitent quelque part dans le lotissement.

— Elle est un peu voyante, tu ne trouves pas ?

— J'adore ces énormes bagnoles américaines ! C'est une Cadillac Eldorado. Ça ferait une belle composition, avec toute la famille excitée de découvrir sa nouvelle maison... Qu'en penses-tu ?

— M. et Mme Tape-à-l'œil, rétorqua-t-elle.

— C'est vraiment dommage pour les Penze-Weedell. Je suis certain qu'ils seraient devenus copains comme cochons avec ces gens.

Il pressa sa clé électronique pour déverrouiller la BMW. À sa grande surprise, rien ne se passa.

Il fit une nouvelle tentative.

Toujours rien.

— Merde, la batterie doit être à plat.

Jason inséra la clé dans la serrure et donna un tour. Après un bref instant de suspense, les portes se débloquèrent et ils s'installèrent à l'intérieur.

Un peu étonné que les lumières de l'intérieur de l'habitacle ne se soient pas allumées, Jason appuya sur le bouton Start.

Aucune réaction.

Il essaya de nouveau. Un faible déclic se fit entendre sous le capot, puis plus rien.

— Elle est bien à plat. C'est pas possible, putain !

— Prenons la mienne, dit Emily.

Elle sortit de la BMW et courut vers sa fourgonnette.

Elle tira sur la poignée de la portière, mais celle-ci était verrouillée.

— Ne me dis pas qu'ils sont partis avec la clé ? Quels crétins !

— Ton double est dans le tiroir de l'entrée.

Elle ouvrit son sac pour sortir les clés de la maison et fronça les sourcils.

— Attends, elle est là, sur mon porte-clés.

— Je croyais que tu l'avais confiée aux flics ?

— Moi aussi. J'ai dû..., commença-t-elle d'un ton hésitant, le front plissé. J'étais pourtant sûre de l'avoir laissée sur le contact.

— Tu l'as peut-être enlevée sans faire attention.

— Et ils ont poussé la camionnette jusqu'ici ? Malgré l'antivol de direction ?

— Ouais, j'imagine que la police a les outils qu'il faut pour forcer des voitures.

Elle pressa le bouton pour ouvrir sa camionnette, mais sans plus de succès qu'avec la BMW. Elle la déverrouilla manuellement, s'assit au volant et tenta de démarrer.

La batterie du véhicule était elle aussi à plat.

— Que se passe-t-il ? demanda-t-elle à son mari.

Ce dernier, debout dans la rue, regarda autour de lui avec circonspection.

— Les deux voitures ont les batteries à plat, Jason, répéta-t-elle, une brisure dans la voix. Comment ça se fait ?

— Peut-être qu'il s'est produit une surcharge électrique qui les a déchargées toutes les deux ? hasarda-t-il.

— Et cette surcharge a rebranché notre commande vocale ? Et court-circuité ton cerveau, par la même occasion ?

Il sortit son portable de sa poche.

— Je vais appeler un taxi.

Il venait d'ouvrir Google Maps, quand il fronça les sourcils. L'écran s'était brusquement éteint.

— Em, peux-tu essayer ton téléphone ? Le mien n'a plus de jus.

Elle saisit son smartphone et tapota sur l'écran. Une fois, deux fois.

— À plat, dit-elle. Il est à plat. Cette putain de batterie n'a aucune autonomie. Je l'ai rechargée cet après-midi.

— Le fixe marche peut-être encore.

Ils rentrèrent dans la maison et retournèrent dans la cuisine. Le téléphone sans fil reposait sur sa base.

Lui aussi inutilisable.

81

Jeudi 27 décembre

Jason brancha son téléphone sur le chargeur. Quelques instants plus tard, une ligne rouge apparut sur l'écran. Elle disparut au bout de quelques secondes, remplacée par deux chiffres.

60

— Qu'est-ce que c'est que ce bordel ? dit-il.

Emily sursauta.

— À qui parles-tu ?

Il fixa son portable des yeux. *60. Soixante quoi ?*

Il se mit à transpirer, une terrible sensation d'appréhension au creux de l'estomac. Le sentiment que quelqu'un – ou *quelque chose* – de profondément malveillant le surveillait. Les poils de sa nuque se hérissèrent.

Ils entendirent un déclic. Cela venait de l'entrée. Quelqu'un pénétrait dans la maison.

— Qui est-ce ? chuchota Emily.

Jason la suivit hors de la cuisine. La porte était béante et une bise mordante balayait le vestibule. Il se précipita pour claquer le battant.

— Je n'ai pas dû bien fermer quand nous sommes…

Il s'arrêta net en comprenant que le souffle ne venait pas de l'extérieur, mais de l'intérieur. Des rafales violentes, comme si toutes les portes et les fenêtres de la maison s'étaient ouvertes. Le vent s'engouffrait dans leurs habits et emmêlait leurs cheveux. Paniquée, Emily jeta autour d'elle des regards affolés.

La tempête retomba d'un coup.

Pétrifiés, ils restèrent quelques instants sans parler.

— Qu'est-ce que c'était que ça ? demanda-t-elle enfin.

Jason secoua la tête. Il ne savait pas, il ne savait vraiment pas. Il passa dans le salon pour vérifier les fenêtres, mais elles étaient toutes fermées. Elles l'étaient également dans les autres pièces. Qu'arriveraient-ils à supporter de plus ?

— Je vais voir en ligne si je peux trouver un taxi, lança-t-il avant de s'engager dans l'escalier.

Emily le suivit, serrée contre lui. Elle se cramponna à sa taille jusqu'à son atelier.

Il s'assit à son bureau et essaya de se connecter. Mais son ordinateur ne captait pas le Wi-Fi. L'icône en forme d'éventail clignotait désespérément à la recherche d'une connexion.

Une seconde plus tard, la pièce fut plongée dans l'obscurité. Les réverbères de l'allée s'étaient eux aussi éteints. Il faisait complètement noir.

Jason vérifia l'extérieur par la fenêtre.

— Il doit y avoir une coupure d'électricité.

— Merde ! dit Emily. C'est pas vrai... Avec toute la nourriture dans le frigo ? Mes crevettes vont être fichues.

— Elles vont rester fraîches un moment, non ?

— Quelques heures, à condition de laisser la porte fermée. Merde, merde, merde !

— Le courant ne va pas tarder à être relancé.

— Tu crois ? Nous n'avons encore jamais eu de panne générale, ici. Et si l'électricité ne revenait pas avant plusieurs heures ? Tu as une idée de ce que cela signifie ? Nous ne pouvons même pas appeler la compagnie pour vérifier ce qui se passe. Si au moins j'arrivais à faire démarrer ma camionnette, je pourrais enclencher la réfrigération et ranger les crevettes dedans pour la nuit, ce serait mieux. Mais je ne peux pas. Nous aurions dû acheter un générateur… J'y avais songé.

— C'est un peu tard, maintenant.

— Oui. Et maintenant nous sommes complètement coincés.

— Nous ne sommes pas coincés. Nous pouvons marcher jusqu'au village. Nous appellerons un taxi du pub et un dépanneur pour ta camionnette, pour pouvoir y mettre les crevettes.

— Et s'ils ont aussi une coupure de courant là-bas ?

— Je suis sûr qu'ils ont un téléphone portable, et le patron est un type serviable.

— Il vaut mieux ça que de rester ici dans le noir, avec un putain de fantôme qui se balade.

À la lueur de sa lampe torche, ils descendirent l'escalier en colimaçon en se tenant par la main, et sortirent de la maison.

— Tu as la clé ? demanda-t-il.

— Oui.

Jason verrouilla la porte derrière eux. Un vent glacial s'était brutalement levé et les assaillit de sa morsure, comme si l'ouragan qui soufflait à l'intérieur quelques instants plus tôt les avait suivis. Une bâche claquait bruyamment dans le jardin d'une bâtisse en construction. En suivant le trottoir, toujours guidés par le faisceau de la torche de Jason, ils humèrent une forte odeur de tabac. Non loin de là, de l'autre côté de la rue, une lueur rougeoyait.

Jason braqua la lumière dans cette direction et distingua la silhouette d'un homme debout sous un lampadaire éteint. Il fumait un cigare.

— Bonsoir ! lança-t-il.

Pas de réponse.

Il s'apprêtait à traverser la rue quand Emily le retint.

— Jason, fais attention. Qui est-ce ?

Jason répondit en baissant la voix :

— Ça doit être le type dont parlait Maurice Penze-Weedell, celui qu'il voyait toujours pendant sa promenade du soir. Bonsoir ! répéta-t-il.

Aucune réponse.

— Savez-vous combien de temps cette coupure de courant va durer ? demanda Jason à l'inconnu, en haussant le ton.

Sa question ne suscita aucune réaction.

Il se dégagea de la main d'Emily et se dirigea vers la silhouette.

— Jason ! l'avertit-elle en élevant la voix. Jason !

En arrivant de l'autre côté, il fut parcouru d'un frisson.

Il n'y avait personne.

Il scruta chaque côté de la rue. Personne. Aucune odeur de cigare.

— Jason ! cria Emily.

Déconcerté et inquiet, il se dépêcha de la rejoindre.

— Il... Il s'est volatilisé.

— Je t'en prie, allons-nous-en. S'il te plaît.

Elle se mit à marcher si rapidement qu'il dut accélérer pour rester à sa hauteur.

— Nous devons nous éloigner d'ici, dit-elle.

— Il s'est... évaporé, dit-il en la rattrapant.

— Si tant est qu'il ait jamais été là.

— Nous l'avons vu tous les deux.

Elle se tut et pressa le pas en regardant obstinément devant elle. Quelques minutes plus tard, ils atteignirent l'entrée du lotissement et tournèrent à gauche pour descendre la colline vers le village.

Les lumières de toutes les maisons en contrebas étaient éteintes.

— Les joies de la vie à la campagne, dit Jason.

— Je n'y trouve pas beaucoup de joie.

À présent, le vent soufflait aussi fort qu'une tempête. Courbés en avant, ils luttaient contre les bourrasques pour avancer. On aurait dit qu'elles essayaient de les repousser vers la maison, songea Jason, tout en étant conscient qu'il s'agissait d'une pensée irrationnelle. Ses cheveux étaient douloureusement tirés en arrière, comme si on voulait les arracher de leur racine. Il regretta de ne pas avoir pensé à mettre un bonnet. Emily sortit un foulard de sa poche, qu'elle se noua sur la tête. Une boîte de conserve roula bruyamment sur le sol à leurs pieds. Des feuilles et des brindilles s'envolaient sur leur passage.

— Emily, écoute, je te promets que ça va s'arranger. Un jour, bientôt, nous rirons de tout ça.

— Tu crois ? Ça ne va jamais s'arrêter, n'est-ce pas ? Cette maison nous déteste, elle veut que nous partions.

— Mais non. Fais-moi confiance, Em, elle veut que nous restions.

— Et pourquoi donc te ferais-je confiance ?

Il s'arrêta et la fit pivoter avec douceur pour lui faire face. Plongeant ses yeux dans les siens, dans l'obscurité éclairée par la faible lueur de sa torche, il lui dit :

— Nous nous aimons, et c'est tout ce qui importe. Ensemble, nous sommes invincibles. Tu te rappelles nos vœux de mariage ? *T'être fidèle et te chérir, pour le meilleur et pour le pire…* ?

Elle le dévisagea sans répondre.

— Em, on va s'en sortir, je te le jure.

Ils continuèrent à descendre la colline en silence. Ils dépassèrent le panneau « COLD HILL – RALENTIR », et Jason poussa un cri de joie. Ils pouvaient apercevoir des lumières à l'horizon. Des réverbères. Des fenêtres allumées.

— Est-ce que ça veut dire que le courant est revenu chez nous ? demanda Emily.

— Espérons-le.

— Il s'agit peut-être d'un circuit différent.

— C'est vrai.

Il se retourna. Il y avait aussi des lumières dans les maisons sur la colline derrière eux.

— Regarde ! dit-il.

— Enfin !

— Veux-tu faire demi-tour ?

— Non. Allons au pub pour appeler un taxi, et nous pourrons repasser prendre nos affaires et aller chez mes parents.

— D'accord.

Quelques minutes plus tard, ils parvinrent au premier réverbère du village, juste en face de l'épicerie.

Mais ce n'était plus une épicerie.

La vitrine était flambant neuve. Le nom avait changé. L'élégante enseigne calligraphiée annonçait : « GALERIE DE COLD HILL ».

L'intérieur, brillamment éclairé, était bondé. Un vernissage s'y déroulait. Des gens en tenue de cocktail, une flûte de champagne à la main, discutaient avec intensité, en souriant ou avec le plus grand sérieux.

Jason et Emily étaient stupéfaits.

— Mais qu'est-ce que c'est que ça ? s'exclama-t-il. Que s'est-il passé ?

— L'épicerie. L'épicerie n'est plus là, dit Emily en secouant la tête avec incrédulité.

— Mais... (Jason tentait de comprendre)... on nous a livré les journaux ce matin.

— Ils ont dû déménager.

— Oui, mais où ? Et comment ? Je suis passé devant en voiture il y a quelques jours à peine.

Ils traversèrent la rue. En se rapprochant, Jason put découvrir les peintures accrochées aux murs. Certaines portaient un point rouge.

Ses peintures.
La porte affichait un panneau discret.

VERNISSAGE 18 h 30 – 21 h 00
SUR INVITATION

Il regarda Emily. La porte s'ouvrit et un couple sortit. Jason et Emily se glissèrent à l'intérieur et se joignirent à la foule. À l'odeur entêtante de parfum et d'after-shave se mêlait une émanation discrète de peinture à l'huile. Debout devant les tableaux, les invités les admiraient en commentant certains détails. Une serveuse portant un plateau de flûtes pleines à ras bord circulait dans la pièce. Quand elle s'approcha d'eux, Jason tendit la main pour prendre deux verres, mais elle les ignora, comme si lui et Emily étaient invisibles et que le plateau qu'elle tenait n'était qu'une illusion.

Quelqu'un va finir par me reconnaître, pensa-t-il.

Une femme blonde à la coiffure étudiée, élégamment vêtue, s'adressait à un petit groupe d'invités. C'était visiblement la responsable de la galerie et elle rappela à Jason la propriétaire de la galerie Northcote.

— Nous avons eu une chance incroyable de pouvoir nous procurer ces pièces exceptionnelles dans la succession. Il s'agit de ses dernières œuvres et, à mon avis, ce sont de loin les meilleures.

Elle désigna le tableau intitulé *Le Tire-au-flanc*. Puis un autre, qu'il était certain de ne pas avoir encore peint, celui du vieux couple déjeunant au pub. Juste à côté était accroché un autre tableau qu'il avait projeté de faire, mais qu'il n'avait même pas esquissé : le portrait d'un conducteur de grue sur le chantier.

— Jason Danes, déclara-t-elle, était le digne successeur de Lowry. S'il avait vécu, il serait devenu un de nos plus grands artistes. Ses vingt-deux œuvres vont toutes prendre de la valeur au cours des années à venir, c'est évident. Pour tout collectionneur d'art anglais du XXIe siècle, elles me paraissent *incontournables*. C'est une vraie tragédie que la perte de leur auteur à un stade aussi précoce de sa carrière.

Jason s'avança vers elle.

— En fait, je suis Jason Danes et je suis toujours bien vivant.

Elle poursuivit, ne semblant pas l'entendre :

— *Le Tire-au-flanc* est si expressif. Danes a parfaitement capturé la personnalité de cet homme. Rien qu'à sa posture, on peut deviner sa paresse.

— Bonsoir ! dit Jason.

Personne ne lui prêta la moindre attention. Le groupe se détourna pour examiner la peinture.

— Jason, je veux m'en aller, dit Emily.

— C'est mon vernissage ! dit-il. Nous devons y assister.

— Ces gens ne veulent pas de nous. Nous ne sommes pas les bienvenus ici.

— Em ! Ma puce, je... c'est... Ce sont mes peintures ! Nous devons...

Mais elle était déjà ressortie dans la rue.

Il la suivit.

— Em ! Nous ne pouvons pas partir comme ça !

— Ils ne nous ont pas invités, répondit-elle.

Il était maintenant certain qu'il rêvait. Il n'y avait pas d'autre possibilité.

— Enfin, Em, nous n'avons pas besoin d'invitation pour mon propre vernissage !

— Pour celui-ci, si.

Ils reprirent leur chemin avant de s'arrêter de nouveau. Il contempla avec perplexité le cottage qui, la dernière fois qu'il était passé devant, affichait une pancarte « BED & BREAKFAST – CHAMBRES LIBRES ».

La pancarte avait disparu.

De même que la clôture blanche et le jardin coquet,

celui-ci recouvert de pavés où deux voitures étaient garées côte à côte : une Porsche et une Mini Countryman.

— Que s'est-il passé ici ? s'étonna Emily.

— Nous allons nous réveiller.

— Je suis bien éveillée.

— Non, tout ça est bien trop curieux, dit-il. Deux changements aussi radicaux dans la rue principale, en l'espace d'une semaine ?

Il désigna le cottage d'un geste.

— C'était un Bed & Breakfast quand nous sommes arrivés ici. Comment a-t-il pu changer aussi vite ? Et il y avait un jardin devant. Comment aurait-on pu le paver si rapidement, et pendant les vacances de Noël en plus ?

Il se remit à marcher, mais il se sentait de plus en plus désorienté et étourdi. Comme s'il était ivre, ou défoncé.

— Il est possible que ce soit un maçon qui l'ait acheté, suggéra-t-il, et qu'il ait fait les travaux pendant ses congés de Noël. Peut-être que l'épicerie appartenait aux mêmes propriétaires que le Bed & Breakfast, et qu'ils ont vendu les deux en même temps ?

— Je n'en ai pas la moindre idée. Rien de ce qui se passe ici ne peut plus me surprendre, répondit Emily.

Quelques instants plus tard, elle s'arrêta net et s'écria :

— Oh, merde !

— Quoi ?

— *Ça*, ça me surprend.

Elle pointa le doigt vers le trottoir opposé.

— Regarde ! Regarde !

Il obéit et leva les yeux. Le pub. The Crown.

Sauf que ce n'était plus The Crown.

Une grande enseigne annonçait dans une typographie noire sophistiquée, sur un fond gris :

Bistrot Tarquin

Plusieurs voitures pimpantes étaient garées à côté.

Jason était abasourdi.

— Nous y sommes venus il y a dix jours, dit-elle, interloquée. Le dimanche, pour déjeuner. Et tu y es retourné deux jours plus tard… Tu as pris un sandwich.

— Peut-être que le patron… Peut-être a-t-il voulu lui donner un coup de jeune ?

— La semaine dernière aussi, comme par hasard ? Est-ce que tout le village de Cold Hill est en train de s'offrir un relooking ?

Ils entrèrent dans le restaurant et marquèrent un temps d'arrêt.

L'endroit avait complètement changé. Un bar en acier et verre remplaçait le vieux comptoir en bois. Derrière, un grand passe-plat s'ouvrait sur une cuisine en pleine effervescence. La vieille moquette douteuse avait été arrachée et le sol s'habillait maintenant d'un plancher en bois cérusé. Les murs fraîchement repeints en gris perle étaient éclairés par des appliques en Inox brossé. Le mobilier se composait de tables rondes à plateau de verre et de chaises recouvertes de daim gris, avec une bougie allumée sur chaque table. Une clientèle élégante dégustait des assiettes gastronomiques en buvant dans des verres en cristal. Vêtus de noir de la tête aux pieds, des serveurs filiformes – semblables à des mannequins – évoluaient selon une chorégraphie parfaitement orchestrée. Près de l'entrée, une femme au brushing impeccable se tenait derrière un pupitre en Plexiglas, pour accueillir les clients.

Elle ne leva pas la tête à leur approche.

— Quelle transformation ! s'exclama Jason.

Elle continua à les ignorer.

La porte s'ouvrit derrière eux et un couple entra : deux femmes à l'allure distinguée, l'une aux longs cheveux bruns, l'autre blonde avec une coupe au rasoir.

— Nous sommes un peu en retard, dit la brune. Nous avons réservé au nom de Saltmarsh.

— Demetra ? demanda l'hôtesse en la dévisageant, tout sourire.

— Oui.

— Suivez-moi, s'il vous plaît.

Jason et Emily observèrent les deux femmes. À peine s'étaient-elles assises qu'un serveur vogua vers leur table avec des menus.

L'hôtesse retourna à son pupitre et nota quelque chose sur sa tablette. Elle devait cocher la réservation, pensa Jason.

— Est-ce que… euh… Lester Beeson est là ? interrogea Jason.

Elle ne broncha pas.

Il se tourna vers Emily.

Mais Emily avait disparu.

82

Jeudi 27 décembre

Jason chercha tout autour de lui. Aucun signe d'Emily. Était-elle allée aux toilettes ?

Où se trouvaient-elles, d'ailleurs ? Tout avait changé. La porte qui, dans son souvenir, menait aux sanitaires avait fait place à une alcôve avec une banquette en arc de cercle.

— Excusez-moi, demanda Jason à l'hôtesse. Puis-je utiliser vos toilettes ?

Occupée à étudier ce qui devait être un plan de la salle, cette dernière ne réagit pas.

— Euh… Les toilettes ? répéta-t-il. Pourriez-vous m'indiquer où elles sont ?

Cette fois-ci elle leva les yeux, mais pas pour répondre à sa question. Elle adressa un sourire à un autre couple qui venait de passer le seuil. Ils s'arrêtèrent juste devant Jason. *Quelle impolitesse de leur part, tout comme l'hôtesse qui persiste à m'ignorer*, pensa-t-il avec indignation.

— La réservation est au nom de Nick Godfrey, dit l'homme.

— Quatre personnes ?

— C'est cela.

— Vos amis sont déjà là, monsieur Godfrey.

Elle prit leurs manteaux et les conduisit vers leur table.

Jason pivota sur ses talons, perplexe. Il ressortit dans la rue où un véritable ouragan faisait rage. Aucune trace d'Emily. Il retourna à l'intérieur du restaurant.

— Ma femme, elle était entrée avec moi, dit-il à l'hôtesse. Pourriez-vous aller vérifier les toilettes des dames s'il vous plaît ? J'ai peur qu'il lui soit arrivé quelque chose.

Mais une fois encore, la femme ne sembla pas le remarquer. Elle tapotait sur sa tablette d'un air affairé, et quand elle leva les yeux, son visage resta dénué de toute expression. Son regard le traversa.

— Ma femme, insista-t-il. Je pense qu'elle s'est sentie mal. Serait-il possible…

Quatre personnes s'interposèrent brusquement entre eux, lui cachant la vue. Il entendit l'hôtesse vérifier leur réservation, rassembler leurs manteaux et les accompagner à une table. Jason les suivit, se sentant à la fois visible et invisible. Il marchait bizarrement. Ses pieds ne touchaient pas tout à fait le sol, presque comme s'il flottait. Aucun des clients ne lui prêta la moindre attention.

Je pète un câble. Je fais une crise de panique. Je dois rentrer à la maison et me laver les mains. Prendre une douche.

Il tomba enfin sur la pancarte indiquant les toilettes. En y pénétrant, il vit une femme sortir par une porte au symbole féminin.

— Y a-t-il quelqu'un d'autre à l'intérieur, par hasard ?

Elle le dépassa sans ralentir et sans lui répondre.

Tout le monde ici est donc aussi impoli ? se demanda-t-il.

Il se dirigea vers la porte, mais sans oser aller plus loin.

— Emily ? appela-t-il.

Puis, plus fort :

— Em ? Es-tu là ? Est-ce que ça va ?

Pas de réponse.

Et merde. Il décida d'en avoir le cœur net.

— Em ? lança-t-il, prudemment. J'entre !

Les toilettes étaient vides.

83

Jeudi 27 décembre

Jason regagna la salle de restaurant. Il avait du mal à se concentrer. Les visages des clients attablés étaient flous, comme à travers une vitre embuée. La pièce lui apparaissait maintenant en deux dimensions et il n'arrivait plus à s'y situer.

Il éprouva un sentiment croissant de panique.

Où était-elle ?

Son téléphone émit un signal.

15

Quinze quoi ?

Il se cogna contre une table, mais les quatre convives n'eurent pas l'air de s'en rendre compte et, par miracle, il ne renversa aucun verre. Il se confondit en excuses qui passèrent inaperçues. Il tangua en direction du seuil comme un homme ivre, toujours incapable de sentir le sol sous ses pieds. Y avait-il une autre pièce où pouvait se trouver Emily ? Était-elle sortie ?

— Elle a disparu, dit-il à l'hôtesse.

Celle-ci ne réagit pas.

— Vous n'auriez pas vu une femme… ma femme… partir ?

Il pouvait entendre le désespoir dans sa voix.

Son portable émit un nouveau signal. Était-ce un texto d'Emily ? Il baissa les yeux vers l'écran.

14

Toujours ce compte à rebours. Jason eut l'impression qu'il allait plus lentement. Pourquoi ?

Il émergea dans la rue, où la tempête se déchaînait toujours. L'air était chargé de particules blanches semblables à de la neige fondue.

— EMILY ! cria-t-il au hasard, désespéré. EMILY ? EM !

Était-elle retournée chez eux vérifier les réfrigérateurs ? Mais si c'était le cas, pourquoi donc partir sans rien dire ? Et toute seule de surcroît, alors que la maison lui faisait tellement peur ?

13

Il remarqua une silhouette qui se hâtait au loin. Elle passa sous un réverbère et il reconnut Emily, avec son manteau et le foulard qu'elle portait sur la tête.

— EM !

Il courut après elle, toujours incapable de sentir ses pieds.

Son portable sonna de nouveau.

12

Il accéléra la cadence, mais Emily pressa le pas. Alors qu'il passait sous un lampadaire, celui-ci s'éteignit, de même que le suivant, et Emily disparut dans l'ombre. Il continua à courir de toutes ses forces, mais sans ressentir aucune fatigue. Emily réapparut sous un autre réverbère qui s'éteignit à son tour. La colline face à lui était plongée dans un noir d'encre.

— EMILY ! hurla-t-il.

11

Insensible au vent et à la neige fondue, il poursuivit son chemin dans l'obscurité. Une obscurité qui semblait s'épaissir à chaque pas.

Ding.

10

Le faisceau de la torche de son portable faiblissait, comme absorbé par la nuit, tel un buvard.

9

— Em, attends-moi, je viens avec toi, je vais t'aider avec le frigo et la camionnette… Nous nous débrouillerons pour la faire démarrer.

8

Il arriva à l'entrée du Parc de Cold Hill, s'y engouffra et tourna à gauche dans l'allée du Lac. Devant lui, il vit briller des lumières encore plus vives que celles des réverbères qui s'étaient rallumés.

7

Et s'il lui envoyait un texto ?

6

Il essaya d'ouvrir leur fil de conversation.

5

Ses doigts étaient gourds. Il n'arrivait pas à presser les icônes.

4

En prenant le tournant, il entendit le ronronnement d'un générateur. Une policière munie d'un bloc-notes surveillait un ruban de police qui barrait la rue. Derrière, à moitié cachée par un groupe de pompiers encombrés de leur harnachement, la camionnette d'Emily gisait sur le toit. Une série de projecteurs montés sur pieds illuminaient la scène. Le tracteur se trouvait non loin de là. Jason reconnut les véhicules d'urgence qui étaient là plus tôt. Sur la droite, une ambulance attendait portes ouvertes, toutes lumières allumées. Une autre ambulance et une voiture du SAMU étaient garées devant.

Un jeune homme en costume se tenait à côté de la policière, un carnet à la main.

Ding.

3

La gorge de Jason se serra. Il se mit à courir pour arriver au niveau de la policière.

— Ma femme… S'il vous plaît, laissez-moi passer. C'est la camionnette de ma femme !

Elle ne réagit pas.

— Joel Barber, de l'*Argus*, dit l'homme en costume à la policière. J'aurais besoin d'une brève déclaration sur ce qui s'est passé ici.

— Il s'agit d'une collision avec plusieurs victimes, répondit-elle de façon détachée. Deux décès confirmés : un homme et une femme. Un autre homme est coincé dans son véhicule, et une femme est dans cette ambulance, dans un état critique.

Elle l'indiqua d'un signe de tête.

— Je n'ai pas d'autres informations.

— Pouvez-vous me donner des noms ? insista le reporter.

— Non, je regrette, pas tant que les proches n'ont pas été prévenus. Je dois vous demander de partir, maintenant.

— Pourriez-vous simplement confirmer que l'une des victimes est Jason Danes, le peintre originaire du Sussex ?

— Je ne peux révéler aucune identité à ce stade.

Jason se baissa pour se faufiler sous le ruban. La policière ne fit pas mine de l'arrêter. Il courut vers la camionnette accidentée dont l'avant était quasiment aplati jusqu'au pare-brise. Des centaines de crevettes étaient éparpillées sur le sol, tout autour.

Des pompiers sciaient l'une des portières, pendant que deux secouristes s'occupaient d'un homme immobile, coincé sur le siège passager. Le haut de son crâne était sectionné, exposant son cerveau. Son abdomen béant laissait entrevoir des intestins qui pendaient de façon grotesque.

Ding.

2

Jason contempla la scène, hébété. La victime prise au piège dans la camionnette, c'était lui.

— Nous sommes en train de le perdre, dit un des secouristes à son collègue. Je n'ai plus de pouls.

Jason les fixait, hypnotisé. Non. C'était impossible.

Ding.

1

J'ai trouvé, se dit-il, le cerveau s'emballant frénétiquement. *Il s'agit d'une alarme. Elle va me réveiller. Elle va se mettre à sonner d'une seconde à l'autre.*

Un message apparut sur l'écran de son portable.

J D E A D 0 0

Enfin, en cet instant fugace, il comprit ce que cela signifiait.

Le message disparut et fut remplacé par un chiffre :

0

Silence.

L'écran redevint noir, et sa lampe torche s'éteignit.

84

Dimanche 19 avril 2020

— Excusez-moi, que venez-vous faire chez nous ? lança Jason Danes à l'adresse du jeune couple élégamment vêtu – l'homme en costume, la femme en jean et blouson de cuir.

Gravissant l'escalier en colimaçon à la suite de Paul Jordan, ils passèrent devant Emily et lui pour pénétrer dans son atelier.

Ses meubles et son chevalet avaient disparu. La pièce était nue.

— Il s'agit d'un espace exceptionnel, monsieur et madame Middle. Je suis certain que vous en conviendrez, dit l'agent immobilier.

— Exceptionnel ! répéta l'homme, en regardant autour de lui.

— C'est vrai ! renchérit sa femme avec enthousiasme. Extraordinaire !

Elle passa d'une fenêtre à l'autre pour contempler la vue.

— On peut vraiment parler d'effet *waouh* !

— Pardon, mais que faites-vous ici ? s'interposa Jason.

Personne ne l'entendit.

— L'effet *waouh*, tout à fait, madame Middle ! dit Jordan. On pourrait en faire un bureau ou une chambre idyllique. Cette maison est unique. C'est la plus belle de tout le domaine, je peux vous l'affirmer sans aucune hésitation.

La qualité de la construction des maisons de Forest Mills est inégalable. Ils n'économisent sur rien et les finitions sont impeccables. C'est une opportunité rare qu'une telle maison soit sur le marché si peu de temps après l'achèvement de ce lotissement.

— La cuisine est superbe, elle aussi, dit-elle.

— Tout à fait superbe ! approuva Paul Jordan, en écho.

Il épia l'embrasure de la porte. Un homme et une femme se tenaient là et les observaient. Il reporta son attention sur ses clients.

— Oh, Kevin, viens voir ! s'exclama la femme en admirant le jardin. Il y a des primevères sur le gazon ! Je ne les avais pas remarquées.

— C'est justement la Journée de la primevère aujourd'hui[1], dit Jordan. C'est une période tellement agréable ; les jardins et la campagne sont en fleurs. J'ai toujours pensé que le printemps était le moment idéal pour emménager dans une nouvelle maison.

— Le lac est splendide. Quelle belle vue, affirma le mari, posté devant la fenêtre. Des canards, des foulques, des poules d'eau… Et comment s'appellent ceux qui ont un long cou ?

— Des coureurs indiens, répondit Jordan en jetant un nouveau coup d'œil vers le seuil de la pièce – les silhouettes n'avaient pas bougé.

— Cette vue fait face au nord ? interrogea Kevin Middle tout en consultant l'application boussole de son portable.

— En effet, et la colline derrière fait partie du parc national des South Downs, c'est donc un site protégé.

— Et les autres points cardinaux ?

Les fenêtres en question donnaient sur des rangées de maisons modernes.

1. Au Royaume-Uni, le 19 avril (« Primrose Day ») commémore l'anniversaire de la mort de Benjamin Disraeli en 1881, le Premier ministre de la reine Victoria qui aimait particulièrement cette fleur. (*N.d.T.*)

— Le lotissement est terminé, dit Paul Jordan, il n'y aura plus aucune construction. Et je peux vous assurer qu'il s'agit du complexe résidentiel le plus haut de gamme que j'aie jamais eu le privilège de commercialiser. Il n'y a pas une maison qui n'exploite au mieux l'emplacement. À mon humble avis, l'architecte est un génie. Cette maison-ci s'inspire, à plus petite échelle bien sûr, du manoir d'origine qui se trouvait là, la maison de Cold Hill. Si vous faites une recherche sur internet, vous verrez que son histoire ne manque pas d'intérêt.

Le couple se regarda en souriant.

— Qu'en dis-tu, Sarah ?

— Tu sais à quoi cet espace me fait penser ? À un atelier ! Ce serait une pièce idéale pour mes créations. La lumière est incroyable, ici.

— Vous peignez, madame Middle ? s'enquit Jordan.

— Tout à fait, répondit Kevin avec fierté.

— Le village de Cold Hill a une nouvelle galerie qui expose uniquement les artistes locaux du Sussex, dit l'agent immobilier. Je suis certain qu'ils seraient très intéressés par vos tableaux.

Sarah Middle répondit en rougissant :

— Je ne sais pas si mes œuvres seraient assez bonnes pour être présentées en public. Je ne suis qu'une amatrice autodidacte. Ce que les professionnels appellent un « peintre du dimanche ». Je fais des aquarelles… Des fleurs, surtout. J'aime beaucoup ça, mais je ne suis pas certaine d'être très douée.

Son mari lui passa un bras autour des épaules.

— Sarah, ma chérie, ne te dénigre pas. Tu as beaucoup de talent.

— Je n'en suis pas si sûre.

— Eh bien, madame Middle, c'est très curieux que vous ayez justement parlé d'atelier…

Jordan hésita. Les deux silhouettes les surveillaient toujours.

— Non, excusez-moi, je n'ai rien dit.

— Curieux ? reprit Kevin Middle. Qu'entendez-vous par là ?

Il avait pris le ton de l'avocat qu'il était.

L'agent immobilier avait l'air agité.

— Je… je ne pense pas que…

Endossant maintenant tout à fait son rôle, Kevin assena sèchement :

— Monsieur Jordan, vous êtes en train de nous vendre une propriété. Je ne crois pas que vous devriez nous cacher quoi que ce soit, à ma femme et moi.

— Il ne s'agit pas d'un secret honteux, pas du tout. C'est juste que, pour la petite histoire…

— Pour la petite histoire ? répéta Sarah Middle.

— Voyez-vous, il se trouve que, par une coïncidence extraordinaire, cette pièce était bien l'atelier d'un artiste. Assez connu, d'ailleurs. Lui et son épouse ont vécu ici quelque temps. C'était cette pièce qui les avait particulièrement attirés.

— Pourquoi ont-ils déménagé ? demanda-t-elle.

— Eh bien… Ils n'ont pas *déménagé*, à proprement parler.

Jordan commença à se dandiner d'un pied sur l'autre, et parut ne plus savoir que faire de ses mains.

— C'est une histoire assez étrange. On ne pourrait pas l'inventer… Et ça vaut mieux. Peu de temps après qu'ils se sont installés ici, il s'est produit une tragédie épouvantable. Un accident terrible, avec les gens qui habitaient de l'autre côté de la rue.

Rouge, transpirant et de plus en plus mal à l'aise, il désigna la fenêtre du doigt.

— Peu après leur emménagement… (Il hésita.) Vous voulez vraiment que je vous raconte ?

— Oui, affirma Kevin Middle, et sa femme acquiesça.

Paul Jordan prit une grande inspiration et se lança.

— Les Penze-Weedell, du n° 36, possédaient une de ces voitures électriques dernier cri qui se garent toutes seules, sans chauffeur. Un après-midi, la mécanique s'est déréglée. La voiture est sortie de l'allée et a foncé droit sur la camionnette des propriétaires de cette maison. Le mari a été tué sur le coup. Sa femme est restée dans ce que l'on appelle un « état végétatif persistant » pendant plusieurs jours, avant de décéder elle aussi.

— Il me semble que j'ai lu quelque chose à ce sujet, l'interrompit Sarah Middle.

— Mais oui ! renchérit son mari. Jason Danes, c'est ça ?

Jordan hocha la tête avec gêne en tournant discrètement la tête vers les silhouettes à l'entrée de la pièce.

— En effet. J'imagine qu'un jour, il y aura une plaque commémorative à l'extérieur.

— Les Danes ont vécu ici ? demanda Kevin. Quel hasard incroyable !

— C'est vrai, en convint Jordan. Une véritable tragédie. Moins de deux semaines après leur emménagement.

— Oh non, je ne faisais pas allusion à l'accident, dit Middle avec un sourire. Ma femme et moi sommes de grands admirateurs de Jason Danes. En fait, je pense même que nous avons fait partie de ses clients les plus enthousiastes.

— Nous avons assisté à son premier vernissage, confirma Sarah Middle.

— Son style nous rappelait celui d'un artiste bien au-dessus de nos moyens… Lowry.

— Nous avons une bonne douzaine de tableaux de Jason Danes, ajouta sa femme, fièrement. Il a réellement vécu ici ? Je n'arrive pas à y croire.

— Nous pourrions les accrocher ici, ce serait parfait, dit Kevin Middle.

— Vous avez tout à fait raison, renchérit Jordan. Quel hommage !

— C'est vraiment malheureux… Jason Danes ne connaîtra jamais notre passion pour ses œuvres, déplora Sarah Middle.

— S'il avait vécu plus longtemps, il aurait pu rivaliser avec les plus grands noms, sans l'ombre d'un doute, conclut son mari.

Paul Jordan regarda de nouveau en direction de la porte. Les deux silhouettes se tenaient immobiles. Aux aguets.

Il sourit à ses clients. Ils paraissaient tous deux proches de la quarantaine.

— Sans l'ombre d'un doute.

Et il se dit que sans l'ombre d'un doute… ils rencontreraient bientôt Jason Danes.

Remerciements

L'écriture d'un roman peut paraître un travail solitaire, et c'est en grande partie le cas. Cependant, mes livres ne verraient jamais le jour sans le dur labeur de toutes les personnes exceptionnelles dont j'ai la chance d'être entouré. Tous ceux à qui je fais appel pour mes recherches se montrent extrêmement généreux de leur temps et de leur savoir pour me permettre de rendre mes romans aussi authentiques que possible, bien qu'il s'agisse évidemment d'œuvres de fiction.

J'aimerais remercier particulièrement ceux qui m'ont aidé dans mes recherches pour ce livre : Tom Homewood, la commissaire divisionnaire Lisa Bell de la police de Brighton & Hove, Michelle Brooker et toute l'équipe de la bibliothèque de Lewes, David Graham, le chanoine Simon Holland, Jan van Niekerk, les révérends Ish et Irene Smale, et Monseigneur Dominic Walker, OGS.

Un grand merci à Susan Ansell, Graham Bartlett, Dani Brown, Martin et Jane Diplock, Chris Diplock, Anna-Lisa Hancock, James Hodge, Sarah Middle, Helen Shenston, Mark Tuckwell et Chris Webb. À mon agente, Isobel Dixon et à toute l'équipe chez Blake Friedmann, ainsi que chez Pan Macmillan, mon éditeur britannique – notamment Sarah Arratoon, Jonathan Atkins, Anna Bond, Wayne Brookes, Stuart Dwyer, Claire Evans, Daniel Jenkins, Neil Lang,

Sara Lloyd, Louise Patel, Alex Saunders, Jade Tolley, Jeremy Trevathan, Charlotte Williams, Natalie Young, ma correctrice Susan Opie et mes précieuses attachées de presse Preena Gadher, Caitlin Allen et Emily Souders, chez Riot. Une mention très spéciale pour Geoff Duffield, qui a cru en moi dès le début.

Je dois une reconnaissance toute particulière à mon très cher ami David Gaylor, à Linda Buckley, mon infatigable assistante, et à mon épouse Lara, mon roc, qui pose toujours un regard perspicace sur mes personnages. J'ai gardé pour la fin (bien qu'ils sachent parfaitement qu'ils occupent la première place) nos chiens Oscar, Spooky et Wally, et tous les autres animaux à poils et à plumes de notre ménagerie qui ne cesse de s'agrandir.

Comme toujours, un grand merci à vous, mes merveilleux lecteurs ! J'adore vous lire ; vos lettres, e-mails et blogs ainsi que vos commentaires sur Twitter, Facebook, Instagram et YouTube me donnent un encouragement permanent.

contact@peterjames.com
www.peterjames.com
www.youtube.com/peterjames Peter James TV
www.facebook.com/peterjames.roygrace
www.twitter.com/peterjamesuk
www.instagram.com/peterjamesuk
www.instagram.com/peterjamesukpets

La traductrice souhaiterait remercier Raphaëlle Dedourge, traductrice.

Composé pars Facompo, Rouen

CET OUVRAGE
A ÉTÉ ACHEVÉ D'IMPRIMER
SUR ROTO-PAGE
PAR L'IMPRIMERIE FLOCH
À MAYENNE EN AOÛT 2022

N° d'impression : 100960
Imprimé en France